LE TRIOMPHE DES IMBÉCILES

DU MÊME AUTEUR

L'AMOUR AU TOURNANT, Seuil, 2017.
UN JOUR IDÉAL POUR MOURIR, Actes Sud, 2020.

Sindbad
est dirigé par Farouk Mardam-Bey

Titre original :
Al-Hamâqa kamâ lam yarwihâ ahad
Éditeur original :
Dâr Difâf, Beyrouth

ISBN 978-2-330-18946-4

SAMIR KACIMI

Le Triomphe des imbéciles

roman traduit de l'arabe (Algérie)
par Lotfi Nia

ACTES SUD/ Sindbad

À celui qui m'a dit
que mon écriture ressemblait à une grappe de raisin
et m'a supplié de ne pas écrire du pied gauche,
un merci qui vient du cœur.

Les hommes les plus forts sont les plus solitaires.
Il n'y a rien dehors. C'est une usine de bêtise,
des idiots qui se mélangent les uns aux autres. Rien d'autre.

BUKOWSKI

Très cher ami,

Tu es mon écrivain préféré et tu ne peux pas savoir à quel point ton nouveau roman nous a réjouis et quel plaisir immense nous avons eu à le lire et à le relire.

Pourtant, après en avoir débattu, nous estimons que le publier en l'état risque de nous attirer des ennuis ; et mieux qu'un autre tu sais ce que c'est de voir toutes les portes se fermer devant soi et de devoir se résigner à un sort qu'on ne souhaiterait pas à son pire ennemi.

Voilà pourquoi nous considérons que nous pourrions rentabiliser ton travail autrement. Ce serait dommage de perdre l'énergie que tu as mise à écrire ce livre et le temps que nous avons consacré à sa lecture.

Comme je te l'ai dit, le comité éditorial a aimé ce qu'il a lu. Par-dessus tout, nous avons apprécié l'étendue de tes connaissances en matière de vie canine et la manière exceptionnelle avec laquelle tu décris les réactions et les sentiments des chiens. À titre personnel, j'ai été particulièrement touché par la scène du chien qui ne retrouve plus son maître mais qui garde espoir et le cherche comme un damné, même après avoir perdu l'odorat. Quelle tristesse ! Quelle émotion ! J'en ai pleuré à grosses larmes.

J'aurais tellement aimé que ses mésaventures débouchent sur une issue plus heureuse.

Le compte rendu du comité éditorial se montre également favorablement étonné par ton évidente culture gastronomique. La scène du restaurant est d'un raffinement inouï. Tu y témoignes d'une expérience de la vie qui fait trop souvent défaut au lecteur ordinaire.

Pour ces raisons, et bien d'autres encore, nous souhaiterions que tu nous aides à élever le lecteur au-dessus de ses modestes préoccupations quotidiennes, de ses problèmes sociaux habituels et de ses étranges aspirations citoyennes, en écrivant un texte qui mérite d'être lu. Puisque tu t'obstines à refuser d'écrire des romans d'amour, qui invitent au rêve, ou de sérieux récits historiques – deux genres que tu qualifies de vaches laitières des écrivains, alors qu'ils rencontrent un succès considérable et parviennent à plonger les gens dans leur passé glorieux en les détournant de leur sordide présent –, nous t'invitons à tirer profit de ta connaissance en chiens et en cuisine du monde, et à nous écrire quelque chose là-dessus. Aie pitié de nous et de ce malheureux lecteur qui ne demande qu'une seule chose : que les livres lui fassent oublier sa réalité (tout le contraire de ce que fait ton roman) pour l'aider à affronter un monde qui le dépasse.

Je souhaite que tu y réfléchisses sérieusement et que tu acceptes de renoncer à ce roman qui, s'il nous a plu, ne sera pas du goût de notre avenir. Je ne connais personne, pour ma part, qui ait prisé la prison ou apprécié de se retrouver au chômage.

Je te salue de tout cœur,
Ton éditeur et ami

Cher ami et non moins éditeur,

Moi non plus, je n'aimerais pas te voir atterrir en prison, ou être obligé de fermer ta respectable maison d'édition pour te retrouver au chômage. Crois-moi, mon intention n'était pas d'écrire un texte angoissant ou angoissé. C'est tout le contraire. J'ai simplement voulu partager le fruit de mes observations, et j'ai cru que ces scènes ridicules amuseraient les gens et leur feraient oublier à quel point ils se moquent d'eux-mêmes tous les jours. Je n'ai rien inventé. Je me suis contenté de consigner ce que je vois tous les jours dans le Quartier, ce que je peux entendre dans les cafés où j'aime m'asseoir. Il n'y a que là qu'on trouve la vraie humanité, et je ne crois pas que ceux qui passent leur temps derrière leur ordinateur soient comme nous, je doute même qu'ils aient été créés par Dieu. Ils sont le fruit des illusions qu'ils s'efforcent d'incarner pour apparaître à l'écran dignes comme des dieux avisés qui nous crachent leur sagesse à la figure et nous pissent leur exemplarité dessus.

Pour autant, je suis bien d'accord avec toi : la vie du chien errant qui cherche son maître est sans doute l'élément le plus juste que j'ai réussi à saisir dans ce roman.

Je crois que c'est lié à notre réalité profonde. Quelque part, dans un endroit caché au fin fond de nos esprits sclérosés, la seule image qui reflète authentiquement ce que nous sommes est celle de chiens perdus qui prennent goût à leur errance et qui, bien qu'ils sachent qui en est responsable, ne rêvent que d'une chose : revenir auprès du maître qui les a chassés pour lui lécher les bottes. Lécher les bottes est une drogue tellement puissante que nous en venons à inventer des maîtres imaginaires quand nous manquons de maîtres réels. Voilà pourquoi je trouve merveilleuse l'idée de consacrer un livre à la vie des chiens et à leurs péripéties de lécheurs perdus. C'est une idée qui me va très bien et qui conviendra à tout le monde. Une sorte d'autobiographie collective. Nous ferons un tabac !

Je joins à la présente lettre une nouvelle version qui, je l'espère, te fera reconsidérer le sort que tu réserves à mon roman. Qui sait ? Peut-être finiras-tu par prendre conscience que tout maître est une illusion à laquelle les esclaves sont les seuls à croire.

LIVRE PREMIER

Les âneries de Duc-des-Cars

Il y a toujours assez d'idiots qui vont répondre,
parce que les idiots savent tout.

KUNDERA

PREMIÈRE PARTIE

Un peu avant Le Seuil

Le possible demanda à l'impossible :
"Où donc habites-tu ?"
"Dans les rêves des impuissants."

TAGORE

1

C'est au mois d'août d'une année oubliée de tous que se déroule cette histoire. Elle a probablement commencé à 4 h 34, à l'aube du 25 du mois, à l'instant où Djamel Hamidi se réveille en sursaut d'un rêve qui lui laisse une terrible impression de réalité.

Dès qu'il ouvre les yeux, pourtant, il pressent que ce qu'il a vu (dans son impossibilité même) n'est pas un songe mais une vision, une grâce du Ciel, destinée à calmer ses ardeurs et, peut-être même, à lui faire renoncer à ce qu'il a prévu d'accomplir ce soir-là.

Bien entendu, il pourrait se dire que ce n'était qu'un vilain cauchemar. Le genre de rêves qu'il n'est pas rare de faire quand on a sa corpulence et son appétit. Avant de se coucher, la veille, il a en effet englouti deux baguettes, trois assiettes de haricots et un litre entier de soda, parfum figue. Peut-être pour trouver le sommeil, il a grignoté, une fois au lit, quelques biscuits et autres douceurs. Mais voilà, pas une seule seconde il ne se dit qu'il s'agit d'un simple cauchemar. Au plus profond de lui-même, il est persuadé d'avoir affaire à une de ces *visions* dont l'a souvent entretenu sa mère Aouïwèche, et elle s'y connaissait, puisqu'elle avait la réputation d'être une "voyante", déjà à l'époque où ils vivaient au village, qu'ils ont quitté après la mort de son père pour s'installer dans la Capitale (dans le quartier de Duc-des-Cars) où son exceptionnelle faculté d'avoir des visions et de savoir les interpréter lui a permis de subvenir à leurs besoins. En développant d'autres aptitudes, elle est même devenue la plus célèbre de tous les médiums de la Capitale. Elle voyait l'avenir, identifiait mauvais sorts, malchance en cascade et envoûtements en lisant dans le marc de café, les cartes à jouer, le plomb fondu ou le jaune d'œuf. Il vous suffisait de lui apporter sept œufs jaunes, qu'elle tournait sept fois au-dessus de votre tête et plongeait dans de l'eau chaude et salée, à votre chevet, pendant une nuit. Elle les cassait ensuite dans un récipient, puis savait tout sur vous en les examinant.

Personne n'a jamais su quel destin elle réservait aux œufs ainsi cassés, pas même les amis de Djamel Hamidi qui, lui, devenait plus gros et plus gras à mesure que la clientèle de sa mère augmentait.

Dans la vision qu'il vient d'avoir, Djamel était gardien d'immeuble et impotent. Par un concours de circonstances, il devenait président d'un pays duquel toutes les portes avaient soudain disparu. Mais ce n'est pas ça qui l'a ébranlé et l'a réveillé en panique, incapable de maîtriser les tremblements de la masse adipeuse qui lui tient lieu de corps et le fait ressembler à un œuf, énorme et lisse. En effet, sa petite tête, son cou bouffi et ses courtes jambes n'y changent rien : sa silhouette a tout d'un ovale régulier, un Humpty Dumpty, œuf sur pattes, sauf qu'à la différence du personnage d'*Alice au pays des merveilles*, Djamel ne marche pas sur un mur illimité, même si la crasse des trottoirs de la Capitale (à commencer par ceux de son quartier, Duc-des-Cars) nous permet d'affirmer sans exagération que Djamel et ses congénères se déplacent sur une bande unique et interminable de détritus et d'immondices.

Ce n'est donc pas le contenu de cette vision qui le chamboule mais la possibilité que certains éléments du rêve se réalisent : qu'il devienne paralysé (paraplégique en tout cas) et qu'il soit obligé d'épouser cette folle d'Olga. Voilà ce qui l'a arraché au sommeil et l'a frappé d'un effroi tel qu'il sent quelque chose d'humide sous lui, maintenant qu'il achève de se réveiller. Il se dit que ce doit être de la transpiration, mais l'odeur a l'âcreté de l'urine.

Djamel Hamidi a cinquante ans, un âge auquel on est censé être devenu un sage ou un prophète à la retraite. Djamel, lui, a passé sa vie à attendre. Une histoire qui a commencé dès avant sa naissance puisqu'il a été obligé d'attendre dans l'utérus maternel cinq jours, sept heures et vingt-cinq minutes au-delà du terme des neuf mois. Une fois né, il a dû encore attendre une montée de lait maternel qui n'est jamais venue. Pour des raisons biologiques ou simplement parce qu'elle voulait préserver la fermeté de son corps, sa mère n'a pas pu le nourrir au sein, en tout cas elle l'a prétendu. Elle a dû lui donner du lait de chèvre, une ancienne cliente lui ayant offert l'animal pour la remercier d'avoir rompu la corde de mauvaise fortune dont elle était prisonnière et qui la condamnait au célibat alors qu'elle allait sur ses cinquante ans. Un homme avait frappé à sa porte pour la demander en mariage, deux semaines après qu'Aouïwèche eut vu son avenir dans les œufs et, même si le prétendant était aveugle, à moitié boiteux, septuagénaire et poitrinaire sans le savoir, il représentait une fin heureuse pour une femme élevée dans une unique perspective d'accomplissement :

épouser un homme qu'elle servirait et auquel elle donnerait une progéniture aussi nombreuse que possible, qu'elle servirait également.

Malchanceux de naissance, Djamel a dû attendre quatre années pour pouvoir marcher, et l'âge de sept ans pour voir pousser sa première dent. On raconte (mais ce n'est peut-être qu'une rumeur) qu'il n'a eu toutes ses dents qu'à un âge où il avait déjà une moustache et des poils sur le torse. Il est par contre avéré, d'après les confidences faites par sa mère à une de ses voisines (une femme gentille, qui tenait une maison de rencontres dans le voisinage), que sa première éjaculation remonte au jour où sa chance a enfin tourné, lui souriant sous les traits de cette gentille dame qui, par charité, lui a permis de fréquenter sa maison trois fois par semaine sans contrepartie. Tout nuage finit un jour par apporter de la pluie. Certains disent qu'il avait alors trente ans, d'autres vingt-cinq… Il y a des secrets qui sont faits pour continuer à appartenir au Ciel.

Ainsi peut-on considérer que Djamel Hamidi a passé sa vie dans une attente sans terme et continue, une existence terrible comparée à d'autres, mais qui l'a doté d'une patience hors norme. Quand il attend que quelque chose se produise, Djamel ne connaît ni lassitude ni résignation et, si cette chose, par impossibilité naturelle ou décret du destin, ne se produit pas, il continue à attendre, encore et encore, jusqu'à ce que la nature finisse par renoncer, que le destin se lasse, et qu'advienne ce qui n'est absolument pas censé se produire.

Djamel Hamidi se repasse mentalement le film de son rêve, il se dit qu'il ferait mieux de reconsidérer ce qu'il a prévu d'accomplir en fin de journée. Ce ne peut pas être un hasard si tous les gars du Quartier lui sont apparus en même temps, la même nuit, et juste avant le jour le plus important de sa vie : il s'est donné jusqu'au coucher du soleil pour déclarer son amour à une femme que la malchance a mise sur sa route, et la demander en mariage pour couronner une amitié professionnelle qui n'a que trop duré.

Une fois réveillé, il lui faut bien deux heures pour chasser ses angoisses et oublier, ne serait-ce que provisoirement, ce qui a troublé son sommeil et l'a frappé d'effroi. Il lui faut ensuite une heure de plus pour permettre à l'urine de sécher et s'habituer à l'odeur de plus en plus forte, qui l'asphyxierait s'il n'avait pas l'idée (il est vrai un peu tardive) d'ouvrir la fenêtre de sa chambre qui donne sur un dépotoir composé de trois bennes peintes en vert, posées sur une petite dalle enclose d'un grillage percé d'une entrée unique, occupant le centre du carrefour situé dans le troisième virage en remontant la rue de Trolard en direction de Duc-des-Cars.

Il sent l'ardeur du soleil sur son visage dès qu'il passe sa petite tête dehors. Quand il voit Olga debout sur son balcon, comme toujours, au dernier étage de l'immeuble d'en face, il éclate de rire. Il se rappelle une étrange scène de son rêve où, mariés, ils s'apprêtaient à devenir les deux personnalités les plus importantes du pays.

Le plus cocasse, c'est que sa femme en songe était en tout point semblable à la vraie Olga, à deux petites différences près… Ses sourcils ne se rejoignaient pas au milieu de son front, elle n'en avait pas du tout. Elle les avait tellement épilés qu'ils ne repoussaient plus. À la place, elle avait deux traits fins de crayon, qu'elle traçait elle-même avec le soin d'un peintre aveugle.

En plus d'être albinos, comme dans son rêve, Olga est atteinte d'une douce simplicité d'esprit qui lui fait croire que sortir de chez elle l'expose à des dangers mortels. Depuis l'âge de vingt ans, elle se contente de se mettre à son balcon, chaque fois que la nostalgie du monde se fait sentir – un monde réduit aux proportions du Quartier.

Il regarde Olga puis lui fait coucou de la main, comme tous les matins depuis des années. Contrairement à l'accoutumée, elle ne lui répond pas, son regard reste figé dans une autre direction, son attention est complètement absorbée par un homme minuscule portant un costume noir et une vieille mallette en cuir. Il est sur le point de descendre les escaliers de la rue du Docteur-Saadane.

Djamel Hamidi sourit en imaginant quelle réaction aurait cet homme minuscule (un dénommé Ibrahim Bafaloulou) s'il lui racontait sa vision nocturne et le rôle qu'il y jouait : un odieux personnage qui disposait du destin de tous les autres. Le rêve avait fait de lui le père adoptif d'Olga, cette même Olga qui, avant de perdre la tête, aurait pu devenir son grand amour, à lui Ibrahim, dans la réalité, si sa phobie, à elle, et son étrange passion de la solitude, à lui, n'en avaient pas décidé autrement. L'histoire non écrite de Duc-des-Cars ne laisse planer aucun doute : Ibrahim Bafaloulou est né un jour pluvieux de janvier dont personne, pour des raisons d'indifférence générale, ne se souvient de la date exacte, excepté sa mère et son père (Elhadj Belahmed), ce qui explique que nul ne lui a jamais souhaité son anniversaire ni expliqué que le temps passe même si lui, Ibrahim, fait du surplace.

Bien qu'il puisse sembler normal que des parents retiennent la date de naissance de leur fils, surtout quand ils ont passé dix ans à essayer d'en avoir sans y parvenir, d'autres raisons ont concouru à leur rendre cette date mémorable : ce même jour, sa mère a réalisé un rêve qu'elle pensait impossible et son père a pris conscience de l'absurdité de ce monde ridicule où il s'était pris à croire en un bonheur qui naîtrait en même temps que ce fils qu'il avait mis trois mariages à avoir.

Il était dans la salle d'attente de l'hôpital (un espace d'un mètre de long sur un demi de profondeur, et dépourvu de sièges), la sage-femme est venue lui annoncer qu'il était père d'un garçon qu'il a immédiatement décidé de prénommer Ibrahim, en hommage à son propre père et en espérant que le gamin aurait plus de chance que lui en matière de descendance puisqu'il lui donnait le nom d'un prophète auquel Dieu avait promis de multiplier sa postérité comme les étoiles du ciel.

Après lui avoir annoncé la bonne nouvelle, la sage-femme lui a demandé d'attendre encore une heure avant de voir son fils et sa femme, le temps que la mère épuisée se prépare à l'accueillir. Avant que l'heure ne se soit écoulée, la sage-femme est venue lui faire une seconde annonce, à laquelle il ne s'attendait pas du tout : sa femme avait disparu et avait laissé l'enfant seul dans la chambre.

Elle avait disparu, tout simplement. Pas la peine d'aller chercher plus loin. Comme si une main invisible l'avait fait monter au ciel ou l'avait enfouie sous terre. En vain, la police a ensuite essayé de la trouver.

Dans un moment de désespoir, Elhadj Belahmed a pensé qu'elle devait être retournée dans son ancien quartier, vers Oued Smar, en banlieue, où il l'avait rencontrée la première fois. À l'époque, elle habitait près de la voie ferrée, à quelques mètres de la décharge de Temmit, un nom qui ne rime à rien et que les gens ont adopté sans sourciller et en ignorant qu'ils le doivent à un ancien ministre atteint d'un fâcheux défaut de prononciation : quand il avait voulu décrire l'odeur qui émanait de la décharge, il avait dit qu'elle puait *à en crever*, "toumit", mais l'avait prononcé à sa manière. Le ministre n'avait pas osé se reprendre, il représentait l'État tout de même et occupait un poste qui lui assurait une perfection supérieure, et pour des raisons sans doute semblables les personnes présentes avaient elles aussi évité de lui signaler sa faute. C'était une époque bénie : l'infaillibilité pleuvait sur cette terre où germaient et s'épanouissaient des prophètes et des saints semés par la main du destin, à la grâce d'une formidable révolution qui avait libéré le peuple pour que ces surhommes l'asservissent, en son propre nom, et pour des décennies et des décennies.

C'est au plus fort de cet âge béni entre tous qu'est né Ibrahim et que, dix ans plus tôt, son père Elhadj Belahmed a rencontré sa troisième femme, à Temmit. C'était une Guezana d'Oued Smar, une femme qui pratiquait la mendicité le jour, et la prostitution la nuit. Non contentes de maîtriser l'art des boniments, les Guezanas sont d'une exceptionnelle beauté tzigane, ce qui les aide à attendrir les bonnes gens, à émouvoir les cœurs les plus durs de leurs prières déchirantes le jour, et à redonner fraîcheur au corps des pécheurs quand vient la nuit – même si souvent le pécheur devient prêcheur dès que le soleil se lève. C'est pour ces raisons que les Guezanas suscitent toutes sortes de rumeurs et de fausses accusations, dont celle (sans doute la plus clémente) d'être des sorcières qui jettent des sorts pour se faire aimer des hommes et aspirer leur générosité.

Indépendamment des circonstances de leur rencontre, si Elhadj Belahmed l'avait épousée et amenée à Duc-des-Cars, ce n'était pas seulement pour sa beauté, ses propos enjôleurs et sa folle douceur, mais aussi parce qu'elle appartenait à un peuple connu pour sa grande fécondité et ses tripotées d'enfants. Pourtant, elle ne lui avait pas tout de suite donné de descendant, il avait dû attendre, attendre dix longues années avant de voir son ventre s'arrondir et de retrouver un espoir qu'il avait cru perdu à jamais.

À dire vrai, il avait fini par se résigner quand on lui avait donné des nouvelles de ses deux anciennes femmes et qu'il avait appris le nombre d'enfants qu'elles avaient eu après avoir refait leur vie. Les deux étaient ses cousines car le clan auquel il appartenait interdisait de se marier à une étrangère ; ceux qui osaient le faire étaient bannis de la communauté quand ils vivaient dans son sein, ou étaient reniés et excommuniés quand ils vivaient ailleurs. C'est ce qui lui était arrivé lorsqu'il avait épousé une Guezana qu'il était allé chercher on ne sait où.

En tout cas, Elhadj Belahmed n'a jamais retrouvé la trace de sa femme après la naissance d'Ibrahim, ni à Temmit ni ailleurs. Il a fini par accepter l'idée de ne plus la revoir quand Aouïwèche-la-Voyante lui a affirmé qu'elle ne reviendrait pas et qu'il lui suffisait de regarder son fils pour en comprendre la raison. Et c'est ce qu'a fait le brave, il a dévisagé le petit pendant une semaine entière sans parvenir pour autant à percer ce mystère. Il a continué à l'examiner une semaine supplémentaire, puis pendant de longs mois, sans résultat. Mais sa foi inébranlable en Aouïwèche et en ses facultés, et l'envie dévorante d'élucider la disparition de sa femme l'ont poussé à chercher encore et encore une réponse dans ce visage durant des années. C'est quand Ibrahim a eu sept ans que son père a fini par se lasser et par accepter de rester dans l'ignorance. En bon croyant, à la foi sincère, il a choisi de se dire que c'était ainsi, une fatalité, un destin. Il aurait trouvé l'apaisement dans cette posture si, par une nuit où la lune était très claire, alors qu'il venait, par hasard, d'acheter une nouvelle paire de lunettes, il n'avait pas posé les yeux sur Ibrahim… Ça a été la révélation qui lui avait échappé si longtemps. Son fils avait la même couleur de peau et ressemblait à s'y méprendre à un ancien voisin qui avait disparu le même jour que sa femme.

2

Au moment où Djamel Hamidi passe sa petite tête par la fenêtre, Ibrahim Bafaloulou vient de poser un pied sur la première marche des escaliers qui descendent vers la rue du Docteur-Saadane.

Bien sûr, il a remarqué Olga : elle l'espionne comme d'habitude depuis son balcon céleste qui domine tout ce qui advient. Il s'efforce de ne pas regarder dans sa direction ni lui faire le moindre signe, tout comme il feint de ne pas remarquer Issam Kachkassi qu'il voit arriver au loin, au moment où il débouche sur le boulevard Pasteur pour rejoindre la place de la Grande-Poste.

Il réussit presque à l'éviter mais Issam l'aperçoit au dernier moment et l'arrête :

— Salut voisin. Comment ça va ?

Ibrahim secoue la tête en souriant sans rien dire. Il est tenté de lui répondre qu'il est heureux que quelqu'un se soucie de lui au point de lui demander comment il va. Il se dit même qu'il pourrait lui toucher un mot de l'argent qu'il lui a prêté il y a plusieurs mois, et qu'il n'a toujours pas récupéré, mais il se ravise en se rappelant qu'il n'est pas le seul dans ce cas dans le Quartier. Issam a étrangement changé depuis un an, pas une semaine ne se passe sans qu'il emprunte de l'argent à quelqu'un, tout le monde dans le Quartier y est passé.

— Je te paye un café. J'ai besoin de tes conseils.

— Pas de problème, le coupe Ibrahim. On se voit cette après-midi après le travail. Là, j'ai un engagement, un rendez-vous auprès de l'Administration.

— Je sais que tu m'en veux mais je compte te rendre ce que je te dois, c'est une question de temps.

— Sois pas bête, je ne t'en veux pas. C'est juste que j'ai un rendez-vous et que je suis pressé. Pour l'argent, tu as le temps. Commence par rembourser la pauvre Olga et cette imbécile dont j'ai oublié le nom… tu sais, la copine de Djamel. Moi, je peux attendre encore quelques mois.

Sans se retourner, Ibrahim s'éloigne vers la Grande Poste où il aperçoit une énorme file d'attente qui s'étire jusqu'au square Khemisti. Issam, quant à lui, reste planté à sa place, étonné que son voisin sache autant de détails sur lui alors qu'il ne parle presque jamais à personne. Il se demande : "S'il n'est pas pressé de récupérer son argent, qui s'est plaint de moi à l'Administration ?"

Il tire une enveloppe de la poche intérieure de sa veste et en sort une feuille. Il lit : "Mise en demeure. Toute personne contrevenant délibérément à la présente sera considérée comme étant en infraction. Vous êtes prié de vous présenter à l'adresse indiquée ci-dessous pour une affaire vous concernant."

Il pousse un profond soupir avant de repartir à son tour, traînant ses pas lourds en direction du Quartier, persuadé que cette convocation vient de la police.

Ibrahim, de son côté, arrive, le visage blême et les yeux cernés, au square Khemisti. La file d'attente qui part de la Grande Poste s'étend jusqu'à l'autre côté de la place.

Il s'arrête et essaye de trouver le bon point de vue pour distinguer le devant de la queue. N'y parvenant pas, il s'immobilise, avec tout l'aplomb de l'homme qu'il feint d'être.

Il ressemble à un être échappé d'une époque révolue, avec sa calvitie et le costume bon marché qu'il a mis deux ou trois fois en dix ans. Il déteste les costumes, comme tout ce qui donne une allure officielle, pourtant il l'a conservé en témoignage dérisoire d'une existence des plus ridicules, celle de l'époque où il était plus jeune et moins maigre. S'il n'avait pas reçu la veille cette convocation ferme, jamais il n'aurait pensé mettre cette tenue d'enterrement. Il s'était douté, quand il avait décidé de la garder dans un coin sombre de son armoire, que la vie lui réserverait des occasions officielles qui l'obligeraient à revêtir un costume propre, chemise blanche et cravate. Peu importe à présent si ce déguisement est un vieux machin ou un habit neuf, tout ce qui compte, c'est que ce soit un costume et que celui qui le porte soit en chemise à col blanc avec une cravate quelle qu'elle soit. Les relations officielles ont un goût purement formel pour les apparences, fussent-elles invraisemblables ou fausses.

C'est peut-être pour cette raison, et pour aucune autre, qu'il ne se sent pas à l'aise, engoncé dans ce déguisement, en bout de queue, attendant qu'il soit 9 heures pour être reçu, comme toutes les personnes qui se tiennent là.

Il s'est dit hier qu'il lui faudrait une demi-journée tout au plus pour liquider les démarches relatives à la convocation reçue sur son lieu de travail, et qui l'exhorte à se présenter à partir de 9 heures, muni de sa carte d'identité et dudit courrier. En voyant la longueur de la file d'attente, il se rend compte de l'erreur qu'il a commise en demandant une simple demi-journée de congé à son directeur qu'il n'a jamais vu et qu'il espère ne jamais voir. Ibrahim est en effet un employé honnête et sérieux, du genre de ceux à qui accorder une promotion ne s'envisage pas sans un soupçon de méfiance. Quand on est bardé de diplômes comme lui (il en a assez pour remplir un stade), la simple idée de croiser son directeur, même par hasard, relève de l'inconcevable, tant est vraie la maxime connue de tous selon laquelle la science et l'ignorance ne peuvent se rencontrer que dans la tombe – vérité, il faut bien l'avouer, mise à mal à une époque où la mort elle-même ne semble pas capable d'offrir un terrain de rencontre au savoir et à la bêtise.

Mais voilà, compte tenu de son ancienneté (il occupe le même poste depuis plus de trente ans, au cours desquels il ne s'est pas absenté une seule fois), Ibrahim se figure que personne ne lui reprochera de ne pas être venu ce jour-là.

À vrai dire, aucun de ses cent quarante-trois collègues ne remarquera son absence, pas seulement parce que c'est un être transparent en plus d'être indésirable, mais aussi parce qu'il occupe, depuis le tout début, le même bureau, qui se situe à l'extérieur de l'immeuble principal où travaillent les autres. En toute logique, et sans qu'il faille s'en étonner, ses allées et venues ne l'obligent donc pas à passer devant la guérite du gardien chargé de deux missions et deux missions seulement : veiller sur un bâtiment qui abrite le bureau du directeur et pointer les entrées et sorties des employés, tous à l'exception d'Ibrahim qui (comme nous l'avons dit) n'a jamais eu à passer devant sa guérite. D'ailleurs, aucun des gardiens qui se sont succédé en trente ans ne s'est senti concerné d'une manière ou d'une autre par la présence ou l'absence de cet employé.

Il est huit heures et demie du matin quand il rejoint, le visage blême et les yeux cernés, le square Khemisti et s'immobilise là où son arrivée tardive le destine à trouver place – tout au bout de la file d'attente. Il reste le dernier jusqu'au moment où, à huit heures quarante-neuf minutes, s'arrête derrière lui une femme maigre, au visage rébarbatif, avec un long nez et des cheveux courts et grisonnants. Elle marmonne quelque chose qu'il ne comprend pas, mais la rudesse de sa voix retient son attention même si d'ordinaire les autres le laissent parfaitement indifférent.

Comme il faut une première fois à tout, il se tourne vers elle et constate que c'est une femme d'un âge avancé que trahissent de longues rides qui descendent de son front et plongent dans son cou. Sa peau, flasque, lui forme un second menton dont la seule raison d'être a l'air de confirmer son vieil âge, malgré ses tentatives maladroites de paraître plus jeune. Il semble en effet évident, à sa manière de s'habiller, que cette femme essaye de faire repartir en sens inverse le train d'une vie approchant du terminus.

"Mais qui suis-je pour la juger ?" se dit Ibrahim en se voyant dans son costume noir, avec sa chemise blanche et sa cravate bizarre. Il a l'air d'un serveur de restaurant bon marché, qui n'a pas touché sa paye depuis deux mois.

Une autre heure s'écoule, en silence. Il regarde ses pieds, les chaussures marron qu'il a achetées il y a deux ans, quand il entend grincer les portes de l'Administration, qui s'ouvrent. La foule s'ébranle dans le calme.

Il avance comme tout le monde. Bientôt, il n'est plus séparé de l'entrée que par cinquante personnes. Il les compte dans sa tête. Il parvient enfin à voir la porte qui lui semble monumentale, tout le contraire des entrées des bâtiments modernes de la Capitale. Elle semble avoir été conçue pour faire entrer des géants de cinq mètres de haut.

Les gens continuent à avancer, tout comme lui, les yeux rivés sur ce qui reste de file avant la porte. Quand il n'y a plus que quinze personnes, il se dit que c'est une affaire de minutes. Il s'est un peu inquiété pour rien, il sera au travail dans une heure ou deux, il ne sera pas obligé de s'absenter cette après-midi.

Une telle pensée suffit à le remplir de joie, pas tant par amour de son travail ou par désir de conserver un dossier vierge de tout reproche, mais parce que Ibrahim est viscéralement un être de travail, et il en est convaincu depuis des dizaines d'années (depuis qu'il a mis les pieds dans son bureau, pour être précis). Son existence n'a aucun sens à ses yeux en dehors de cet emploi qui semble avoir été créé dans le seul but de justifier sa présence au monde. C'est sans doute en raison de cette conviction qu'il sombre dans le désespoir chaque fois qu'il songe qu'il n'est plus qu'à deux ans de la retraite, deux années qui passeront en coup de vent et qui, une fois écoulées, le jetteront loin de son bureau et des piles de dossiers qui ont donné un peu de sens à sa vie. Deux ans seulement, et il deviendra une créature inutile, qui ne se lève plus que pour manger, boire, déféquer et uriner, attendre le sommeil puis dormir pour se réveiller à nouveau.

L'idée de la retraite le mine autant que le réjouit la perspective de pouvoir retourner au travail avant midi. La file d'attente avance bien, jusqu'au moment où soudain son cœur se serre : il n'y a plus que dix personnes entre lui et la porte quand le flux s'arrête.

Trois hommes surgissent, de gros costauds ventrus à petites têtes. Deux d'entre eux se plantent devant la porte, tandis que le troisième remonte la file d'attente en dévisageant les personnes qui restent. Il fait signe de passer à deux hommes debout dans la queue et continue sa progression jusqu'au niveau de la vieille femme aux rides étirées, qu'il invite également à entrer, sans se préoccuper le moins du monde de ceux qui sont devant elle.

Après cette scène, les gens commencent à repartir, personne ne se plaint, personne sauf Ibrahim bien entendu, qui s'écrie : "Qu'est-ce qui se passe ?" Nul ne prête attention à son cri. Se voyant ignoré de tous, il s'adresse à la femme ridée : "Qu'est-ce qu'il y a ?" Comme elle vient de le dépasser en compagnie du malabar qui l'accompagne en direction de la porte, elle se tourne en souriant et lui répond avec un visage apparemment bienveillant : *"Dhaccu i zrigh ? Ruh adseksidh*[1]*."*

Il a l'impression qu'elle se moque de lui. Ces mots lui sont complètement incompréhensibles. Quand il lui repose sa question, elle lui répond de la même manière. Il en conclut qu'ils ne parlent pas la même langue. À moins qu'elle n'utilise délibérément cette autre langue pour le perturber. Il pose de nouveau la question, mais en se montrant plus insistant et en lui attrapant le bras. C'est la première fois qu'il empoigne quelque chose qui appartient à une femme, une partie de corps, de

1. "Qu'est-ce que j'en sais ? Il faut demander", en berbère. *(Toutes les notes signalées par un chiffre sont de l'auteur.)*

surcroît. La vie est parfois cruelle envers les êtres les plus insignifiants, et Ibrahim est de ceux-là : il n'a jamais eu l'occasion de parler à une femme, ni même d'en rencontrer.

Enfant unique, il a été élevé par son père après la disparition de sa mère le jour où elle l'a mis au monde. Ce père était un homme sévère et Ibrahim Bafaloulou a hérité de cette rigueur qui, pour lui, se résume en un point : vivre à l'écart des autres. "Les gens n'ont besoin de toi que si tu as toi-même besoin d'eux, alors efforce-toi de ne jamais dépendre de personne", lui avait dit son père un jour.

Et en effet, jamais il n'a eu besoin de personne. Même dans ses années d'adolescence quand il a commencé à éprouver (à chaque fois qu'il voyait Olga) ce que ressentent les jeunes hommes qui atteignent cet âge-là, il se disait que ce devait être une manifestation de ce sournois besoin de dépendance. Il a donc refoulé ses sentiments pendant des années, au point de ne plus avoir dans son entourage proche aucune femme susceptible de le troubler de quelque manière que ce soit. Ainsi a-t-il réussi à se passer de ce dont on ne peut se passer, et à accéder au Salut auquel il aspirait : il n'avait besoin de personne et personne n'avait besoin de lui.

Devant la Grande Poste, la situation va bientôt devenir cocasse mais, pour l'instant, Ibrahim saisit le bras de la vieille femme ridée et éprouve quelque chose qu'il n'a ressenti que dans ses années d'adolescence, cette même émotion qu'il a réprimée grâce aux austères discours de son père sur le retrait du monde et aux livres religieux qui lui ont ouvert les yeux sur une vérité qu'il n'aurait pas soupçonnée, à savoir que la femme est la seule cause de la souffrance ici-bas, en raison de sa nature imparfaite et lubrique. Il faut dire que ce détachement, il l'a aussi gagné grâce aux séances-marathon auxquelles il lui arrive encore parfois de s'adonner aux toilettes, et qui lui permettent d'extirper le poison du désir chaque fois que les pulsions le tiraillent et que son maigre corps le tyrannise en raison de fantasmes absurdes, mettant tous en scène Olga, sous l'apparence qu'elle avait lorsqu'ils étaient adolescents, dans sa jupe courte, avec ses longs cheveux blancs et ce corps qui n'avait pas encore reçu le baiser des années qui l'a rendu énorme.

Cette fois, il ne s'abandonne pas à son imagination malade et ignore la soudaine pulsion du désir. Rien ne peut le détourner de son but : entrer dans les bureaux de cette administration et régler les démarches dérisoires qui sont exigées de lui.

"Je ne comprends pas ce que vous dites", fait-il en éloignant sa main de la vieille femme. Elle lui lance un regard étonné. Le malabar ventru, tout aussi surpris, le regarde en dodelinant de la tête. Dans un français décousu, la femme ajoute quelque chose comme : "Je savais que vous n'étiez qu'un horrible raciste."

Cette fois il la comprend, même s'il trouve ça bizarre de l'entendre s'adresser à lui dans une langue que, de toute évidence, elle ne maîtrise pas. Sa manière de prononcer certains sons ou d'en escamoter d'autres, l'ordre des mots ne laissent planer aucun doute : cette femme n'a jamais appris le français. Elle continue à lui parler en martyrisant cette langue. Lui se concentre du mieux qu'il peut pour la comprendre : elle est persuadée qu'il est raciste, qu'il méprise sa langue d'origine, et elle porterait plainte contre lui sur-le-champ si elle n'avait pas à faire.

Ayant compris ce qu'il peut, il essaye de lui expliquer, en français aussi, qu'elle se méprend sur ses intentions :

— Non, je vous assure. Je n'ai simplement pas saisi ce que vous me disiez. Je n'ai pas appris cette langue et personne ne l'a jamais utilisée avec moi.

Il s'efforce de lui faire comprendre qu'il aime la différence et la respecte. Il parle même six langues, apprises quand il était jeune. À l'époque de l'université, il a d'ailleurs failli s'engager dans plusieurs associations de valorisation des différences culturelles et, même s'il ne s'est pas impliqué en fin de compte, le fait d'y avoir songé sérieusement prouve qu'il n'a rien d'un raciste. Il est quelqu'un de très tolérant et en veut pour preuve qu'à la maison il a deux chats de couleurs différentes et un canari. Les mulets sont ses animaux préférés, justement parce qu'ils sont issus du croisement de deux espèces différentes. En plus, il partage, depuis plusieurs années, sa chambre à coucher avec quelques rats qui n'arrêtent pas de se faufiler chez lui parce qu'il habite entre l'appartement d'un Noir aux yeux bridés (sa mère étant d'origine asiatique) et celui d'une femme rousse et maigre, mariée à un gros basané chauve. Il n'a pas sourcillé un seul instant quand il a découvert que la voisine qui loge au-dessus de chez lui se prostituait et qu'elle avait transformé son appartement en lieu de rencontres pour hommes en mal d'amour. Et il s'est bien gardé de penser quoi que ce soit sur elle quand elle a changé de profession pour devenir voyante à la télévision. Son nom ne lui revient pas mais c'est une personnalité très connue, qui a même été ministre du Tourisme par la suite.

Il est prêt à continuer sa tirade, sauf que le gros costaud l'interrompt :

— D'accord. On a compris. Mais ce que vous devez comprendre, vous, c'est qu'on ne peut plus faire entrer personne. Vous n'avez pas le choix, revenez demain.

— Mais la lettre… Je suis convoqué aujourd'hui, fait-il confusément.

Il tire la lettre de sa poche, l'ouvre devant le vigile et ajoute :

— Regardez vous-même la date. Ma présence est exigée aujourd'hui, pour une affaire urgente.

Le gros costaud lui arrache la feuille des mains et fait mine de lire en remuant les lèvres. Quand il a terminé, il lui dit :

— Je vais de ce pas en toucher deux mots aux responsables. Ils ne se formaliseront pas si vous venez demain. Mais essayez de vous présenter plus tôt cette fois.

Le gros bras s'éloigne ensuite en compagnie de la vieille femme ridée et fait signe aux deux autres costauds de fermer la porte derrière eux.

3

Quand ils se retrouvent à l'intérieur, la femme âgée tire le vigile par le bras. Il se penche et elle lui murmure à l'oreille quelque chose qui le fait sourire. Elle lui chuchote autre chose et, là, il rit et dit à voix basse : "Quelle folle ! Je vous jure, vous êtes folle."

Elle lui chuchote de nouveau quelque chose et cette fois il rougit. L'expression de son visage hésite pudiquement entre la surprise et le désir d'en savoir plus. Il feint la stupéfaction quand il lui demande : "Vous êtes sérieuse ?" La femme opine en silence.

Il fait alors signe à ses deux collègues d'approcher. Quand ils le rejoignent, il les prend à l'écart, non loin de la femme. Il leur parle d'une voix qu'eux seuls peuvent entendre. Quand il se tait, les deux autres s'exclament en riant :

— Non ! Pas possible ! C'est une plaisanterie, c'est sûr.

Il sourit en s'éloignant et leur lance :

— On se retrouve tout à l'heure, comme on a dit.

Il fait signe à la vieille femme aux rides étirées de le suivre. Ses collègues les regardent s'éloigner en souriant sournoisement. Le couple finit par disparaître derrière une porte de service que le gros costaud a ouverte en jetant des regards à droite et à gauche. Quand leur collègue a disparu, les deux autres rejoignent l'endroit où tous les gens qui ont pu entrer attendent que quelqu'un vienne s'occuper d'eux.

Ils sont des centaines, entassés dans un espace qui a la capacité d'accueillir quelques dizaines de personnes. Collés, agglutinés, ils ne se plaignent pas pour autant. Ils se mettent même à blaguer et à improviser des plaisanteries, indifférents à la chaleur et à l'odeur de transpiration. "C'est le hammam ici. Un sauna, ma parole ! Qui a pensé au savon ?" lance l'un d'eux. "Tiens, j'ai retrouvé ma main droite. Personne n'aurait vu la gauche ?" s'écrie un autre. Ils continuent à plaisanter et à se moquer d'eux-mêmes gaiement. Pas un d'entre eux ne se demande pour quelle raison ils sont tous convoqués.

À dire vrai, une telle question n'aurait pas forcément de réponse. Et puis elle n'est pas assez urgente pour qu'ils lui sacrifient ce qui reste de leurs cerveaux continuellement préoccupés par des interrogations autrement plus importantes : que va-t-on manger ? Où se loger ? Trouvera-t-on du travail un jour ? Chacun d'entre eux renferme, à l'intérieur de lui, un homme assis dans un coin sombre qui attend d'être condamné. Pour quel motif ? C'est sans importance. L'homme assis dans l'ombre sait qu'il est suspect, il est mis en accusation depuis qu'il est venu au monde et que le destin a décidé de le faire naître justement dans ce pays. La seule chose qu'il semble attendre, c'est que l'Absurde rende son verdict et, quelle que soit la sévérité de la peine, l'homme assis dans le noir l'acceptera sans broncher, aussi facilement qu'il a accepté l'idée d'être un éternel accusé.

Les gens caressent les sommets de leur inventivité sarcastique quand une porte s'ouvre. On leur ordonne d'avancer et d'entrer. Ils s'exécutent mais s'aperçoivent que la porte ne permet de laisser passer qu'une personne à la fois. Ils commencent à se bousculer, comme s'ils cherchaient une façon d'entrer tous en même temps par un passage qu'ils ne peuvent franchir qu'un par un. Un tel comportement peut sembler étrange mais il est assez facile à justifier, venant de personnes auxquelles on a l'habitude de faire croire des choses bien plus invraisemblables.

De l'autre côté de la porte se tient un policier avec un uniforme différent de ceux portés par la police généralement. Sa tenue ressemble plutôt à un habit militaire, mais bariolé bleu, rouge, blanc. Sur son plastron, on peut lire : "PPP" – le nom abrégé d'une nouvelle brigade de police, directement placée sous les ordres du président, qui existe depuis cinq ans et a rapidement réussi à se tailler une réputation qui déborde les frontières nationales. *PPP* pour Police Personnelle du Président.

Il lui suffit de faire une apparition dans l'encadrement de la porte et de parcourir la salle du regard pour que la foule renonce soudain à son agitation et ses éclats de voix. Les pas se dirigeant vers la porte ouverte se font eux-mêmes discrets. Quand le policier gueule "Du calme", tout le monde se fige sur place et avale sa langue.

Il avance d'un pas et ajoute :

— On rentre à tour de rôle, bande d'imbéciles. Maintenant, y a que ceux qui entendent leur nom que je veux voir approcher.

Il s'écarte pour laisser passer une femme maigre au teint blême, qui porte des lunettes aux montures noires et tient une pile de feuilles. Elle leur crie :

— Ceux dont je vais appeler le nom s'avancent et entrent directement.

Elle se met à égrener une série de noms et ne s'arrête qu'après avoir appelé trente personnes. L'opération terminée, la porte se ferme et les gens peuvent se remettre à plaisanter, soudain plus détendus et disposés à bavarder.

De l'autre côté de la porte, ceux qu'on a fait entrer sont répartis en trois groupes, chacun envoyé dans une direction différente conduisant vers une grande pièce devant laquelle sont postés deux policiers. À l'intérieur de ces salles, cinq chaises en bois sont disposées à deux mètres de distance les unes des autres. Cette rangée de chaises se trouve, elle-même, à cinq mètres au moins du bureau en fer, qui est au fond de la pièce, et où est assis un homme habillé en civil, assisté par trois policiers, deux derrière lui, et un troisième debout près d'une dernière chaise laissée vide devant le bureau.

Sur le bureau, des feuilles, un crayon, une photo dans un cadre doré et trois tas de bracelets en tissu regroupés par couleur : vert, rouge et orange.

Les personnes ayant franchi la porte sont réparties dans ces trois salles presque semblables, de sorte que chaque groupe connaît à peu près le même sort que les autres. Dès qu'ils entrent, l'homme derrière le bureau donne l'ordre à cinq d'entre eux de s'asseoir. Il fait signe aux autres de se tenir debout juste derrière les premiers. Quand tout le monde a pris place, il appelle l'une des personnes assises, lui ordonne de s'approcher de deux pas et de s'arrêter au niveau de l'inscription "Stop" au sol.

— Tu sais pour quelle raison tu es convoqué aujourd'hui ?

— Je ne sais pas.

— Tu ne sais pas, quoi ?

— Je ne sais pas, monsieur.

— Tu résides où ?

— À Badjarrah.

— Quoi ?

— À Badjarrah, monsieur.

— Est-ce que tu connais des quartiers qui s'appellent Trolard ou Duc-des-Cars ?

— Non... Je veux dire : je ne connais pas ces deux quartiers, monsieur.

— Tu n'en as jamais entendu parler, par le passé ?

— Non, monsieur.

— Bon... Dis-moi maintenant qui est cette personne sur la photo.

— C'est Monsieur le président, monsieur.

— Au ton de ta voix, j'ai l'impression que tu ne l'apprécies pas vraiment.

— Au contraire. Je l'aime. Nous l'aimons tous dans la famille.

— Tous... Formidable. Mais tu peux tout à fait ne pas l'aimer. Il n'y a aucun problème, si tu es contre certaines de ses idées.

— Non non... jamais ! On l'aime tous. C'est lui qui nous a sauvés, il faut dire.

— Bien, bien... Tu le reconnais donc comme notre Sauveur ?

— Bien sûr. Sans lui, on y serait tous passés. Il nous a sauvés, ça ne fait aucun doute.

— Alors tu vas m'écrire son nom... Regarde, écris son nom sur cette feuille. Laisse-moi voir maintenant. Parfait ! Est-ce que tu peux lire ce que tu as écrit.

— Bien sûr, monsieur. J'ai écrit "Monsieur le Sauveur, le président de la République populaire". C'est ce que j'ai écrit, monsieur.

— Et pourquoi tu n'as pas écrit son prénom et son nom ?

— Je ne peux pas… je ne peux pas, monsieur.

— Tu ne peux pas ! Pourquoi ? C'est un homme comme toi et moi. Il est né du ventre d'une femme et son père lui a donné un nom et un prénom.

— C'est vrai, mais il n'est pas comme nous. Nous sommes à son image, mais il est quand même différent. Je ne peux pas lui faire l'affront de l'appeler par son nom. C'est déjà bien que je puisse écrire "Monsieur le Sauveur, président de la République populaire".

À ce stade, l'homme derrière le bureau cesse de poser ses questions, toujours les mêmes d'un individu à l'autre, avec des écarts infimes parfois. Si les réponses ressemblent à celles qu'on vient de lire, il sourit et met un bracelet vert à la personne interrogée et l'invite à sortir par une porte située derrière son bureau. Une fois dehors, on se retrouve face à un nouvel agent, on est conduit sans un mot dans une pièce où on laisse ses empreintes et on se fait prendre en photo avant d'être accompagné vers la sortie.

Ceux dont les réponses ne sont pas conformes reçoivent, eux, soit un bracelet orange et sont conduits dans une seconde pièce où ils sont interrogés de nouveau pour décider de leur sort, soit un bracelet rouge et ils sont immédiatement emmenés en prison pour lèse-majesté, méconnaissance de la personne de Son Excellence ou tout autre crime dont la seule logique est de ne pas avoir de logique.

Pendant que certains sont interrogés de ce côté-ci de la porte, les autres, ceux qui patientent de l'autre côté, continuent à échanger des farces et des boutades, en attendant de voir la porte s'ouvrir à nouveau, pour laisser apparaître la maigre femme à lunettes qui viendra appeler trente d'entre eux qui seront emmenés là où ont été conduits ceux qui les ont précédés. Attendre – c'est sans doute ce qu'ils savent le mieux faire depuis que le Ciel les a crachés sur Terre. Attendre que quelque chose se produise, attendre que la vie s'accomplisse ; et, quand rien ne se produit, quand ce qu'ils espèrent ne s'accomplit pas, l'espace d'un instant, ils éprouvent des regrets et recommencent à attendre ce qui n'arrivera jamais. Entre une attente et une autre, ils s'efforcent d'inventer des blagues ridicules sur l'État et le président, et ça les fait rire, ils s'imaginent triompher ainsi de ce qui les opprime et briser le mur du silence. Parfois, ils ont même l'impression de sentir quelque chose comme une langue dans leur bouche, ils se disent qu'elle va croître et qu'un jour elle sera assez longue pour dire “Non”. En réalité ils ont la langue coupée depuis longtemps.

— Non !

C'est précisément ce que dit Olga, debout sur son balcon, avant d'ajouter dans un murmure :

— Ça devient insupportable.

Elle n'en peut plus, voilà trois heures qu'elle se tient à son poste d'observation et qu'elle ne voit qu'une seule chose : des fourgons montent et descendent du quartier de Trolard, que ses pieds n'ont plus foulé depuis des années.

De son balcon haut perché, elle est en mesure de voir dans le détail ce qui se passe du côté de la quincaillerie que tenait son père et qu'elle a louée à quelqu'un de la famille après son décès. Il lui suffit même de se mettre sur la pointe des pieds pour voir plus loin : la rue du Docteur-Saadane et l'intersection des rues Addoun et Charras, où se trouve un kiosque à tabac. Ibrahim Bafaloulou a l'habitude de s'y arrêter pour acheter ses cigarettes avant de trimballer son corps frêle le long de la rue Charras pour rejoindre la rue du Mauritania, où il travaille.

Mais aujourd'hui, en le suivant des yeux comme tous les jours, elle a constaté qu'il ne s'était pas arrêté au kiosque. Il a pris le boulevard Pasteur en direction de la Grande Poste et, une fois sur le square Khemisti, a pris place dans une file d'attente longue de plusieurs dizaines de mètres d'après ce qu'elle a pu estimer. Elle n'est pas parvenue à voir d'où partait cette queue, même montée sur la chaise qu'elle a apportée à cette fin.

Ainsi juchée, elle voit que cette file d'attente n'est pas la seule. Au début de la rue du Mauritania, là où travaille Ibrahim, une autre queue s'est formée, tout aussi longue. Et il y en a une troisième et une quatrième, dans différents quartiers. Si elle ne les avait pas remarquées, elle ne se serait pas souvenue du courrier qu'elle a reçu la veille. La lettre l'invite à se présenter impérativement devant les autorités pour une affaire la concernant. Comme il lui est impossible de se plier à une telle convocation, en raison de son état psychique, elle a aussitôt oublié la lettre et son contenu.

Maintenant qu'elle s'en rappelle, elle a l'idée de la relire. Quelque chose lui aura échappé à la première lecture. En la reprenant, elle n'y trouve rien d'intéressant, mis à part que l'Administration où elle est censée se rendre est justement celle où s'est dirigé Ibrahim ce matin. Comme tout ça l'ennuie, elle oublie de nouveau cette histoire de lettre et décide de se remettre au lit pour lire le nouveau roman d'une écrivaine dont elle a beaucoup entendu parler dans les journaux. Elle a aussi suivi plusieurs émissions télé sur ses livres mais sans que l'écrivaine elle-même ne soit jamais présente à l'écran.

Olga n'aime pas particulièrement lire. Même si elle vit seule, elle n'a jamais eu l'idée de prendre le moindre livre dans l'énorme bibliothèque qu'elle a héritée de son père. Quelques mois après sa mort, elle s'en est débarrassée dans des cartons, il y en avait cent. Djamel Hamidi les a écoulés au square Khemisti, le coin des bouquinistes. Ça a été la première et seule réussite commerciale de Djamel avant le décès de sa mère. Il était sans emploi à l'époque et vivait aux crochets d'Aouïwèche qui se tuait à la tâche. Dans le Quartier on l'appelait même *Oulid el-Chouaffa* – "le fils de la voyante". Et puis la chance a fini par lui sourire quand sa mère est morte dans l'incendie de son appartement et qu'il s'est rendu compte, à l'occasion d'une découverte fortuite, combien il avait été stupide en lui souhaitant "longue vie", toutes ces années, à chaque fois qu'elle condescendait à lui donner de quoi s'acheter son haschisch et ses cigarettes.

Olga se couche dans son lit et commence sa lecture.

C'est un épais volume. Sur la couverture : un beau brun excitant au regard surexcitant. De ses lèvres humides, elle lit le titre dans un soupir : *Si tu me dévorais… Un amour interdit.* Dans un nouveau soupir, elle prononce le nom de l'autrice : Dalila Guendriche.

Elle ouvre le livre sur une dédicace qui lui semble obscure de prime abord. Elle se rappelle ce qu'elle a entendu dire sur ce roman, et pense que, c'est une question de temps, elle finira par en saisir le sens : *"À tous les chats du monde, je m'offre. Bol de lait."*

Avant de se lancer dans l'histoire, elle s'arrête sur une citation merveilleuse placée par l'écrivaine au début de son texte : *“Aimer, c’est devenir une chienne ailée qui dort sur la mer.”*

Bien qu’elle ne comprenne absolument rien à cette phrase (ce qui serait le cas de n’importe quel être doué de raison), elle ouvre la bouche en grand, l’air ébahie et comme frappée par une révélation. Elle se souvient que le critique du petit écran a affirmé que cette phrase d’exergue était, à elle seule, tout un roman. Il s’était appuyé sur des théories critiques modernes, en écorchant le nom de leurs auteurs au passage, pour expliquer comment la romancière réussissait, avec cette citation inspirante, à briser l’horizon des attentes et à rompre avec les usages de la langue et de la narration. De manière géniale, elle transcendait le rôle habituellement liminaire dévolu aux exergues. Selon lui, cette seule citation était un roman autonome, qui dispensait de lire le reste de l’ouvrage qu’il qualifiait d’historique et qui racontait une histoire d’amour avérée, mais occultée par la littérature et refoulée par l’Histoire, entre un dey d’Alger et un beau consul français. À cette époque révolue, ce genre d’amours étant réprouvé de part et d’autre de la mer, leur relation déchaîne une révolte contre le séduisant dey qui finit par être assassiné. Forcé de fuir en France, le beau consul met en place un plan qui lui permet de se rapprocher du roi de France, qu’il persuade d’envahir l’Algérie pour se venger de l’injuste meurtre de son amant.

Olga retarde encore sa lecture, retourne le livre pour jeter un œil sur les commentaires au dos de la couverture : *Un roman sulfureux qui réécrit l’histoire en lettres de vérité. Après avoir consulté des centaines d’ouvrages de référence, dans une vingtaine de pays, et après avoir appris sept langues pour ses recherches, l’autrice est parvenue à reconstituer cette exceptionnelle histoire d'amour entre deux pays qui se sont livré une guerre de plus d'un siècle mais qui se retrouvent, aujourd'hui, face à une seule et même vérité : l'amour triomphe toujours, même si ce doit être par la guerre.*

C'est un des dix romans à succès écrits par Dalila Guendriche en seulement trois ans, ce qui peut paraître faramineux pour une autrice dont les débuts en littérature sont relativement récents. Pour le critique qui avait parlé d'elle à la télévision, c'était une simple question de talent. Il avait mentionné une foule d'écrivains moins doués, qui ont produit un grand nombre de livres sur des périodes très courtes, tout un tas de noms étranges et difficiles à prononcer qu'Olga avait aussitôt oubliés, à l'exception de celui d'un auteur ayant vécu il y a plusieurs siècles en Espagne, et qui avait écrit (d'après le critique) huit cents ouvrages hermétiques aux titres bizarres sur des sujets invraisemblables. Elle a d'ailleurs éclaté de rire en l'entendant, ce nom, "Ibn Arabi". Comment un auteur, espagnol qui plus est, pouvait-il porter un nom qui aurait pu être celui d'un gars du Quartier ? L'interlocuteur du critique s'était mis à rire lui aussi, pour la même raison sans doute, et ce dernier avait conclu son intervention, le visage fermé et triste, en rappelant une vérité trop souvent oubliée : "Nous n'aimons pas voir réussir ceux qui nous ressemblent."

Peut-être était-ce vrai. Mais s'il s'agissait d'une vérité, elle ressemblait beaucoup à un mensonge. La vérité change de visage quand elle doit traverser le miroir.

Un changement de visage – c'est précisément ce qui est arrivé, il y a quatre ans, quand un anonyme, Issam Kachkassi, a décidé de sortir de l'ombre où il s'ennuyait, en devenant quelqu'un d'autre. Il faut dire qu'Issam est tout le contraire de son homonyme que Djamel Hamidi a vu en rêve, cet être plein qui a sombré dans le vide, réduit à se nourrir dans les poubelles, cette créature de la nuit qui se montre quand tout le monde disparaît, pour rester inaperçu et n'inspirer ni pitié ni dégoût. Issam est tout le contraire de cela, c'est un homme vide qui se fait croire qu'il est plein.

4

Même si la vie l'a préféré à beaucoup d'autres en faisant de lui un raté avec un travail qui lui permet d'en vivre, Issam Kachkassi est intimement convaincu que son existence est digne d'être célébrée de tous. C'est une simple question de temps mais il est persuadé que le monde va finir par reconnaître sa vraie nature de grand homme, et si la gloire tarde encore à se manifester, c'est par pure malchance.

Issam est bel homme et y connaît un rayon en élégance. Son style est gravé dans la mémoire des habitants de Duc-des-Cars et personne ne l'a jamais vu autrement que la gueule souriante, avec une barbe à la Trotski qu'il imite jusque dans la manière avec laquelle il coiffe sa tignasse, la plupart du temps dissimulée sous un béret en cuir affublé d'une petite étoile rouge.

Il a également l'habitude de porter des lunettes rondes, à montures noires, qu'il a délibérément prises trop grandes pour pouvoir les remettre en place de temps en temps d'une pichenette, manœuvre intelligente pour capter l'attention de ses interlocuteurs. Il faut dire qu'il impressionne dans le Quartier, il fait de l'effet dès qu'il sort le matin pour se rendre au travail, dans son costume italien, avec ses larges cravates et sa sacoche en cuir choisie elle aussi pour attirer l'œil.

Pour pousser plus loin le mimétisme, Issam a appris par cœur une foule de citations de Trotski, dont il s'attribue souvent la paternité. Quand il s'apprête à vous parler, il sort sa pipe, son nécessaire à tabac et, une fois la première bouffée prise, souffle la fumée par les narines et ouvre la bouche pour déverser un flot de propos qu'il sait incompréhensibles, une salade, une bouillie de mots assez bien servis pour paraître importants aux yeux de quiconque ignore l'art de la sophistique. Issam fait ensuite mine de simplifier son discours et vous crache à la figure des phrases apprises dans Trotski, qu'il ne comprend pas vraiment. Ainsi il vous dira que "Les idées qui entrent dans la tête sous le feu y restent à jamais" ou que "La fin peut justifier les moyens, tant que quelque chose peut justifier cette fin". Le plus souvent, il arrive à sidérer ses interlocuteurs, qui tombent comme des papillons envoûtés par une lampe, sans se rendre compte que, s'ils pouvaient regarder à l'intérieur de cet homme, ils ne verraient rien que du vide.

Issam n'a jamais eu l'impression de jouer le rôle d'un homme qu'il n'est pas. De toute façon, il a la conviction que le talent n'est qu'une illusion inventée par les humains dans leur quête de célébrité. S'il avait échoué en tant qu'écrivain (il avait à l'époque publié trois livres dont personne d'autre que l'imprimeur n'avait entendu parler), ça ne voulait pas dire qu'il était dépourvu de talent, mais seulement que les conditions qui lui auraient permis de connaître une gloire méritée n'avaient pas été réunies. Quand elles seraient réunies, tout le monde serait obligé de lui reconnaître le talent qu'il n'avait jamais eu.

Il était sur le point de perdre espoir et de chercher une autre voie pour connaître la gloire quand il est tombé, un jour, par hasard, sur un texte écrit par un écrivain prétendument important. Il avait acheté le journal qu'il prend pour les mots croisés dont il est féru. L'article rapportait les propos de cet écrivain : "Les réseaux sociaux ont donné le droit de parole à des légions d'imbéciles qui, avant, ne parlaient qu'au bar, après un verre de vin et ne causaient aucun tort à la collectivité. On les faisait taire tout de suite alors qu'aujourd'hui ils ont le même droit de parole qu'un Prix Nobel. C'est l'invasion des imbéciles."

Bien sûr, il a eu besoin d'ouvrir le dictionnaire pour chercher le sens du mot "légion" mais, dès qu'il l'a compris, il a senti qu'il tenait la solution de son problème. Sa gloire était faite, ça ne lui avait jamais semblé aussi évident ; il lui suffisait de trouver une manière intelligente d'enrôler ces légions d'imbéciles. Devenir un écrivain connu n'était plus qu'une question de temps.

Ainsi a-t-il passé des jours à parcourir le Net, à la recherche de tout ce qui l'aiderait à mettre au point un plan futé pour atteindre ses fins.

Dans son carnet, il a noté :

– sur les réseaux sociaux, les pages et les groupes attirent plus d'admirateurs que les comptes personnels ;

– les célébrités utilisent surtout des pages ;

– les comptes et les pages des femmes ont plus d'amis et de fans que ceux des hommes ;

– les posts intelligents ou importants intéressent beaucoup moins de monde que ceux qui traitent de sexe et de religion ;

– une publication à caractère sexuel attirera plus qu'une publication religieuse ;

– une photo érotique intéressera plus que n'importe quel texte même s'il est à caractère sexuel ;

– une photo érotique de femme dévoilant ses charmes intéressera plus que n'importe quelle publication sans photo, même si cette publication est érotique et écrite par une femme.

Une fois les investigations terminées et les notes utiles prises, Issam Kachkassi a ouvert un compte pour lequel il a choisi un nom passe-partout, de manière à ne pas attirer les soupçons, et le hasard a voulu que ce soit "Dalila Guendriche". Il a commencé par donner une apparence à cette Dalila en faisant un montage de plusieurs photos et en veillant à ce que le résultat soit assez énigmatique pour ne pas permettre une identification claire. Une fois que ça a été fait, il a commencé à former la première légion de son armée d'imbéciles et a demandé à devenir ami avec tous ceux qui, à travers leurs publications, lui semblaient être des refoulés ou des prédateurs sexuels dissimulés en quête d'opportunité.

Il s'est ensuite efforcé de recruter ceux qui donnaient des signes de dérangement mental, tous ceux qui aimaient donner une image d'eux-mêmes qui n'avait rien à voir avec ce qu'ils étaient vraiment. Une fois qu'il en était là, il s'est mis à publier des photos de charme accompagnées de phrases aguicheuses, signées par son nouveau visage public : Dalila Guendriche. Son armée a très vite compté trois mille imbéciles qui ne manquaient pas de lui déclarer leur admiration en laissant des commentaires élogieux ou des messages privés.

Il n'a fallu que quelques jours pour que se joigne à son armée une légion d'écrivains dépourvus de talent. Issam (ou Dalila) n'acceptait pas n'importe quel soldat, il s'assurait au préalable que le candidat publiait des posts exécrables. Plus ce qu'on publiait était mauvais, plus on avait de chances d'être accepté dans cette armée qui comptait cinq mille membres au bout d'un mois d'existence, ce qui a obligé Dalila (ou Issam) à ouvrir une nouvelle page, la page des amis de Dalila Guendriche. Les demandes d'amitié continuaient à affluer, formant de nouvelles légions de gentils imbéciles.

C'est alors qu'Issam Kachkassi a publié le premier roman signé Dalila Guendriche, son nouveau visage. Il s'était donné du mal pour trouver le titre : *Deux Hommes, une femme et un homo*. L'écrivaine a annoncé la sortie du livre sur sa page et en a publié des extraits. Les soldats imbéciles se sont rués sur la nouvelle et se sont mis à partager les extraits qu'ils qualifiaient de splendides. Au bout de quelques jours, une rumeur s'est répandue : l'éditeur avait annoncé dans une vidéo que la trentième édition du livre était épuisée et qu'une publication au format poche était prévue. Et c'est ce qui s'est effectivement passé avant que l'écrivaine n'annonce sur sa page qu'elle avait pour projet de publier un nouveau livre, au titre encore plus accrocheur : *Nue sans toi*. C'est sans aucun doute ce deuxième roman qui a fait d'elle la plus grande écrivaine du pays. Et c'est justement celui-ci qu'Olga décide de lire pour passer le temps, après avoir mis de côté le roman historique sur les deux homosexuels amoureux. Elle parvient à en venir à bout en deux heures très exactement, pas une minute de plus.

Il s'agit d'un roman de six cents pages. Elle ne se serait jamais attaquée à un livre aussi volumineux si le critique du petit écran ne s'était pas montré rassurant. Il avait affirmé, entre autres choses, que c'était une lecture si plaisante que n'importe qui l'engloutirait en une traite. Et c'est en effet ce à quoi est parvenue Olga, à cette différence (infime et absurde) près qu'elle n'y a trouvé aucun plaisir. La seule raison pour laquelle elle a terminé l'ouvrage en si peu de temps (et disons sans le lâcher, à l'exception de ses nombreux passages aux toilettes et à la cuisine) relève du choix, plutôt sage, de l'éditeur de réserver une page entière au titre de chacun des trois cents chapitres du récit et au choix, non moins sage, du même éditeur (sans doute par empathie envers le public malvoyant) de proposer au lecteur des pages aérées ne comptant pas plus d'une vingtaine de mots chacune – une vogue, répandue dans les milieux littéraires de l'époque, voulant que la valeur d'un livre dépende de son épaisseur et de son nombre de pages.

C'est une belle histoire, celle d'une femme hindouiste née d'un père musulman et d'une mère catholique d'origine juive. Frappée par une malformation de naissance – elle n'a pas de seins –, elle fait la connaissance d'un fou, dans l'hôpital où elle exerce en tant que psychiatre. À l'issue d'un étrange enchaînement de circonstances, elle découvre que le patient a perdu la raison après un terrible accident survenu plusieurs années auparavant : il marchait dans une rue d'Alger quand un vieux balcon s'est effondré sur lui. Il a perdu l'usage de sa main gauche dans l'accident et a même dû être amputé de la verge, ce qui l'a complètement rendu fou. L'héroïne parvient à communiquer avec lui, malgré la barrière de la langue et son piètre état psychique. Elle arrive en effet à inventer une langue intermédiaire entre l'arabe et l'amazigh (les générations à venir connaîtraient cette langue sous le nom de langue arazigh). Quand le patient découvre qu'elle-même arrive à avoir une vie normale alors qu'elle n'a jamais eu de seins, il reprend goût à la vie. Il finit par comprendre que l'amour n'est pas qu'une question d'organes, ils tombent amoureux et se marient. L'avenir s'annonce radieux, mais l'homme amputé du sexe se rend compte que celle qu'il aime est hindouiste. Il décide alors de mettre fin à leur relation. Ainsi la religion sépare-t-elle ce que l'amour a uni.

Voilà incontestablement une fin triste. Difficile même d'imaginer plus triste issue, si ce n'est la rage qu'éprouve Olga à l'idée de l'argent et du temps qu'elle a gâchés pour ce tas de papiers. À la place, elle aurait pu s'acheter un poulet entier, deux litres de soda et une plaquette de chocolat noir. Quant au temps qu'elle a mis à lire, elle aurait mieux fait de le passer à épier les gars du Quartier depuis son balcon. Le spectacle des chats qui fouillent les poubelles est à lui seul plus intéressant et instructif que ce paquet d'inepties.

C'est ce qu'elle se dit en tout cas. Reprenant le fil de ses pensées, elle peut même ajouter au poulet, au soda et au chocolat trois petites tartes au citron, compte tenu des deux cents dinars de commission pris par Djamel Hamidi pour la livraison du livre. Car quand sa phobie l'a condamnée à rester enfermée dans cet appartement qu'elle n'a pas quitté depuis des années, Djamel lui a proposé de lui livrer à domicile tout ce dont elle avait besoin contre une commission de cinq pour cent sur tout ce qu'il lui amenait ou sur les sommes d'argent qu'il allait lui chercher à la banque. Il lui suffit de lui faire signe depuis son balcon et elle le retrouve quelques instants plus tard debout devant la porte de chez elle, prêt à lui rendre n'importe quel service.

Bien qu'il passe pour un profiteur et un rapace, Djamel Hamidi n'est pas du genre à convoiter le bien des autres. Il n'a, par exemple, jamais pris à Olga plus que la commission qui lui revenait alors qu'il sait très bien qu'elle ne s'en rendrait pas compte, dans la mesure où elle est aussi douée en calcul qu'un cadavre est doué de vie. Il n'a jamais non plus, au grand jamais, pris de commission sur les factures qu'elle le charge d'aller payer pour elle. Parfois même (il n'en a jamais parlé à Olga), il négocie auprès des commerçants et leur fait baisser le prix des petits plaisirs qu'elle lui demande d'apporter.

Quand elle a trouvé une place digne du livre de six cents pages (la poubelle de la cuisine), elle se remet à son balcon et aperçoit Ibrahim Bafaloulou.

C'est étrange tout de même, elle regarde sa montre : Ibrahim n'est jamais en retard. Elle espionne le Quartier depuis assez longtemps pour affirmer avec certitude qu'il revient bien du travail puisqu'il a son cartable en cuir à la main, et qu'il ne l'emporte que pour aller au travail… ou en revenir. Quoi qu'il en soit, Ibrahim n'a pas pour habitude de rentrer après quatre heures et demie de l'après-midi, l'heure à laquelle il arrive devant l'entrée de son immeuble, juste en face du sien.

En y pensant, elle se rend compte que c'est la première fois qu'il revient par la rue du 24-Avril. Ses trajets retour se limitent d'ordinaire à deux possibilités : soit il emprunte la rue tortueuse qui monte de Trolard, soit il monte les escaliers du Docteur-Saadane qui longent les bureaux de la division de la police judiciaire et aboutissent à Duc-des-Cars.

Son sens surdéveloppé du voyeurisme lui fait remarquer autre chose. Elle n'en revient pas. Ibrahim s'immobilise devant l'entrée de son immeuble et reste, planté sur le seuil, pendant une minute et vingt secondes, avant de disparaître à l'intérieur. Jamais Ibrahim ne s'est comporté de la sorte.

Plus étonnant encore, elle l'a vu adresser la parole aux passants, répondre à leurs saluts en souriant. On aurait dit qu'il prenait en compte ceux qui l'entouraient, voire qu'il voulait se montrer affable avec eux. Ça ne lui ressemble pas !

Quand il disparaît de son champ de vision, elle avise Djamel Hamidi qui, lui, sort de l'immeuble. Il oriente son pas lourd en direction de Trolard. Elle regarde à nouveau sa montre puis sourit. Il y en a au moins un, dans le Quartier, qui ne change pas ses habitudes : on est jeudi et c'est l'heure à laquelle il va récupérer la recette de la semaine de la maison de rencontres, c'est en tout cas ce qu'il lui a raconté (et ce qu'elle a pu vérifier depuis qu'il lui en a parlé).

Olga continue à épier ce qui se passe dans le Quartier, son cœur déborde de bonheur à l'idée que rien de ce qui arrive à Duc-des-Cars aujourd'hui ne s'est pas déjà produit par le passé, à la même heure, à la minute près. Tout ce qui trouble sa plénitude, c'est le comportement inexplicable d'Ibrahim Bafaloulou. Que lui est-il arrivé pour qu'il déroge à des habitudes auxquelles il est fidèle depuis qu'ils sont voisins ? Il y a peut-être aussi ces longues files d'attente qu'elle aperçoit au loin et qui ne cessent de se multiplier et de grossir.

5

Si Ibrahim Bafaloulou déroge à ses habitudes, c'est qu'il est préoccupé par des questions de la plus haute importance, lesquelles l'empêchent de remarquer qu'il est en train de devenir un être sympathique et avenant, suffisamment attentif à ses semblables pour répondre à leur salut et leur sourire.

Après avoir quitté la file d'attente de la Grande Poste, il s'est dirigé droit vers son lieu de travail et, contrairement à ce qui lui arrive tous les jours (à savoir rien), un événement s'est produit au moment où il s'est apprêté à entrer dans son bureau : le gardien l'a aperçu, chose exceptionnelle, et lui a fait un signe de la main en articulant quelques mots inaudibles.

C'est un fait, Ibrahim lui a répondu d'un geste de la main qui, certes, n'exprimait ni affection ni une quelconque joie de le voir. C'est simplement qu'Ibrahim Bafaloulou a une connaissance théorique des bonnes manières. Il est même allé jusqu'à lui retourner son sourire, en tout cas c'est ainsi que le gardien a interprété le trait qui s'est formé sur son visage. "Tiens ! On dirait un sourire", s'est-il dit, le voyant étirer les lèvres.

Ainsi, Ibrahim Bafaloulou a manifesté des comportements plutôt adaptés pour une créature censée appartenir à l'espèce humaine. Une telle attitude (relevant d'un simple jeu d'action-réaction) aurait semblé normale et peu coûteuse pour la plupart des gens et même pour certains animaux ; pourtant, étirer ainsi les lèvres lui a demandé un effort exceptionnel ; pour y parvenir, il a dû s'arracher à ses habitudes sociales qui, dans l'ensemble, lui garantissent ce que les autres hommes fuient ou subissent malgré eux – l'isolement. Depuis longtemps, en effet, Ibrahim avait la ferme conviction que la solitude était le seul Salut auquel devait aspirer l'être humain, puisque chacun d'entre nous commence à exister solitairement dans l'isolement du ventre maternel, et finit tout aussi seul dans les entrailles utérines de la terre. Pourquoi en irait-il autrement durant le court laps de temps pendant lequel la vie nous étreint ? Pourquoi faudrait-il alors entretenir l'illusion que l'existence n'a pas de sens sans les autres ?

Ibrahim se doutait que le gardien ne l'aurait jamais remarqué s'il n'avait pas dû, ce matin-là, revêtir son costume noir, qui lui donnait un air officiel, cordial et comme concerné par des existences qui ne le concernaient en rien. Peut-être la chemise blanche à manches longues accentuait-elle cette ridicule illusion sociale, en tout cas pour ceux qui le voyaient dans cet accoutrement, même s'il est notoire que les chemises blanches et propres dissimulent souvent des taches bien noires.

C'est à tout cela qu'il pensait, au moment où il s'est apprêté à pénétrer dans son bureau. Il a entendu frapper à la porte dès qu'il a posé son maigre postérieur sur la chaise en bois. Le gardien est apparu, avec son menton mal rasé et son large front que la Nature, si elle avait été un tant soit peu logique, se serait abstenue de créer ou aurait réparti sur trois personnes ou plus. Pour autant, cette figure, dotée en plus d'un énorme menton en galoche et d'une mâchoire proéminente, n'était pas dénuée de cohérence – du point de vue de la laideur bien entendu.

Gardant quelque chose du sourire dont il venait d'accompagner son signe de la main, le gardien lui dit :

— Belle après-midi, *oustad**.

Il s'est approché, et ils n'ont bientôt plus été séparés que par le bureau. Le gardien lui a tendu la main, laquelle est restée suspendue en l'air un moment. Il l'a ramenée, s'apercevant qu'il s'était emballé en prenant le salut d'Ibrahim et son sourire forcé pour le commencement d'une relation qui ne serait jamais.

— La directrice vous demande, a-t-il fait, gêné.

— La *directrice* ?

— Madame la directrice... oui. Elle vous prie de vous présenter dans son bureau.

Le gardien n'a pas remarqué les signes de surprise sur le visage d'Ibrahim. Il s'est éclipsé, sans attendre de réponse.

Ibrahim ne savait pas que le bureau du dernier étage était occupé par une femme, et que *Monsieur le directeur* était devenu *Madame la directrice* ; ce qui signifiait que toute sa correspondance récente était marquée par le sceau de l'erreur puisqu'il continuait machinalement à commencer chacun de ses courriers par : "À l'attention de Monsieur l'honorable directeur général", formule

---

* Titre de courtoisie, donné généralement à des personnes instruites ou qui ont fait des études. Communément traduit par "monsieur", c'est aussi le mot qui sert à désigner les professeurs. *(Toutes les notes signalées par un astérisque sont du traducteur.)*

restée inchangée au bout de trente années de service. Pour gagner du temps, il avait même imprimé par avance cette phrase sur toutes les feuilles dont il se servait pour les rapports qu'il rédigeait tous les soirs une demi-heure avant de quitter son lieu de travail.

Les pensées se bousculaient dans sa tête, il espérait que la convocation dans le bureau de Madame la directrice n'était pas liée à cette négligence qu'il ne se pardonnerait jamais.

Bien sûr, il n'était pas tenu de connaître le nom du directeur, il y en avait tellement eu. En trente ans de service, trois cent soixante-douze personnes s'étaient succédé à ce poste ; une fois, un directeur, désigné le matin, avait même été remercié à la mi-journée. On avait prétendu à l'époque que Monsieur le président (soulignons ici que l'auteur ignore de quel président parle la rumeur populaire) l'avait personnellement nommé mais qu'il avait rapidement découvert qu'une de ses anciennes maîtresses avait rejoint le harem de ce directeur qu'il limogea le jour même ; pour pousser sa vengeance encore plus loin, le président aurait ensuite nommé à ce poste le frère de ladite maîtresse qui, quand elle l'avait appris, avait quitté le poulailler de l'ex-directeur pour revenir au bercail présidentiel.

C'est ainsi que les choses s'étaient passées, ou à peu près.

Ibrahim n'était donc pas tenu de connaître le nom ou le visage du directeur, c'était une évidence, mais qu'il ait été porté par son ignorance à ne pas savoir de quel sexe il ou elle était, il y avait là une faute impardonnable.

Il s'est dit que Madame la directrice, compte tenu de sa position et dans la mesure où elle savait tout, en tant que directrice, avait sûrement remarqué qu'il ignorait qu'elle était une femme. Elle aurait pris connaissance de ses derniers courriers et lu ses rapports quotidiens (car il imaginait qu'elle les lisait), avec cette formule liminaire qui étalait sa bêtise au grand jour et le faisait passer pour un employé manquant de sérieux et passible de réelles sanctions disciplinaires.

C'est à tout cela qu'il était en train de penser au moment de sortir de son bureau, mais à peine avait-il fait trois pas dehors que quelque chose lui est revenu : la demande de promotion qu'il avait envoyée deux semaines plus tôt. Il s'est dit que cette entrevue avec Madame la directrice était une bonne opportunité pour évoquer la question de cette promotion qui avait bien trente ans de retard, vu son niveau d'études et ses compétences que personne ne pouvait remettre en cause. Pour ce qui était de l'ancienneté, c'était encore plus évident : il travaillait dans l'entreprise depuis tellement longtemps qu'il méritait qu'on la rebaptise à son nom et à plus forte raison, donc, qu'on lui accorde une promotion qu'il aurait pu obtenir des dizaines d'années plus tôt.

Il trouvait que cet entretien avec Madame la directrice tombait à point nommé en fin de compte, il allait pouvoir parler avec elle de cette question d'avancement, d'autant qu'il savait avec certitude qu'elle n'avait pas pu prendre connaissance de sa requête puisqu'il l'avait envoyée il y a deux semaines et qu'une demande de ce genre mettait au moins deux mois pour parvenir sur son bureau. Il lui faudrait ensuite un mois supplémentaire pour l'étudier et une bonne semaine pour la signer, après quoi elle appellerait une réunion du conseil d'administration, dans un délai de deux semaines, pour ratifier sa décision. À l'issue de cette réunion et après ratification du conseil d'administration, le secrétaire de séance avait une semaine entière pour en rédiger le procès-verbal. La décision devait ensuite revenir sur le bureau de la directrice, ce qui pouvait prendre encore deux semaines. Elle la relirait et la viserait pour en valider les termes puis l'adresserait directement au responsable des ressources humaines qui disposait d'une semaine, selon le règlement intérieur, pour la transmettre à son directeur qui, lui-même, après l'avoir étudiée, dans un délai n'excédant pas trois semaines, la renverrait au chef de département pour inscription au registre du personnel, avant qu'elle soit communiquée au responsable des ressources économiques qui la remettrait à son directeur, dans les deux semaines, après s'être assuré de la conformité des données. Ledit directeur avait ensuite un mois (conformément au règlement intérieur) pour étudier la décision, la viser et la renvoyer au chef de département pour qu'elle soit intégrée à la grille des salaires puis remise au commissaire aux comptes qui l'examinerait, dans un délai raisonnable n'excédant pas six mois, avant de la transmettre au directeur administratif, non sans lui notifier son accord, le cachet de ce dernier étant en effet nécessaire à l'entérinement définitif de la demande dont le titulaire était informé dans un délai de deux mois.

Même si ces démarches pouvaient paraître longues, elles semblaient dérisoires comparées à la file d'attente qu'Ibrahim apercevait devant la porte de l'Administration au moment où il entrait. À vrai dire, c'était la première fois qu'il remarquait une file d'attente à l'entrée de son lieu de travail ; en même temps, il n'était jamais allé au-delà de la guérite du gardien avant aujourd'hui, et n'avait jamais non plus été obligé d'entrer dans le bâtiment principal dont la vocation, à en croire l'écriteau affiché à l'entrée, était de servir les citoyens qui, pour y pénétrer, devaient simplement obtenir l'accord de la directrice en lui envoyant une requête soumise au même protocole que toutes les demandes qui lui étaient transmises.

Ibrahim a pris une profonde inspiration avant d'entrer dans le bureau de Madame la directrice. Il avait mis ses idées en ordre dans l'ascenseur qui l'avait monté au douzième étage. C'est la moindre des choses qu'on est en droit d'attendre d'un bon employé, bien dressé, dont la seule aspiration est de se faire bien voir de son responsable et de lui plaire.

Il a arrangé son nœud de cravate et boutonné sa veste noire en remerciant Dieu d'avoir choisi, pour cet entretien, justement le jour où il portait son vieux costume. Se souvenant de la lettre reçue la veille, qui lui demandait de se présenter devant l'Administration en tenue correcte, il n'en revenait pas que l'État ait eu la clairvoyance invraisemblable de poser cette condition et de lui faire parvenir ce courrier la veille du jour où il était demandé par la directrice. Les voies du Gouvernement sont impénétrables et Ibrahim débordait de gratitude.

Si passer la porte de la directrice avait pris davantage qu'une poignée de secondes, la gratitude d'Ibrahim se serait étendue à la boutique où il s'était procuré son costume, et sans doute aux circonstances qui l'avaient poussé dix ans plus tôt à l'acheter. Qui sait ? Sa reconnaissance serait peut-être allée jusqu'à inclure le couturier qui l'avait confectionné, le marchand de tissu, voire le tisserand sans qui rien n'aurait été possible, mais voilà, on manque toujours de chance et de temps, en ce monde, alors Ibrahim s'est contenté de remercier Dieu et le Gouvernement.

Il s'est avancé en arborant un sourire raisonnable, la silhouette droite et le pas ferme, ignorant les douleurs de ses jambes frêles, mises à rude épreuve dans la file d'attente le matin même.

Au moment où il entre, il bombe le torse et parvient à ruser avec le bâton d'allumette qui lui tient lieu de cou en l'étirant au maximum, le faisant passer pour un cou comme un autre, fier de porter une tête droite. Dès qu'il se retrouve dans le bureau de Madame la directrice, en revanche, il sent sa tête peser et son cou disparaître, comme s'il s'enfonçait dans sa poitrine. Il se retrouvait privé de cou, la tête pendante, comme il se doit quand un employé minable de son rang comparaît devant la directrice.

Pour tout dire, Ibrahim était en train d'éprouver les effets d'une ligne de démarcation qu'on nomme *Le Seuil.* Dans cette nation-caserne, Le Seuil sépare le monde des simples soldats de celui de leurs supérieurs, et il agit comme une main invisible. Il suffit qu'un soldat soit pris de l'outrecuidance de franchir cette ligne pour qu'il se retrouve la tête baissée, tout à coup privé d'âme, le regard irrésistiblement aimanté par le sol.

Seuls les esprits habiles savent qu'il est vain d'essayer de résister. Quand on est simple soldat, il ne sert à rien de croire qu'on peut passer cette frontière le torse bombé et la tête haute. Partant de là, l'esprit habile choisira souvent de traverser Le Seuil en s'inclinant, en s'agenouillant, voire en se traînant sur le ventre. Cette aptitude exceptionnelle à se fondre dans la soumission peut parfois attendrir la main despotique et permettre aux inférieurs les plus adroits de demeurer de l'autre côté, loin des soldats insignifiants.

Ibrahim n'est pas assez roublard, l'essence des choses lui échappe. Preuve de sa naïveté : sur le trajet allant de son bureau à l'entrée du bâtiment principal, il avait préparé vingt-trois phrases intelligentes à dire à la directrice, une phrase par pas. Il est vrai qu'il avait écarté dix d'entre elles dans l'ascenseur qui le conduisait au dernier étage. Il avait renoncé à dix autres phrases pendant qu'il attendait l'autorisation d'entrer, ne gardant que les trois qui lui semblaient les plus fortes et les plus expressives. À la fin, il n'en avait conservé qu'une, composée de quatre mots, les plus appropriés pour pareille occasion.

Une fois que son choix s'était fixé sur cette phrase, il s'était demandé niaisement "En quelle langue je vais le dire ?" mais s'était ressaisi aussitôt en se moquant de lui-même. La question ne se posait pas puisque leur entretien se déroulerait évidemment en français, la seule langue retenue par le Ciel pour les échanges dans l'au-delà du Seuil. La *darja* (l'arabe courant) servait aux gens, dans la vie, mais était un outil de communication somme toute primitif, indigne d'une responsable du niveau de Madame la directrice. L'arabe classique, de son côté, était une langue qui avait sa place à la mosquée, dans la bouche du charmant monsieur du journal télévisé ou, à la rigueur, dans des livres que personne ne se souciait d'acheter, mais restait un idiome arriéré et pourrait heurter la sensibilité de sa directrice. Au mieux, elle s'en amuserait et lui passerait pour un clown qui distrait la galerie.

Il avait donc choisi sa phrase et déterminé dans quelle langue il la dirait, trente-cinq minutes moins deux secondes avant d'être autorisé à entrer, soit le temps qu'il a passé dans la salle d'attente. C'était plutôt un couloir étroit au bout duquel était placée une chaise métallique et froide, choisie avec soin pour son inconfort ou peut-être (et plus probablement) afin de le préparer à un entretien avec un être supérieur, que le Ciel allait lui faire l'honneur de rencontrer, distinction qu'il ne devait qu'à la modestie de Madame la directrice qui, une fois nommée, avait décidé, pour affirmer sa stature, de vider le douzième étage pour le dédier à ce qu'elle a baptisé *Le Cabinet de la directrice*. Celui-ci était composé d'un bureau (le sien), occupant la moitié de l'étage, une salle de réunion où personne n'avait jamais eu le loisir de se réunir, ainsi qu'un secrétariat énorme censé accueillir neuf secrétaires même si on n'en avait encore vu qu'un seul que les employés appelaient Le Pantin, nul ne l'ayant jamais vu sourire ou faire la grimace, ni même entendu parler – un homme né inexpressif.

Les autres secrétaires n'avaient, quant à eux, été aperçus qu'une seule fois, le jour où, il y a assez longtemps, ils étaient venus ensemble signer leur contrat. Personne ne les avait revus depuis. Les employés savaient, pourtant, qu'ils étaient encore leurs collègues puisque leurs noms continuaient avec opiniâtreté à figurer sur les registres du personnel et des salaires. La dernière portion du douzième étage constituait un couloir exigu, à l'entrée duquel on pouvait lire l'écriteau "Salle d'attente".

Il s'est avancé vers la directrice avec un sourire cordial qu'il s'était entraîné à faire en convoquant ses rares souvenirs d'enfance. Il a commencé à articuler son unique phrase mais ses mots se sont mués en un hoquet à l'instant où il a vu le visage de la directrice.

Il était cloué sur place, il écarquillait les yeux, un étrange engourdissement gagnait sa bouche édentée, sa langue était figée, ses lèvres paralysées et, le souffle coupé, il s'est chuchoté à lui-même : "C'est impossible ! Elle ressemble à…" Il a décliné cette phrase dans toutes les langues qu'il connaissait, puis plus rien… D'un coup, l'incompréhension lui a éteint le cerveau sur cette scène bizarre qu'il aurait été incapable d'imaginer même dans ses délires les plus extravagants.

— Bonjour monsieur Bafaloulou, elle lui a dit en lui faisant signe de s'asseoir.

Il ne s'est pas assis, il était tétanisé. Elle n'a pas insisté et a poursuivi sans lui accorder le moindre regard :

— Vous êtes donc Ibrahim Bafaloulou.

Il était sûr que ce n'était pas la première fois qu'il entendait cette voix. Il allait dire une banalité mais par chance (pour lui) sa supérieure a renchéri, après avoir levé les yeux sur lui :

— Nous sommes-nous jamais rencontrés par le passé ?

Il a répondu par la négative en hochant la tête de droite à gauche. Comme elle le dévisageait de manière terrifiante, il s'est efforcé de remuer sa langue de pierre, craignant que son silence ne la mette en colère.

Après un instant d'hésitation, il a senti ses lèvres se libérer :

— Non… non je ne crois pas.

Elle a scruté ses gestes quand il lui a parlé : il a croisé les bras, a détourné les yeux avant de les ramener sur elle pour lui répondre sans un battement de paupières ni aucun mouvement des pupilles. Elle a souri. Elle savait qu'il mentait. Elle a joué le jeu.

— Bien sûr que non, nous n'aurions pu nous rencontrer nulle part ailleurs qu'ici mais j'ai l'impression de vous avoir déjà vu.

Elle a continué à l'observer. Lui essayait de ne pas croiser son regard, ses yeux ne devaient pas le trahir. Il ne fallait pas qu'elle y voie ce qu'il valait mieux ne pas voir.

La tête penchée sur un imposant dossier, elle lui a dit :

— Je lis, ici, que vous êtes en service depuis trente ans.

— Très exactement, trente ans, cinq mois et neuf jours, a-t-il précisé trop sérieusement.

— Trente ans au même poste, elle l'a interrompu intriguée. Waouh !

Prenant ça pour un compliment, il a souri.

— Je vois que le nombre des congés que vous n'avez pas pris s'accumule… En fait, vous n'avez jamais pris de congés de votre vie, et votre dossier ne signale aucun jour d'absence.

— Si ! Je me suis absenté ce matin et c'était à contrecœur parce que…

— Aujourd'hui ? s'est-elle étonnée.

— Ce matin, aujourd'hui même, et j'avais demandé une permission.

— Une permission ?

— La permission de m'absenter, je l'ai demandée hier, même si…

— Je vois. Ce n'est rien, ce n'est rien. Pour être sincère, je vous assure que je n'ai jamais consulté de dossier avec autant de diplômes.

— Merci, mais en vérité…

— Mon Dieu ! Un instant, je les compte. Un, deux… vingt. Waouh ! Et ce n'est pas fini, il y en a encore d'autres.

— Non non, les autres ne sont pas des diplômes, ce sont des attestations de formation, celle-ci par exemple…

— Comme c'est étrange… Il y a aussi vingt-trois demandes de promotion.

— Oui oui, s'est-il empressé de dire en voyant se profiler l'occasion de lui parler de sa nouvelle demande mais elle l'a devancé.

— Toutes rejetées, apparemment… Ce qui est bien compréhensible.

— Compréhensible ?

— Bien entendu. Vous avez des compétences supérieures à tous ces postes auxquels vous avez candidaté.

— Mais le poste que j'occupe actuellement est encore inférieur, malheureusement.

— C'est justement pour cette raison que je vous ai fait venir.

— Je ne comprends pas.

— En étudiant votre dossier, je me suis aperçue que vous aviez été recruté de manière irrégulière il y a trente ans. Bien sûr, vous avez brillamment réussi le concours pour accéder à ce poste mais il n'est même pas au niveau de votre diplôme le moins élevé.

— Je sais… je sais.

Il se préparait à lui expliquer le projet qu'il avait échafaudé à l'époque où il avait passé le concours. L'idée était de se faire engager pour gagner sa vie, peu importait la position, une fois entré il verserait ses diplômes à son dossier pour accéder à d'autres fonctions. C'est ce qu'il avait fait, mais il faut croire que personne n'avait jamais pris attention à ses diplômes, à ses compétences, à toutes les langues qu'il parlait.

La directrice ne lui a pas laissé l'occasion d'expliquer quoi que ce soit, elle a ajouté :

— Vous êtes sans doute en mesure de comprendre que nous sommes dans une situation embarrassante.

— Une situation embarrassante ?

— Bien sûr, vous avez passé trente ans à occuper un poste de manière irrégulière. Nous devons trouver une solution pour sortir de cette situation embarrassante.

Il voulait lui dire que ce n'était pas vraiment une situation embarrassante et qu'il n'était pas nécessaire de trouver une solution pour en sortir. Durant trente ans, il avait fait le travail comme personne d'autre, peut-être même mieux que n'importe qui.

C'est vrai qu'il avait rusé pour échapper à l'étau du chômage. Il avait prétendu lors de l'entretien d'embauche qu'il n'était pas allé au-delà de l'école élémentaire. Mais quel autre choix avait-il ? Les diplômés grossissaient les rangs des chômeurs et faisaient la queue devant les guichets de l'espoir. Ils ne trouvaient pas de travail au prétexte qu'il n'y avait pas de postes adaptés à leur niveau d'études et, quand ces postes existaient, ils n'y accédaient pas parce qu'ils n'avaient pas de relations haut placées pour garantir leur loyauté ultérieure.

Voilà ce qu'il voulait lui dire mais quelque chose s'est alors passé dans ses yeux. Il l'a regardée, attendant la suite, quand soudain ce visage sévère, digne de sa position de directrice, s'est reflété sur sa rétine… L'espace d'un instant, ce visage ne lui a plus semblé si austère, il était familier. Sans s'en apercevoir, il lui a lancé :

— En réalité je vous connais. Je peux même dire que je vous connais bien.

Il l'a surprise. Elle a été prise d'un rire, bientôt un fou rire qu'elle ne parvenait pas à retenir. Rien ne semblait pouvoir l'arrêter, jusqu'au moment où lui a poussé un cri.

Il venait de s'asseoir, de s'effondrer plutôt, sur la chaise, les jambes écartées, comme s'il était avec un vieil ami :

— Tu es Aïcha… Mon Dieu, je suis persuadé que vous êtes elle.

Un silence embarrassant s'est installé. Ils se sont regardés sans rien vouloir se dire. Ils étaient encore dans cette situation quand le secrétaire surnommé Le Pantin est entré à l'improviste annoncer l'arrivée d'un visiteur indésirable.

6

Sur son trajet vers le petit marché où il a pris l'habitude de stationner son énorme carcasse, près de l'entrée d'un immeuble qui est devenu La Mecque de tous les hommes en quête d'amour dans cette ville, Djamel Hamidi avise les gars du Quartier, ils sont agglutinés autour du Facteur qui leur distribue des enveloppes. Il apprend en se renseignant que ces courriers sont des convocations qui prient tout le monde de se présenter devant l'Administration, à une adresse précisée, pour une affaire importante.

Il attend pendant deux heures, le temps que le bonhomme termine sa distribution, il avance alors vers lui à petits pas, affichant une expression qu'il pense être courtoise et affable, puis tend la main comme pour saluer un vieil ami.

À la vérité, leur relation peut être assimilée à de l'amitié, si par amitié on entend une relation de partage entre deux personnes différentes qui tirent plus d'avantages de l'objet de leur partage que de désagréments à dépasser leur différence.

Ces deux-là rendaient en effet souvent visite (pour une raison souvent due au hasard) à la maison de la Gentille-Dame, le même jour et à la même heure. Ils s'asseyaient alors côte à côte et attendaient leur tour puisque la Gentille-Dame n'avait que quatre chambres qui ne permettaient pas d'accueillir – comme l'exige, en toute innocence, la logique – plus de quatre clients à la fois. Par malchance, ils se présentaient fréquemment à un moment où la dame ne pouvait pas satisfaire davantage de clients. Elle les faisait entrer malgré tout pour ne pas déroger à la politesse. Il faut dire que Djamel Hamidi était le fils d'Aouïwèche-la-Voyante, son amie la plus chère, et que le Facteur (dont personne ne connaissait le nom) était son plus ancien client, en comptant bien entendu les trois années de vie conjugale qu'ils avaient partagées avant de se rendre compte que le monde est abject et qu'il donne parfois aux choses une tournure qu'on ne veut pas leur voir prendre.

Pour une autre raison, également liée au hasard ou peut-être à une question de goût et de caprice, les deux hommes, tout au long de leur compagnonnage de quinze années dans la maison de la Gentille-Dame, ont nourri une commune passion pour une seule et même fille prénommée Bakhta. Sa mère l'avait appelée ainsi en référence à un célèbre poème écrit par un poète tombé amoureux d'une jeune femme dont c'était le prénom. Jadis, un homme pouvait en effet s'éprendre d'une femme au premier regard, il écrivait alors de longs poèmes d'amour et continuait à l'aimer jusqu'au jour de sa mort, sans jamais l'avoir faite sienne ni l'avoir épousée. Des décennies et des siècles plus tard, si la chance lui souriait, quelqu'un exhumait son trésor et chantait son long poème (ce qui est précisément arrivé au poète en question). Les gens s'enflammaient pour cette chanson au point qu'une femme qui n'avait jamais connu l'amour décidait d'appeler sa fille Bakhta dans l'espoir qu'elle aurait la chance d'être aimée, au premier regard, par un homme semblable au poète. Et c'est à peu de chose près ce qui est arrivé à Djamel Hamidi et à son acolyte quand ils ont vu Bakhta pour la première fois, quinze ans plus tôt, elle a ravi leur âme, ils l'ont désirée ardemment et immédiatement, même si (chaque époque ayant ses usages) ils ne lui ont jamais dit la moindre ligne de poésie et n'ont pas été épris d'elle au sens où sa mère l'aurait voulu.

— C'est le jour des lettres à ce que je vois, dit Djamel Hamidi en regardant la sacoche accrochée à l'épaule de son rival.

Il insiste avec un rire forcé, proche d'un aboiement de chien errant, après avoir ramené sa main restée suspendue en l'air, ignorée par le Facteur épouvanté. Personne dans le Quartier ne sait dans quoi trempe cette main au juste, ni ce dont elle a été capable. On dit, perfidement et unanimement, que Tata Aouïwèche n'a pas pu mourir dans un accident comme l'a affirmé le rapport de police dans une phrase laconique, que Djamel Hamidi connaît par cœur à force de l'avoir répétée : “L'incendie a été provoqué par l'explosion d'une bouteille de gaz butane ménager, en raison d'une exposition prolongée au soleil et de la détérioration du tuyau d'alimentation qui, d'après les expertises, n'a pas été changé depuis dix ans.”

Ce procès-verbal aurait peut-être préservé une certaine forme de compassion envers lui dans le Quartier si Djamel n'avait pas disparu, justement à la mort de sa mère, pour refaire surface quelques mois après, au volant d'une voiture flambant neuve et en compagnie de la Gentille-Dame. On a rapidement appris qu'ils s'associaient pour s'occuper de la maison de rencontres, que Djamel Hamidi a alors déménagé de la rue Duc-des-Cars à un nouvel appartement qu'il avait acheté près du petit marché où il a pris l'habitude de stationner son énorme carcasse.

Au bout de quelques années, il s'est retrouvé seul et unique propriétaire de cette entreprise de l'amour, après que son associée fut devenue d'abord voyante pour la télévision, où elle avait plusieurs émissions, puis ministre du Tourisme, fonction où elle avait incroyablement excellé. Cette série d'événements a suffi à éveiller les soupçons des gens quant aux circonstances de la mort de Tata Aouïwèche qui, grâce à ses visions et à sa capacité exceptionnelle à repousser les coups du sort, avait rempli les cœurs d'espoir, de jalousie et de bêtise – trois épices sans lesquelles la recette du bonheur n'est pas parfaite.

L'ambiguïté des événements qui ont suivi la mort de la mère de Djamel Hamidi suffirait à expliquer pourquoi son rival refuse de lui serrer la main (si tant est que le Facteur, malgré ses mœurs, soit resté un homme honorable et droit). Pourtant, c'est autre chose qui l'anime au moment où son regard fuit celui de Djamel et où il ignore sa poignée de main. Tout ce qu'il se dit, c'est que cette main lui a enlevé Bakhta. Dans le seul but de l'humilier (il en était sûr), Djamel a fait de sa préférée la tenancière de la maison de rencontres quand il en est devenu le seul et unique propriétaire. Depuis, Bakhta n'a plus de rapports qu'avec lui. Le Facteur s'est retrouvé privé d'elle, et cette injustice, il ne la lui pardonne pas.

— Elles sont expédiées par la même juridiction ?

— Quoi ?

— Les lettres.

— Peut-être, je ne sais pas.

— Elles portent toutes le même tampon, à ce que je vois.

— Oui… oui. Elles portent toutes le même tampon.

— Alors, c'est le même expéditeur.

— Je suppose, c'est très possible.

— Et moi ?

— Quoi toi ?

— Il n'y a pas de lettre pour moi ?

Le Facteur sort un paquet d'enveloppes de sa sacoche bourrée de lettres et les examine une à une. Il en tire six et les jette par terre, crache dessus puis apostrophe son rival, les yeux dans les yeux cette fois : "C'est pour toi et tes putes." Il fait volte-face en grommelant des insultes dont les plus douces auraient semblé intolérables à la plupart des gens sur Terre.

Mais voilà, Djamel Hamidi n'est pas comme la plupart des gens qui gaspillent leur courte vie à s'agripper à des broutilles aussi vaines que l'orgueil ou l'honneur. Donnant raison au dicton qui recommande d'éviter de serrer la main de n'importe qui, Djamel se contente de se pencher et de baisser la main, justement, celle-là même qu'il vient de tendre à son ennemi, vers les lettres que le crachat rend beaucoup plus collantes que les mots fleuris du Facteur, qui lui ont glissé dessus.

Ce sont six lettres, portant toutes le sceau officiel du pays. Deux sont adressées à Bakhta et à lui, les autres aux filles. Comme il s'y attendait, il s'agit de convocations leur enjoignant de se présenter le lendemain pour une affaire qui semble concerner tout le monde.

En réalité, trois minutes et douze secondes très exactement se sont écoulées entre le moment où le Facteur a craché sur les lettres et celui où leur destinataire est parvenu à les attraper. Ce laps de temps peut sembler considérable pour un déplacement aussi anodin mais il faut avouer que Djamel Hamidi ne s'est jamais baissé aussi rapidement de sa vie. Son précédent record était de cinq minutes et quelques. Il n'est pas évident de se pencher pour ramasser des objets au sol quand on a une énorme bedaine et des bras courts – deux singularités physiques prouvant que Humpty Dumpty n'est pas une créature aussi irréelle et laide qu'on pourrait le croire. Les difficultés qu'il a à se baisser n'ont jamais rendu Djamel Hamidi particulièrement triste, de toute manière il finit toujours par se relever. Savoir se remettre debout, voilà le meilleur antidote contre la tristesse, ce sentiment propre aux esprits qui aiment tellement courber l'échine qu'ils finissent par passer leur vie à prétendre qu'il est plus confortable de s'incliner que de se tenir droit.

Le temps que Djamel Hamidi attrape les lettres, le Facteur est déjà dix immeubles plus loin dans la rue Duc-des-Cars, où il croise en entrant Issam Kachkassi qui, lui, se presse de sortir en direction de Trolard.

Il s'est assoupi dans l'après-midi et a failli manquer son rendez-vous hebdomadaire avec Bakhta. Pour sa plus grande chance, Djamel Hamidi était occupé à parler avec quelqu'un quand il a atteint les parages du petit marché, il ne l'a donc pas vu entrer dans l'immeuble de la maison de rencontres. Ils se sont mis d'accord, deux semaines plus tôt, pour qu'il lui rende une vieille dette restée impayée depuis des mois. Il l'a croisé la veille au soir, et Issam s'est engagé à rembourser (avant minuit !) l'intégralité de ce qu'il lui doit, à quoi il ajouterait sans doute une généreuse gratification.

Quand il a frappé à la porte, Bakhta a ouvert. Elle était restée seule après le départ des filles, et il n'y avait plus aucun client dans l'appartement. Il s'est produit entre eux ce qui doit se produire entre un client fidèle et une hôtesse qui a du métier. Pas une fois, Issam n'a raté leur rendez-vous hebdomadaire et Bakhta n'a jamais manqué de l'honorer personnellement, même si Djamel Hamidi l'a chargée de faire tourner la maison et qu'elle n'a plus besoin de coucher. Il se passe quelque chose en elle… Elle refuse qu'une autre s'occupe d'Issam, de même qu'elle refuse de le faire payer, il peut prendre le temps qu'il veut.

Quoi qu'il en soit, Issam Kachkassi, allongé auprès d'elle, cajolant ses cheveux courts et charbonneux, s'est senti obligé de dire quelque chose d'intelligent. Ils avaient fini de baiser quelques minutes plus tôt et un bloc de glace s'était formé entre eux, comme il arrive souvent entre deux adultes qui ont des rapports sexuels pour passer le temps ou dans l'espoir d'en tirer un quelconque profit.

Même si le temps qu'ils avaient ainsi tué ensemble n'excédait pas celui que met chacun d'entre eux à fumer une cigarette, ils s'étaient efforcés, l'un et l'autre, de produire tout un tas de signes de satisfaction et de bruits nécessaires pour se donner mutuellement l'illusion qu'ils avaient pris un plaisir jamais éprouvé auparavant. Par gratitude, Issam a eu l'idée de faire quelque chose qu'il avait vu dans un film un jour : il a plongé ses doigts dans les cheveux de Bakhta pour les caresser mais s'est immédiatement rendu compte que sa main s'empêtrait dans une sorte de grillage de fils barbelés qu'une ruse de l'imagination lui avait fait prendre pour une chevelure.

Indépendamment des efforts qu'il devait faire pour dégager sa main indemne d'un tel piège, Issam a prononcé la première phrase qui lui a traversé l'esprit pour réchauffer l'atmosphère : "Une horloge cassée ne donne jamais la bonne heure, mais ça ne veut pas dire que le temps s'est arrêté."

Il s'est humecté les lèvres pour être prêt à expliquer sa phrase à la demande de Bakhta qui, contrairement à ce qu'il espérait, a continué à le regarder en souriant d'un air bête.

N'attendant plus aucune réaction de sa part, il a repris :

— Ce que je veux dire, c'est que tu es...

Il s'est arrêté en s'apercevant qu'il était incapable d'expliquer sa phrase intelligente. C'était une citation qu'il avait apprise un jour pour la ressortir quand l'occasion se présenterait, mais il avait apparemment oublié de lire les explications dans la marge, à moins que l'auteur se soit abstenu d'éclaircir une phrase qui lui avait paru se suffire à elle-même.

Pour la première fois (et peut-être la dernière), il a admis au plus profond de lui-même qu'il était stupide. Comment n'avait-il jamais pensé à se constituer une réserve de citations sur l'amour ? Ça pouvait toujours servir, dans des situations comme celle-là.

Fatigué de chercher une nouvelle formule dans son petit crâne, il a pris un air résolu et lui a lancé :

— Je dois y aller maintenant. L'autre gros dégueulasse peut se pointer à n'importe quel moment.

Il s'est mis lentement en mouvement pour se lever, pensant qu'elle le retiendrait et insisterait pour qu'il reste. Elle ne bougeait pas.

Il a ajouté en chuchotant :

— Ça me gêne vraiment de te demander ça, mais il faudrait que tu me...

Elle l'a interrompu en désignant un meuble derrière lui :

— Tiroir du milieu comme d'habitude. Prends vingt mille, pas plus. On est jeudi, et Djamel sera là dans quelques heures pour récupérer la recette... Ça a été une très mauvaise semaine, et s'il a l'impression qu'il manque de l'argent, il sera terrible.

— Il m'en faudrait trente mille, pas plus. Je suis coincé mais ça va s'arranger. Donne-moi quelques jours et je te rembourserai tout ce que tu m'as prêté. Je sais tout ce que je te dois, mais c'est une question de temps. Je vais me refaire.

Il parlait en sortant une liasse de billets de mille dinars. Il en a compté trente et a remis le reste dans le tiroir. Il s'apprêtait à dire quelque chose mais Bakhta l'a surpris en éclatant de rire.

— Qu'est-ce que tu as ? il a fait en souriant pendant que sa main enfouissait l'argent dans la poche intérieure de sa veste.

— Rien (elle continuait de rire). Quand tu prends de l'argent après m'avoir baisée, je me demande parfois lequel de nous deux est la pute.

Il a hésité entre rire et se mettre en colère mais, voyant qu'il était 6 heures du soir, il s'est souvenu de son rendez-vous avec Moh Boukhnouna, une petite demi-heure plus tard. Il s'est éclipsé sans qu'elle l'ait remarqué, absorbée qu'elle était par son fou rire hystérique qui se muait en crise de larmes.

Il est déjà presque au niveau de l'escalier qui descend vers le tunnel des Facultés, quand il l'entend pleurer. Il se dit que, là, il va trouver un taxi pour l'emmener à Sidi Yahya où son ami l'attend. Il s'engage dans le tunnel et, une fois ressorti de l'autre côté, se poste à la jonction de la rue Mohamed-V et de la place Audin, les yeux rivés sur la route pour ne pas rater un taxi qui accepterait de l'emmener à destination. Contrairement à ce qui se passe ailleurs dans le monde, ici, dans cette contrée, les taxis ne vous prennent pas pour vous conduire là où vous voulez mais seulement pour vous laisser quelque part sur le trajet qu'eux ont décidé d'emprunter. Tout devient alors une question de chance et de concordance des destinations.

À propos de chance, précisons qu'Issam Kachkassi est quelqu'un qui n'a pas de veine mais aimerait en avoir. À quelques exceptions insignifiantes près, il n'a eu l'honneur de rencontrer Monsieur Chance qu'une seule fois, des années auparavant, quand il a été obligé de différer son rendez-vous hebdomadaire avec Tata Aouïwèche-la-Voyante (rendez-vous pourtant impossible à déplacer habituellement).

Des années auparavant, à l'âge de seize ans, il avait conclu un contrat purement verbal avec Tata Aouïwèche (qui n'était que de trente ans son aînée), en vertu duquel il devait se présenter entre ses jambes durant une heure chaque semaine, et ce contre un salaire irrégulier qui dépendait de son degré d'investissement.

Il faut bien avouer que, trois années durant, il n'avait jamais eu à déplorer la moindre retenue de salaire, bien au contraire, il avait plus d'une fois bénéficié d'augmentations pour récompenser son inventivité au lit, qui ne cessait de surprendre Tata Aouïwèche malgré leur différence d'âge. Durant toutes ces années, pas une fois il ne s'était absenté, jamais il n'avait faibli ni manifesté aucune lassitude. C'était vraiment un employé agréable qui mettait du cœur à la tâche.

Mais ce jour-là, pour un empêchement quelconque, il l'a prévenue qu'il ne pourrait pas venir, alors qu'il avait besoin d'argent. L'annonce de cette absence a été accueillie de bonne grâce par son employeuse qui, d'ordinaire, ne tolérait aucun retard, aussi minime fût-il. Avec un rire lubrique, elle lui a suggéré de la dédommager de ce contretemps la fois prochaine, ce qu'il aurait sans doute fait si un terrible incendie ne s'était pas déclaré dans l'appartement. De Tata Aouïwèche, il n'était resté qu'un corps calciné.

C'est cette fois-là (et cette fois-là seulement) qu'Issam Kachkassi a pu se dire qu'il avait, enfin, croisé la route de Monsieur Chance, dans toute sa splendeur. Il a cru qu'il le reverrait rapidement mais, malgré son acharnement à l'attendre, des années durant, il n'a plus jamais reçu sa visite. Pour autant, le garçon n'a pas cessé de croire que la chance existait, sous la forme d'un homme assis dans un recoin obscur de sa vie… Il lui suffirait de trouver le bon interrupteur et d'allumer la lumière, et Monsieur Chance pourrait de nouveau le voir.

Dans son épuisante quête de cet interrupteur, Issam est retombé par hasard sur Moh Lamorve. C'était un ancien voisin. Il avait disparu un temps de Duc-des-Cars et refaisait surface avec un visage rasé de près, une voiture somptueuse et un nez qui ne coulait plus. C'était un autre homme.

Son vrai nom était Mohamed Najjar, mais les gars du Quartier lui avaient donné un surnom parce qu'il avait tout le temps la morve au nez. Il était devenu Moh Lamorve – *Moh Boukhnouna*.

C'est une habitude dans le Quartier, et peut-être dans d'autres quartiers qui lui ressemblent, les gens n'ont rien d'autre à faire que trouver des surnoms pour ceux qu'ils aiment, et qu'ils aiment tellement qu'ils scrutent le moindre de leurs défauts pour le leur assigner à vie. À moins de changer de quartier, il est impossible de se débarrasser de ce genre de stigmates.

Ainsi, avec le temps, les noms de naissance s'effacent et sont remplacés par des pseudonymes du genre : Moh Boukhnouna (Moh Lamorve), Djamel Esmina (Legros), Brahim L'cadavre, Issam Fakou (Moncul), Bakhta Monamour, Aouïwèche Esahara (Lasorcière), Aïcha Larelaxe, Mouh Loumba (Lalampe)… surnoms avec lesquels leurs propriétaires se familiarisent rapidement, au point de ne plus se reconnaître quand on les appelle par leur nom premier.

C'est probablement ce qui s'est passé quand Issam a aperçu son ancien voisin après une longue absence et qu'il l'a appelé par son nom : celui-ci ne s'est retourné et n'a compris que c'était à lui qu'on s'adressait que lorsque Issam l'a hélé par le nom qui était gravé dans son âme… Moh Boukhnouna.

7

Quelles belles retrouvailles ! Ils ont passé toute la journée ensemble, ont parlé de tout et de rien, surtout de rien, et quand ils ont commencé à avoir faim, c'est Moh Lamorve qui a lancé l'idée de déjeuner japonais.

À dire vrai, Issam Kachkassi avait pensé à un autre type de restaurant en lui proposant de manger avec lui, du genre de ceux qu'on trouve à Clauzel, à Saint-Eugène ou dans le quartier des Trois Horloges à Bab El Oued, une gargote garantissant un minimum de satiété et d'indigestion. Un restaurant en particulier lui était cher, il était situé dans une impasse étroite du côté de Soustara et s'appelait *Moussakh ou Bnine* (Sale et bon), appellation donnée par les gars du quartier et qui avait tellement plu au patron qu'il l'avait inscrite sur l'enseigne de son établissement en deux langues.

En entrant dans le restaurant japonais, Issam a été perturbé de voir son reflet sur le marbre d'un blanc immaculé qui couvrait le sol. L'idée de se déchausser en entrant lui a traversé l'esprit. Comment ce carrelage pouvait rester aussi propre si les gens gardaient leurs chaussures ? Mais après avoir observé Lamorve entrer avec aplomb sans se déchausser et lancer, en français,

"Bonjour" à l'homme debout devant la porte, il a chassé son étrange conjecture et s'est engagé à l'intérieur, à la suite de son ami.

Issam s'est tout de même demandé s'il avait bien entendu Lamorve prononcer une phrase en français ou si c'était son imagination qui lui jouait des tours. Il a rapidement préféré se dire que la faim et la joie de retrouver un vieil ami lui donnaient des hallucinations, car si une chose était bien sûre, c'était qu'il y avait autant d'affinités entre Lamorve et les langues (y compris la sienne propre) qu'entre Djamel Hamidi et la beauté.

Il s'apprêtait à puiser une petite citation hermétique dans la pensée de Trotski, pour endosser le rôle de l'homme qu'il n'était pas, quand son attention a été brouillée par le calme inquiétant de cet endroit étrange : c'était la première fois qu'il se retrouvait dans un restaurant bondé où régnait un tel silence.

Il a cherché des yeux une éventuelle pancarte invitant les gens à se taire, un "Silence s'il vous plaît", un "Nous n'acceptons pas les clients qui discutent" ou même un "Restaurant réservé aux silencieux". Rien de la sorte. Par contre, en promenant son regard sur les clients, il a constaté un fait totalement imprévu : ils parlaient, leurs lèvres remuaient, certains semblaient même rire, voire s'esclaffer, mais sans produire le moindre son. Qui l'aurait cru ? Il ne lui a fallu que quatre minutes et deux secondes pour comprendre ce qu'un enfant attardé aurait saisi instantanément : ces gens échangeaient en toute discrétion.

Issam s'apprêtait à vomir sur son ami une phrase empruntée confusément à son sosie Trotski, quand un serveur s'est présenté avec un menu de six pages.

Le maître d'hôtel a commencé par leur souhaiter la bienvenue dans un français impeccable, il s'est déclaré très heureux qu'ils aient choisi son humble établissement. Ensuite, il s'est penché pour souffler discrètement à Moh Lamorve que le voir revenir lui laissait penser qu'il avait été satisfait par le niveau du service lors de sa première visite, ce qui pousserait les employés à se dépasser pour que cette seconde expérience soit encore plus marquante que la précédente.

Il était sur le point de se retirer pour les laisser choisir mais Moh Lamorve l'a retenu à voix basse. Issam Kachkassi est à peine parvenu à l'entendre, et il n'en est pas revenu : son ami parlait en français, et le parlait comme s'il en avait été nourri au sein maternel.

— Pour commencer, a-t-il dit au serveur, je prendrai un ramen. Mais, je vous en supplie, pas de viande ! Je préférerais un bouillon de poisson, si possible avec un peu de poulet. En tout cas, pas de viande rouge. Du tout. Pour mon ami… Je crois qu'il appréciera la soupe de… comment déjà ?

— Miso, monsieur.

— Oui… Miso, c'est ça. Et ce serait formidable de lui faire goûter au fromage de soja. Surtout pas d'autre variété de fromage, ce serait un vrai gâchis.

Puis il a ajouté d'une voix plus douce :

— Ne nous décevez pas, je vous en prie. C'est la première fois que mon ami s'essaye à la nourriture japonaise.

— Bien entendu.

— Pour la suite, faites-nous un assortiment. Un peu de tout. Vous voyez ce que je veux dire : sashimi, nigiri… Nous goûterons à tout, mon ami adorera les makis, j'en suis sûr, mon Dieu que c'est bon. Rien qu'à en parler j'en ai l'eau à la bouche.

Il a émis un petit bruit, faisant sourire le serveur qui ne levait pas les yeux du petit carnet dans lequel il prenait la commande.

— Ne nous apportez pas de trop grandes quantités non plus. Deux pièces par variété et par personne suffiront. Pour les sashimis, je vous demande de nous les servir dans des plats séparés, je ne partage jamais mon plat de sashimis, pas même avec ma femme.

— Très bien, a fait le serveur. Et en dessert ?

— Sincèrement, je ne saurais vous dire. Je vous propose de choisir pour mon ami, nous vous faisons confiance. Pour ma part, je me contenterai d'un simple thé.

Le serveur s'est retiré en laissant derrière lui un parfum rare que l'odorat d'Issam Kachkassi a su apprécier. L'art de la fanfaronnade et de l'affectation exige en effet d'avoir certaines notions de parfumerie, et Issam pouvait dire que le maître d'hôtel portait un parfum éminemment anglais. Seuls les Anglais savaient donner une telle prépondérance au lichen dans un parfum. Il pouvait pourtant se tromper : à l'odeur de mousse se mêlaient d'autres senteurs de menthe et de citron qui atténuaient la dominante boisée. Il y avait peut-être aussi des effluves de romarin et un soupçon de fleur de patchouli. C'était la première fois qu'il sentait un tel bouquet d'essences. Il ne connaissait pas ce parfum.

Après le départ du serveur, Issam, ébahi par la délicatesse ambiante, et nageant en pleine confusion, n'a pas pu s'empêcher de demander :

— Mais t'es qui, mec ?

— Moi ?

— Oui toi, c'est quoi ces conneries ?

Moh Lamorve a souri. Le ton de son bon ami et l'usage du terme "conneries" trahissaient son désarroi. Toute personne connaissant la biographe de Moh dans le quartier de Duc-des-Cars aurait éprouvé le même désarroi, biographie bien maigre qui aurait tenu sur une feuille (annexes et notes de bas de pages comprises), voire en deux mots : "un raté" – expression logiquement impropre d'ailleurs puisqu'il faut bien avoir été le projet de quelque chose pour devenir un raté.

Pour apaiser son ami, Moh Lamorve s'est donc mis à lui raconter ce qui lui était arrivé en détail depuis qu'il avait quitté le Quartier. En résumé, il avait croisé la route de Monsieur Chance deux ans auparavant : en une semaine, une semaine fantastique, il avait joué et avait gagné tous les paris qu'il avait faits. Tout avait commencé aux courses et s'était terminé au tirage du loto. En une semaine seulement, il s'était retrouvé à la tête d'une fortune colossale.

— Aujourd'hui je suis propriétaire d'une énorme société de paris, et j'ai investi dans plusieurs projets.

— Excellent. Incroyable.

— J'ai aussi une école privée, tu sais ?

— Une école ?

— C'est une histoire qui a commencé quand j'ai voulu reprendre ma scolarité. J'ai découvert que ça revenait très cher de scolariser un ignare comme moi (il s'est mis à rire comme à une bonne blague). Alors, je me suis dit : pourquoi pas ? J'achète une école, et le problème est réglé. Et c'est ce que j'ai fait… Mon Dieu, tu n'imagines pas ce qu'une école peut rapporter par an. Et ça ne rapporte pas que de l'argent.

Il s'est tu un peu, puis a repris :

— Je veux dire des relations… Tu ne peux pas te figurer combien d'hommes puissants se sont inscrits dans mon école. Hommes d'affaires, directeurs, politiciens. C'est gratifiant, et surtout ce qui m'a fait plaisir, c'est de découvrir que je n'étais pas le seul ignorant dans cette saloperie de pays.

Il a continué à dérouler sa longue et sinueuse histoire mais Issam Kachkassi restait obnubilé par cette rencontre avec Monsieur Chance et le moment où il avait fait irruption dans la vie de son ami, juste parce que ce dernier avait trouvé l'interrupteur qui avait allumé la lumière. Il lui avait suffi d'appuyer dessus, et Monsieur Chance l'avait vu.

C'est ce jour-là qu'Issam Kachkassi a décidé de marcher sur les pas de son ami Lamorve. Très vite après leurs retrouvailles, il est devenu un des principaux usagers de la société de paris baptisée par son ami *Autant en emporte le vent* – personne n'a jamais su si ce nom avait été choisi en référence au roman de Margaret Mitchell ou à ce que devenaient les sommes misées par les joueurs… emportées par le vent.

Même si dix ans se sont écoulés depuis le début de son histoire avec les jeux d'argent, et même s'il y engloutit tout ce qu'il gagne avec les livres de sa marionnette, Dalila Guendriche, Issam Kachkassi continue à avoir foi en Monsieur Chance. C'est une simple question de temps. Sa main trouvera l'interrupteur et Monsieur Chance le verra enfin.

*

“Je crois bien que la chance est enfin en train de me sourire.”

C’est ce qu’il se dit quand, debout devant le tunnel des Facultés, il arrête un taxi qui accepte de l’emmener à Sidi Yahya. À peine assis sur le siège du passager, à côté du chauffeur, il sort de sa poche la liasse de billets de banque et les compte à nouveau… “Trente mille dinars”, soupire-t-il avant de composer un numéro sur son téléphone.

— Salut Moh, je suis là dans quelques minutes. J’ai trente mille.

— Magnifique, mais ne tarde pas. On arrête de prendre les paris dans pas longtemps. Qui sait ? Peut-être que tu seras un homme riche quand tu repartiras d’ici ce soir.

Il interrompt un rire forcé en raccrochant. Une voix lui susurre dans sa tête : “Salut mon pote. Laisse-moi me présenter, on m’appelle Monsieur Chance.”

8

À l'instant où Issam Kachkassi se présente (dans sa tête) à Monsieur Chance, le téléphone de Bakhta sonne. À l'autre bout de la ligne, une voix qu'elle n'aurait jamais pensé entendre à nouveau :

— Salut ma chérie. Tu m'as beaucoup manqué, Bakhta.

— Madame ?

— Aïcha suffira, ma chérie. Je t'adore... Qu'est-ce que tu m'as manqué !

Bakhta pousse un soupir. Elle n'en revient pas de parler à nouveau à sa marraine, après toutes ces années.

— Écoute, il faut que je te voie. Je viens d'appeler Djamel, ça le dérange pas qu'on se retrouve chez Houriya.

— Houriya ? répète Bakhta la voix tremblante.

— Ah... c'est vrai. J'oubliais que tout le monde l'appelle Olga maintenant. On se retrouve chez Olga dans deux heures. Tu me manques énormément.

L'autre raccroche sans attendre de réponse.

Ce n'est pas dans ses habitudes, mais il ne lui faut pas plus de dix minutes pour se préparer et se retrouver dehors.

Elle s'est lavée pour se débarrasser de l'odeur d'Issam, s'est mis trois gouttes de parfum et a enfilé la première chose que sa main a saisie dans l'armoire.

Quelques minutes plus tard, elle est devant la porte d'Olga.

L'appartement dégage une odeur de cuisine.

— Mon Dieu, s'écrie Bakhta. Je rêve ou quoi ? Olga s'est mise aux fourneaux !

Elle se précipite vers la cuisine où elle la prend dans ses bras :

— Ouah ! *Chorba frik ?* Voyons ce qu'on a encore. Mmm, *mtouem* en sauce blanche. C'est comme ça que les gens de la Capitale le préfèrent. Non ! Non, c'est pas possible !

Elle lève le couvercle d'une marmite qui est sur le feu, avant d'ajouter :

— Très fort ! Je reconnais ce plat… Bien sûr, ma mère nous en préparait. Ouf, comment on appelle ça déjà ? Ça y est, je m'en souviens : *Khedaouedj ala darbouz*. Olga, je te déteste, tu m'as rappelé mon enfance.

— J'avais prévu de m'arrêter à la *chorba* et au *mtouem* mais je me suis souvenue de ta mère, Dieu ait son âme. Elle aimait ce plat. Alors je me suis dit : pourquoi pas ?

Elles rient en se prenant dans les bras puis se dirigent vers le séjour pour causer. Elles commencent par se dire combien elles se sont manqué avant de passer aux reproches. Comment elles ont pu se perdre de vue tout ce temps, alors qu'elles s'étaient fait la promesse de se voir au moins une fois par mois ? Bakhta expose les raisons valables pour lesquelles elle n'a pas tenu sa promesse pendant plus d'un an, quand elles entendent frapper à la porte. Olga va ouvrir et revient en compagnie de Djamel Hamidi et d'Aïcha Larelaxe.

— La pauvre ! Elle a passé un quart d'heure à chercher une place pour garer sa voiture, lance Djamel Hamidi avant de déposer des sacs en plastique qu'il a apportés avec lui.

Bakhta rit. Elle y va de son commentaire en embrassant Aïcha :

— Tu veux dire qu'elle n'a pas trouvé où stationner sa voiture et son chauffeur. Je serais curieuse de savoir où tu as garé ce beau gosse. Dans un quartier pareil, c'est lui qui risque de se faire enlever. Pour la voiture, pas de souci à se faire, tu peux la laisser n'importe où.

— Je te l'ai déjà dit, je n'aime pas que le chauffeur sache où je me rends en dehors des heures de travail. Les chauffeurs ne savent pas tenir leur langue et ont une imagination débordante.

— Je crains qu'aucune imagination n'arrive à se figurer à quoi ressemble ta vie en dehors des heures de travail, réagit Olga en posant un plateau sur la table placée au milieu du salon et autour de laquelle ils sont assis dans des canapés en cuir marron.

— Olga, tu te fous de nous ! crie Djamel. Jus, café, sucreries... On est à un goûter de maternelle, ma parole.

Il se lève pour sortir de ses sacs deux bouteilles, whisky et vodka, et des canettes de bière locale. Il les pose sur la table et crie à nouveau à Olga :

— Il y a du vin rouge pour le dîner dans le sachet noir.

Il se tourne ensuite vers Bakhta.

— Et voici pour toi, ma minette... Haschisch. Et digne de ce nom. Avec ça, tu auras l'impression qu'Olga est un mannequin et tu me trouveras aussi mignon que le chauffeur d'Aïcha.

Ils éclatent tous de rire. Il ajoute :

— Roule-nous des joints pour toute la nuit. On sortira d'ici saouls et d'équerre. Qui sait, avec ça, Aïcha regrettera peut-être la vie qu'elle avait avant de devenir ministre ? Et elle viendra nous voir plus souvent.

Aïcha le fait taire en se versant une tasse de café et en croisant les jambes.

Elle est d'une beauté exceptionnelle. On dirait que les années, qui d'ordinaire abîment la beauté, l'ont épargnée. Est-ce par désir, par terreur ou par pitié que le temps n'a pas tracé sur ce visage les sillons qu'il laisse sur les autres ?

— Pas cette nuit, mon chéri. On ne boira pas, on ne fumera pas et on ne veillera pas tard. Je viens pour autre chose. Même si j'avoue que nos soirées me manquent.

— Mais madame, j'aurais aimé…

Bakhta étouffée par de soudains sanglots ne va pas au bout de sa phrase. Aïcha la prend dans ses bras, lui pose un baiser sur la tête en chuchotant :

— Jusqu'à quand vas-tu te cacher derrière une force que tu n'as pas ? Pleure, ma chérie, ne t'arrête pas. Laisse-toi aller. Je mérite que tu me traites de tous les noms. Je t'ai trahie en quittant le Quartier, traite-moi de ce que tu veux, je le mérite. Cette maudite vie ! Qu'est-ce que j'aimerais t'emmener avec moi… ou revenir avec toi. Mais je ne peux pas, ma chérie. Crois-moi, on ne peut pas retourner en arrière.

— Mais jusqu'à quand ? Tu nous as fait une promesse, à ma mère et à moi. C'était ta sœur, non ? Tu m'as privée du mot "Ma tante". Que se passerait-il si les gens apprenaient que tu es ma tante, que je suis la fille de ta sœur ? Le ciel nous tomberait dessus ? Tu serais engloutie sous terre ? Je te maudis ! Je te déteste… Je te déteste plus que jamais.

Elle se précipite dans la cuisine, incapable de retenir ses sanglots.

— Un jour, elle comprendra. Ne t'en fais pas, dit Djamel en prenant la main d'Aïcha qui reste muette, le visage figé et blême.

Elle est incapable de le regarder en face. Peut-être qu'elle a envie de pleurer ou de lui faire part de ses pensées, au lieu de ça elle retire sa main, lève la tasse de café vers ses lèvres et prend une gorgée :

— C'est comme ça que je l'aime, sans sucre… amer comme la vie.

Pendant qu'Olga va rejoindre Bakhta, elle ajoute en le fixant droit dans les yeux :

— Tu crois qu'elle comprendra aussi quand on lui aura tout expliqué ?

Elle ricane en prenant une nouvelle gorgée de café.

— Est-ce qu'elle en a besoin ? Aucun d'entre nous ne veut la vérité, même si on prétend la chercher.

— Parfois tu me fais penser à un sage. En tout cas, j'ai l'impression que tu es plus sage que moi.

— Parfois, seulement ? Je préfère le visage de l'idiot et la vie des imbéciles. Elle est moins douloureuse et plus heureuse. Mais je suis sûr que tu es plus sage que moi. J'aurais pu faire comme toi, quitter le Quartier. Je pourrais encore le faire mais je suis lâche. Une souris des chiottes ne peut pas vivre loin des poubelles et des odeurs nauséabondes.

— C'est tout le contraire. Tu as fait preuve d'intelligence en choisissant de rester. Pourtant, j'aurais préféré que tu partes et que tu emmènes Bakhta avec toi.

— Je la désire toujours. Je veux me marier avec elle. Je crois que je l'aime.

Elle rit puis se tait, le dévisage. Elle lui pose la main sur la joue :

— Ne lui raconte pas d'inepties pareilles. Tu ne l'aimes pas, tu ne peux aimer que toi-même. Tu es comme moi, tu es condamné à ne pas aimer si tu veux survivre. Contente-toi de lui dire que tu veux l'épouser. Ne parle pas d'amour. Elle aussi, elle sait que l'amour n'est qu'un appât qui nous sert à attraper nos proies. L'amour est une illusion qui nous fait rêver, qui rend le rêve possible et pas seulement imaginable.

Djamel a un rire froid. Il se tait soudain. Il semble réfléchir à quelque chose. On dirait qu'un souvenir le plonge dans ce mutisme contemplatif.

— C'est pour ça que je ne viens pas souvent vous voir.

— Qu'est-ce que tu veux dire ?

— Ma vie d'avant me manque trop quand je reviens dans le Quartier. Tu sais quoi ? Le souvenir est une saloperie.

— Ne t'en fais pas. Ce n'est pas si terrible, les souvenirs.

— Bien au contraire. C'est un piège pour ceux qui ont l'ambition d'avancer. Je ne veux pas revenir en arrière, moi. Je ne peux pas, plutôt, maintenant que j'ai franchi Le Seuil. Tu vois, Djamel, le monde n'est pas ce qu'on imaginait. Il existe deux mondes séparés par un fil invisible. Vous, vous êtes là, derrière le fil, dans un monde sans rêves, et moi, je suis passée dans le monde qui est au-delà du Seuil, le rêve est possible pour moi maintenant, il est réel. Je peux, aujourd'hui, parler de demain.

Djamel éclate de rire. Il frappe la table de sa main et continue à rire.

— Mon Dieu, tu n'as pris que du café mais tu divagues. Qu'est-ce que ce serait après plusieurs verres de vodka et deux joints !

— Tu vois, espèce d'imbécile ? Tu es dans un monde où les gens ont besoin d'alcool pour comprendre.

Laisse-moi te dire que les choses vont bientôt changer. Avant demain minuit, tu seras obligé d'entrer dans mon monde. J'ai tout préparé pour que Bakhta, Olga, Ibrahim et Issam me rejoignent aussi. Et je n'ai pas oublié Lamorve, lui aussi franchira Le Seuil comme je l'ai fait.

Djamel va dire quelque chose mais est interrompu par la voix d'Olga qui ramène Bakhta remise de sa crise de larmes. Elle affiche même un large sourire et leur dit :

— Puisqu'on ne va pas veiller jusqu'au bout de la nuit, on peut déjà dîner ensemble. Mais juste avant, nous avons quelque chose à régler avec Djamel.

Elle lui fait signe de la suivre vers la cuisine.

Elle ne s'attend pas à ce qu'il mette tout ce temps à la rejoindre. Il a en effet besoin d'un verre de vodka pour s'abrutir et récupérer un peu de la bêtise qu'Aïcha Larelaxe vient de lui enlever. Elle lui fait cet effet-là, chaque fois.

Il rejoint Bakhta, elle est dans la cuisine, elle boit un café en fumant. Il sourit avant de déposer son derrière sur une des chaises. Il se lance :

— La semaine a dû être bonne… Quand le chiffre d'affaires est mauvais, tu préfères prendre du whisky.

Il se creuse la tête pour trouver comment lui annoncer de manière décontractée ce qu'il s'est promis de lui dire avant demain. La journée a été bonne conseillère et lui a permis d'écarter ses visions de la nuit passée. Ce n'était qu'un simple cauchemar, en fin de compte, et il n'est pas bête, il se souvient de tout ce dont il s'est empiffré la veille avant d'aller se coucher, et il se souvient des raclées administrées par sa mère, Aouïwèche, quand il était petit et qu'elle découvrait qu'il avait grignoté après dîner, elle faisait tout pour que son fils ne grossisse pas et, mille fois, elle l'avait prévenu que manger la nuit faisait grossir, ronfler et donnait d'horribles cauchemars.

Mais, avisant l'enveloppe sur la table, il diffère sa demande en mariage :

— Ne me dis pas que cette maigre enveloppe est pour moi.

Bakhta esquisse un sourire factice et lui répond sournoisement :

— En plus, ce n'est pas que ta part.

Elle aspire une longue bouffée de cigarette et ajoute :

— C'est toutes les recettes de la semaine.

— Toutes…

— La semaine a été très mauvaise, on a travaillé avec deux filles seulement et les clients qu'on ne fait pas payer n'ont pas arrêté de nous rendre visite, ton ami le préfet et sa bande.

Elle pousse un rire, qui sonne un peu faux.

— Il ne se contente plus de prélever sa part sur l'argent qu'on gagne. Il ne se passe pas une semaine sans qu'on le voie pointer, deux ou trois fois, sa gueule détestable, avec sa clique d'abrutis à cravate et chemises repassées. En plus, il se vante devant eux d'être le patron de la maison… Des salopards.

— Et les filles ?

— Je t'avais prévenu que Soulaf partait pour une semaine, elle ne rentre pas avant samedi. Dalila a ses règles. Nihad et Laïla sont parties en fin d'après-midi sans prendre leur paye, tu sais qu'elles rentrent chez elles avant la nuit.

— Je sais, je sais.

Il commence à compter l'argent. Soudain il arrête et baisse la tête comme s'il pensait à quelque chose :

— Tu sais quoi ? Prends tout.

— Tout l'argent ?

— Tout, déduis ce qui revient aux deux filles et ne t'occupe pas de la part du préfet.

Il allume une cigarette, les yeux braqués sur elle. Elle a l'impression qu'il la regarde pour la première fois. Il tire à deux reprises sur la cigarette puis lui dit en soufflant la fumée par les narines :

— Il vaut mieux que j'y aille maintenant. On aura une journée fatigante demain, c'est sûr. Je passe te prendre le matin et on ira ensemble à cette convocation.

Il sort de sa poche la lettre du Gouvernement, elle est pliée en quatre.

— Je suppose que celles qui vous sont destinées, aux filles et à toi, sont toutes pareilles.

Il lit : "Mise en demeure. Tout citoyen contrevenant délibérément à la présente sera considéré comme en infraction. Vous êtes prié de vous présenter à l'adresse indiquée ci-dessous pour une affaire vous concernant."

Quand il a fini, il ajoute :

— Tout le monde dans le Quartier a reçu la même convocation.

— Une copine qui est à Belcourt en a reçu une aussi. Elle m'a dit que tous ceux qu'elle connaît sont convoqués à la même adresse.

— Bizarre ! murmure-t-il.

Il se demande pourquoi le Gouvernement convoque tout le monde le même jour. Comme si elle lisait dans ses pensées, elle lui dit :

— Un client m'a raconté que certains ont été convoqués aujourd'hui. C'est bien la première fois que les bureaux de l'Administration prévoient d'ouvrir un vendredi.

— C'est vrai ça... C'est vrai. On est vendredi demain. Je n'y avais même pas fait attention.

Elle éclate de rire.

— Tu es un cochon. Foutu bâtard ! Tu n'oublies pas le jour de l'encaissement mais le jour de Dieu, ça, tu l'oublies.

— Qu'est-ce que je peux y faire ? Dieu est censé pardonner à ceux qui l'oublient. Par contre, tout le monde va se dire qu'on peut me rouler si je commence à ne plus faire attention à l'argent.

Ils continuent à plaisanter. C'est la première fois qu'ils rient franchement et qu'ils passent un bon moment ensemble hors du lit, ce qui lui redonne du courage. Il lui annonce qu'il veut l'épouser et qu'il a failli se rétracter à cause d'un rêve idiot, qu'il a fait la nuit passée. Quand il le lui raconte en détail, elle éclate de rire. Elle connaît bien ce rêve. Tout le monde le connaît dans le pays. C'est peut-être même elle qui le lui a raconté hier. Ce rêve n'est pas le sien, c'est celui de Monsieur le président. On ne parle que de ça, aussi bien en public qu'en privé. Il faut dire que la télévision lui a consacré des heures d'antenne, des dizaines d'émissions spéciales. Un nombre incalculable de journaux ont couvert le sujet. Un événement national. Impossible de le louper.

Ils rient sincèrement. C'est la deuxième fois ce soir. La réponse de Bakhta à sa demande en mariage, par contre, reste en suspens, remise à un autre jour.

DEUXIÈME PARTIE

Au-delà du Seuil, bien au-delà

Vous êtes trop poli.
Pourquoi ne dites-vous pas à un âne,
tout simplement… qu'il est un âne ?

DOSTOÏEVSKI

9

Comme le lui fait remarquer Bakhta, ce rêve étrange, que Djamel Hamidi a d'abord pris pour une vision, n'était pas de lui. Avec des péripéties d'une telle complexité et des personnages aussi ridicules, pareil songe n'aurait jamais osé s'inviter dans le sommeil d'un anonyme, qui plus est dans un quartier où le seul rêve des gens est de pouvoir rêver un jour.

Ce rêve a donc authentiquement eu lieu une semaine plus tôt, à la même heure et à quelques kilomètres de là, venant troubler le sommeil paisible d'un être d'une rare douceur, un être qui avait voué sa fragile existence au service de personnes qu'il ne connaissait pas plus qu'elles ne le connaissaient. Faisant le choix, dès l'âge de vingt-cinq ans, de sacrifier ses plus belles années pour que les autres vivent loin des tourments, cet homme s'était résigné à assumer des fonctions qu'il aurait dédaignées s'il n'avait pas ressenti l'impérieux désir de rendre ses contemporains heureux en les tenant éloignés de cette pratique rébarbative qu'est la pensée.

Ainsi, au fil des années, pour se mettre au service de ceux-là qui ont en commun d'être qualifiés de peuple, avait-il consenti à devenir directeur, député, préfet, puis ministre. Sans doute se serait-il contenté de la considérable charge de labeur et de rigueur qui accompagne de telles fonctions et aurait-il été disposé à prendre sa retraite, s'il n'avait pas découvert en atteignant l'âge de quatre-vingt-dix ans que son vieux cœur était capable de battre, bien des années encore, pour rendre son peuple heureux. À cet âge avancé, n'écoutant que son patriotisme, il s'était senti obligé d'accepter la fonction de président, dans le seul intérêt du pays où se répandait alors une terrible épidémie : les gens perdaient la raison, se rassemblaient dans les rues, criaient en brandissant des pancartes étranges sur lesquelles on lisait des slogans pour le moins farfelus réclamant un État qui n'avait aucune existence réelle.

Ils passaient des heures à s'égosiller sans fin, à sauter et à danser. Un historien officiel, à la barbe blanche et dont la moustache grise ressemblait à celle de Salvador Dalí, était même allé jusqu'à écrire que ces événements rappelaient, toutes choses égales par ailleurs, ce qui s'était produit à une époque immémoriale, dans une cité oubliée, quand la maudite *peste de la danse* s'était propagée dans la population. Les personnes affectées se mettaient à danser pendant des jours, durant un mois entier sans s'arrêter, et l'épidémie n'avait été éradiquée que lorsque le pouvoir avait pris la mesure d'enchaîner les malades (aussi nombreux fussent-ils) et de les jeter dans des cachots. C'est ainsi, seulement, que les infectés retrouvaient leur calme et cessaient de danser et de chanter.

Le savant homme citait de vieux livres qui, d'après lui, décrivaient cette peste dont les victimes se comptaient par centaines, voire par milliers. Malgré tout, l'historien était resté prudent et avait préféré ne pas se prononcer de manière catégorique sur ce qui arrivait à ses contemporains.

On ne pouvait pas affirmer qu'il s'agissait à coup sûr de *la peste de la danse*. Certains symptômes qu'il observait différaient, en effet, de ceux décrits par les Anciens. Par exemple, il avait entendu dans la rue des gens émettre des cris ressemblant à des miaulements de chats en rut ; certaines personnes, au paroxysme de l'exaltation, étaient parfois prises de convulsions et pouvaient même avoir des vertiges qui causaient des pertes d'équilibre et des chutes. Il reconnaissait dans ces symptômes d'autres maladies décrites par les sources classiques.

Au début, le peuple avait pensé que le Gouvernement suivait les thèses de cet éminent expert en adoptant des mesures drastiques : principalement, la construction de sept mille prisons et six cents tribunaux ainsi que l'enrôlement d'un million de policiers recrutés à condition de disposer d'une bonne audition et de se montrer clairement capables de tenir debout – deux critères qui s'avéreraient amplement suffisants à endiguer cette épidémie "venue de l'autre côté de la mer", pour reprendre les mots utilisés par Monsieur le président lors d'un discours célèbre, à l'occasion duquel il prononça pour la première fois le nom de cette épidémie ravageuse.

C'était un nom étrange, sur lequel Son Excellence avait buté à plusieurs reprises, malgré son aptitude, rappelée par la presse, à parler une foule de langues, même invraisemblables. Fort heureusement, il avait fini, au bout de la quarantième tentative seulement, par le prononcer correctement, permettant ainsi à cette pathologie d'entrer dans les jargonneux lexiques médicaux sous le nom d'*Éliphtéria*.

Même si les gens ne comprenaient pas comment on pouvait éradiquer une maladie en arrêtant les malades et en les jetant en prison, ils ne cessaient pas pour autant de nourrir une confiance sans faille dans le pouvoir, d'autant qu'ils vivaient depuis des dizaines d'années dans un entre-deux de l'être – ni humains traités dignement sur Terre, ni animaux dignes de l'indulgence du Ciel. La population différait son besoin de comprendre, comme à l'accoutumée, et était ébahie par la clairvoyance de Son Excellence qui avait fait construire des prisons stériles, où l'on mettait le virus devant ses responsabilités. La maladie devait faire un choix, celui de disparaître de son plein gré, ce qu'elle faisait dans la majorité des cas, comme on pouvait s'en apercevoir en observant les personnes infectées qui retrouvaient leur calme, devenaient plus dociles et n'évoquaient plus le président qu'en l'appelant "Son Excellence", et désignaient ses ministres de divers titres honorifiques comme "Son Éminence". L'individu guéri était submergé par une grande sérénité dès qu'il apercevait un policier, il ne bougeait plus et, le cœur débordant de déférence et de crainte, ne pouvait s'adresser à l'agent qu'en baissant la tête en bredouillant le mot *"Hadarât"* – autre formule protocolaire qui, d'après les dictionnaires de bienséance, s'applique à toute personne portant un uniforme et un couvre-chef. Dans les cas où la maladie ne faisait pas le bon choix et refusait de se retirer d'elle-même, il lui était proposé de croupir en prison à jamais, en compagnie bien entendu de celui qui en était le porteur.

Telle avait donc été la première tâche harassante dont avait dû s'acquitter Monsieur le président. À peine avait-il prêté serment, la main gauche posée sur un livre choisi au hasard, qu'il s'était adressé aux gens du peuple dans un discours où il leur avait assuré qu'ils étaient ses fils et ses filles. En tant que président, il veillerait à les traiter comme des enfants qui méritaient son affection et tous ses soins. La vie est belle, leur avait-il dit, elle ne méritait d'être vécue que dans le giron d'un père attentionné comme il l'était, et il ferait tout pour que leur vie change.

Avant de conclure en saluant la mémoire des martyrs tombés pour la patrie et en célébrant la grandeur de la nation, comme l'exige tout discours présidentiel historique, il leur avait promis d'éradiquer cette maladie qui jetait une majorité de gens dans la rue, tous les vendredis, où ils se mettaient à sauter comme des fous et à crier des slogans étranges que, personnellement, il ne comprenait pas, malgré sa prédisposition attestée pour les langues.

Il aurait sans doute abordé bien d'autres points historiques, pour cette allocution d'investiture, s'il n'avait été perturbé par la voix masculine qui lui parlait dans l'oreillette qu'on lui faisait porter pour éviter qu'il ne fasse des fautes en lisant son discours. Ce souffleur officiel était un important linguiste acousticien, mais avait contracté la sclérose en plaques, avant la prise de fonction du président, en raison du trop grand nombre de fautes commises par le précédent président et ses prédécesseurs.

Bien que la sclérose en plaques soit une maladie grave, qui implique souvent de cesser toute activité professionnelle, le précédent président avait préféré laisser en poste cet expert, par égard envers l'épouse de ce dernier qui n'était autre que sa propre fille. Une triste croyance règne en effet au-delà du Seuil : ces messieurs sont persuadés qu'il est impossible de travailler avec des gens de l'extérieur et pensent que leur pouvoir serait mis en péril s'ils engageaient des personnes étrangères à leur monde. Ils sont aussi convaincus que se marier en dehors de leur cercle peut les priver de descendance – croyance facile à comprendre, et somme toute logique, puisque les mules (ces êtres stériles) ne sont en fin de compte que le fruit de l'union contre-nature d'une jument et d'un âne.

Pour son premier discours à la patrie, Monsieur le président avait donc été contraint de s'interrompre à la fin de la première page de son allocution, qui en comptait vingt. Cette lecture lui avait pris une heure et demie seulement, ce qui établissait un record qu'aucun autre président n'avait atteint avant lui. Ses prédécesseurs étaient rarement allés au-delà d'un quart de page, et si par bonheur l'un d'entre eux était arrivé à en lire la moitié d'une, il n'y était parvenu qu'au bout de deux heures.

Le discours d'investiture avait été le premier pas d'une longue marche qui en compterait des milliers. Il avait fallu ensuite s'atteler à la formation d'un gouvernement d'experts scientifiques, que le président n'avait pas eu à se donner la peine de composer puisqu'il avait reçu un fax inattendu dès qu'il s'était assis dans le somptueux fauteuil de son bureau présidentiel. Ce fax commençait par la phrase suivante : "Urgent… Liste des membres du nouveau gouvernement."

D'abord, il avait évidemment été surpris. Dans sa grande mansuétude, il avait estimé que c'était une plaisanterie stupide venant d'un esprit dérangé, mais il s'était ravisé en voyant le nom figurant en signature du fax et le sceau officiel qui s'était aussitôt imprimé sur sa rétine. Il avait appelé la secrétaire en tremblant et lui avait annoncé qu'il avait choisi le nouveau gouvernement.

Il n'avait fallu que quelques heures pour rendre la liste publique. Tous les membres du gouvernement se sont alors présentés devant le président, et l'ont remercié pour la confiance qu'il leur accordait en une conjoncture aussi difficile.

Cette rencontre a permis de réunir le premier Conseil des ministres de sa bienheureuse mandature, et c'est à cette occasion que Son Excellence a fixé le nom de l'épidémie, qu'il en a déterminé précisément les symptômes et qu'il a décidé des dispositions à prendre pour l'éradiquer.

À peine assis, Monsieur le président s'est adressé à ses ministres en ces termes :

— Je ne doute pas que vous preniez la mesure de la situation. Vous avez tous pleinement conscience que la farce qui se déroule tous les vendredis est causée par cette maladie qui n'en finit pas de se répandre dans le peuple.

Les membres du gouvernement se sont regardés en souriant avant que le président ne s'adresse au ministre de la Santé, un rougeaud pustuleux, de la bouche duquel s'échappait une odeur infecte due à une maladie rare de la gencive, dont il n'arrivait pas à se débarrasser :

— Un nom a-t-il été donné à cette maladie ?

— Quelle maladie, Monsieur le président ? a demandé le ministre en souriant bêtement.

— Celle dont je suis en train de parler, espèce d'attardé.

Monsieur le président a été pris d'un fou rire inexplicable, puis s'est tourné de nouveau vers le ministre et lui a hurlé :

— Tu m'as tout l'air d'un crétin, toi. Je ne vous ai pas réunis pour prendre de vos nouvelles… Des abrutis… Des minables.

Tout le monde a éclaté de rire, comme après une bonne blague. Le ministre concerné a même ajouté :

— Monsieur le président est d'humeur légère.

Les autres ont opiné et, au moment où l'un d'entre eux, un ministre sans portefeuille, s'apprêtait à dire quelque chose, le président a repris :

— La première chose que nous devons faire, c'est donner un nom à cette maladie, un nom impressionnant et qui exprime deux choses : le danger et la contagion rapide. En deuxième lieu, nous établirons une liste de dix symptômes qui nous permettront de l'identifier rapidement pour veiller à la santé publique. Enfin il nous faudra, et c'est le plus important, prendre des mesures draconiennes pour empêcher sa circulation et nous en débarrasser.

Le président a de nouveau dû supporter la question d'un ministre (celui-ci, souffrant d'hémorroïdes, était assis sur un coussin moelleux qu'il mettait sur sa chaise, et qui le faisait paraître plus grand que les autres malgré sa petite taille) :

— De quelle maladie parlez-vous, Monsieur le président ?

— Je viens de le dire, celle dont je suis en train de parler, espèce d'abruti, a-t-il hurlé d'une voix qui s'est fait entendre jusqu'en dehors de la salle de réunion.

Lorsqu'il a retrouvé un peu son calme, il a repris :

— Bon ! Je vais commencer par partager avec vous ma précieuse expérience. Comme vous le savez, j'en ai vu des choses dans ma triste vie, et des maladies… Mais comment oublier celle qui a emporté tous mes frères et sœurs, quand j'étais petit ? Quelle horreur !

Il s'est lancé dans un récit qui a semblé invraisemblable à tous ceux qui étaient présents mais, comme Monsieur le président en était l'auteur, ils ont tacitement convenu qu'il s'agissait d'un fragment de la Grande Histoire et qu'à ce titre il était inutile d'en établir la véracité. C'est en tout cas ce qu'a affirmé un des ministres, celui de l'Information et de la Culture, à moins que ce ne fût celui des Moudjahidine* (ils se ressemblaient comme deux gouttes d'eau).

Pour tout dire, ces faits se déroulent à une époque étrange où toute personne devenant ministre subissait une transformation physique et se mettait à ressembler aux autres ministres qui, eux-mêmes, ressemblaient au président au point de pouvoir passer pour ses enfants.

Le ministre en question, donc, a fait observer que les propos de Son Excellence lui faisaient penser à quelque chose qu'il avait lu chez un historien du nom de Jiron ou Siron. Le président l'a interrompu :

— Je n'ai pas besoin de la confirmation de ton historien ou de n'importe qui d'autre, connard.

Au lieu d'en concevoir de la colère ou de l'embarras, comme ça aurait été le cas de n'importe quelle créature dotée de cœur, le ministre a souri et s'est excusé :

— Bien sûr, bien sûr. Monsieur le président incarne l'Histoire à lui seul.

Tous les ministres ont opiné de la tête, affichant une approbation rare et authentique.

Monsieur le président a poursuivi :

— Je me rappelle bien ce jour-là... C'était un samedi, le troisième samedi du mois de mai. C'était l'année qu'on a appelée plus tard "l'année des coupounes". Avec mon père, nous avons marché pendant deux jours et une nuit, pour nous mettre en lieu sûr. Quand nous avons quitté

* On pourrait dire "ministère des Anciens Combattants".

notre village, nous n'avions qu'une idée en tête : échapper au pire. Si nous n'avions eu à affronter que la mort, nous ne serions pas partis, mais une étrange épidémie s'était soudain déclarée alors que la famine faisait déjà rage dans la contrée et que nos maîtres et seigneurs avaient fait main basse sur les réserves de blé et d'orge et avaient confisqué les sept puits d'eau potable. C'était une maladie terrible. La ressemblance avec ce qui arrive aujourd'hui est frappante, mais c'était peut-être pire encore.

Tous le regardaient, ils attendaient la suite de l'histoire. Le ministre de la Santé a rassemblé les lambeaux de son courage et a demandé :

— Et Monsieur le président se souvient-il du nom ?

— Le nom de quoi ?

— De ce terrible mal. Je veux dire de l'épidémie, Monsieur le président…

— Bien entendu, comment aurais-je pu l'oublier ? Aucune maison n'a échappé à cette maudite maladie, aucune famille n'a été épargnée. Elle était plus terrible que la peste, elle a fait plus de ravages que la variole. Dès son apparition, le mal a été nommé "visqueuse lupine".

Un silence terrifiant s'est installé dans la salle de réunion, il aurait duré éternellement s'il n'avait pas été rompu par un éclat de rire sonore de l'autre côté de la salle, rapidement rejoint par les rires des ministres. Monsieur le président les a dévisagés d'un regard fulminant de colère et a soudain hurlé :

— Qu'est-ce que c'est que ça, espèces d'imbéciles… Vous riez en ma présence ?

Les ministres en ont instantanément avalé leur langue, incapables de le regarder en face. Une voix tonitruante a alors retenti au fond de la salle :

— Ne leur prêtez pas attention, Monsieur le président. Ils sont tous trop jeunes. Ce genre d'événements historiques les dépasse.

Le rire a résonné à nouveau, mais aucun des ministres n'a osé ouvrir la bouche cette fois.

Le président a tendu le cou pour voir quel était cet imbécile ricaneur. Quand ses yeux se sont enfin posés sur lui, il a reconnu l'homme corpulent qui portait un uniforme dont la veste débordait de médailles.

Le regard de l'Homme-aux-Médailles a croisé celui du président. Le militaire a alors ajouté :

— Je vous invite à reprendre l'histoire de cette épidémie, Monsieur le président... Comment vous l'avez appelée, déjà ? Ah oui, la visqueuse lupine.

Il a éclaté de rire en mettant la main devant la bouche.

— À vos ordres... Bien sûr, je veux dire. Je poursuis, a fait le président d'une voix tremblante dans laquelle on pouvait percevoir une légère hésitation.

Les ministres auraient pu croire que cette voix était celle d'un homme qui avait peur. C'est d'ailleurs ce qu'ils se sont d'abord dit, l'un d'eux a même failli en faire la remarque, avant de se rappeler que ces intonations apeurées et hésitantes étaient celles du président.

Il a donc repris son récit en précisant que ce mal (comme l'attestaient les documents d'époque) était apparu pour la première et dernière fois cette année-là. Tout commençait par des fièvres infernales. La personne atteinte ne pouvait plus quitter le lit et sombrait dans un coma qui durait deux jours au moins. Si le malade revenait à lui, il demeurait incapable de se lever ou de s'asseoir car (leur expliquait-il) le mal s'attaquait aux os et les affaiblissait tellement que le malade risquait de se fracturer les jambes et le bassin, ou au mieux de se les fêler, s'il essayait de se mettre debout. Dans les trois jours qui suivaient, la personne atteinte était prise de démangeaisons et d'inflammations qui donnaient à sa peau une couleur sanguinolente qui se teintait rapidement de taches bleu ciel, annonciatrices de l'apparition de pustules d'où suppurait du sang noir. Ensuite la peau était rongée par le mal puis la chair se détachait des os par lambeaux de trois doigts de large environ. Le malade finissait par ressembler à un amas de chairs rouges, rouges et purulentes, ce qui explique sans doute qu'on ait donné à cette affection le nom de "visqueuse". Quant au terme "lupine", il tire son origine des cris de douleur poussés par les personnes infectées : comme des hurlements de loup.

Malgré la bizarrerie de ce récit, qui n'avait d'égale que l'étrangeté de son auteur, le ministre des Moudjahidine a demandé avec insistance qu'on l'autorisât à charger des historiens connus pour leur intégrité d'écrire cette histoire. Le ministre de la Culture s'est dit déterminé à organiser des journées de recherches internationales afin d'exhumer cette part oubliée de l'Histoire. Le ministre de la Communication a ajouté qu'il ne permettrait pas qu'on étouffe à nouveau cette page déchirée du grand livre de l'Histoire, et a proposé de lancer une chaîne télévisée dédiée à ces événements que la contre-information coloniale a eu beau jeu d'escamoter. Sur ce, le ministre des Moudjahidine, encore lui, a renchéri pour réclamer que le gouvernement actuel œuvre à présenter une requête officielle exigeant de ces messieurs et maîtres qu'ils s'excusent pour leurs crimes à l'encontre du peuple et de l'Histoire. Chaque ministre y allait de sa proposition, quand l'Homme-aux-Médailles les a interrompus en s'adressant au président :

— Je recommande à Monsieur le président de publier un décret présidentiel établissant que ce qui arrive au peuple est une maladie dont il nous faut nous débarrasser par tous les moyens. Compte tenu de l'impossibilité d'appeler ce mal "visqueuse lupinc", nom qui soit dit en passant traduit à lui seul toute l'étendue de la perspicacité de Monsieur le président, je propose que Son Excellence charge un spécialiste de la langue grecque de lui trouver une autre dénomination, car cette langue comme vous le savez donne à la bêtise l'aspect de l'intelligence.

Il a lancé un rire qui a été repris par les autres, avant de poursuivre :

— Pour ce qui est des symptômes, je recommande de les limiter aux comportements auxquels nous assistons sur le terrain, tous les vendredis : rassemblements publics, danses, cris et sautillements. Monsieur le président garde bien entendu toute latitude d'y ajouter les symptômes qui conviennent à son rang et à l'illustre position à laquelle le peuple l'a placé.

C'est sur ces mots que s'est achevé le premier Conseil des ministres de la première mandature de Monsieur le président, réunion à l'issue de laquelle Son Excellence s'est adressé au peuple, dans un discours qui restera dans l'Histoire, pour annoncer les mesures qui allaient permettre d'éradiquer cette épidémie baptisée *Éliphtéria* – nom que le président a fini par prononcer de manière correcte, au bout de la quarantième tentative, et après que le savant homme qui lui parlait dans l'oreillette eut perdu connaissance suite à une attaque cérébrale qui le rendrait muet et paralytique.

Monsieur le Président Sauveur
Sa vie, en bref[2]

Titre de l'ouvrage : Abrégé résumé du parcours de vie du Président Sauveur

Livre premier : Fragments d'une enfance malheureuse

Chapitre premier : Évocations de la visqueuse lupine

Paroles transcrites par l'Historien officiel.

Quand mon père prononça ses dernières paroles, sa tête enturbannée posée sur mes genoux, j'étais bien loin de me douter que ses mots ne lui survivraient pas. Comment aurais-je su, alors même qu'il exhalait ces quatre-vingt-treize derniers mots, qu'il me livrait son testament ? Le pauvre homme ne vit pas que j'étais distrait, détourné de ses paroles par un spectacle qui captait toute mon attention : je constatais que ses pupilles étaient gagnées par une blancheur laiteuse (je n'avais jamais vu cela) et

2. Biographie en sept volumes publiée par l'Union générale des historiens officiels, résumant en dix mille pages la vie de Monsieur le président et les réalisations les plus importantes qui lui ont permis d'accéder au pouvoir. Cette biographie a scrupuleusement été rédigée par l'Historien officiel sous la dictée du président lui-même. Ledit historien a affirmé qu'il s'était borné à transcrire les propos de Son Excellence.

Le présent extrait a été publié dans un organe de la presse quotidienne, El-*Habaâ'*, *La Poussière*, dans son numéro zéro, à une date inconnue.

que son visage était envahi de pustules noires, il en avait treize sur chaque joue.

Si mon père, sentant que la vie le quittait, n'avait pas comprimé ma main en me disant "N'oublie pas ces dernières volontés", jamais je n'aurais pris conscience qu'en m'intéressant à ses pustules, j'avais négligé les dernières paroles qu'il avait à me dire et, par là même, la possibilité d'accéder à ses ultimes désirs.

C'était la première fois que je n'écoutais pas mon père. Dès que je soulevai sa tête pour la poser de côté, je compris que je devais faire quelque chose pour me racheter. Dans notre village, il était impensable de ne pas accéder aux dernières volontés d'un mourant, d'autant plus quand il s'agissait d'un homme qui ne pouvait confier son ultime message qu'à son plus jeune fils. Quarante ans plus tôt, en effet, j'étais alors âgé de huit ans (c'était même avant que mon village ne soit baptisé par mon père Ifrikhen[3]), nous arrivâmes lui et moi dans cette plaine fertile entre deux montagnes qui n'avaient pas de nom. C'est de cette plaine que mon père décida de faire notre nouvelle patrie après le décès, sur les routes, de ma mère et de tous mes frères et sœurs.

Nous arrivâmes donc dans cette plaine, le troisième samedi du mois de mai, en l'année qu'on appellerait par la suite "l'année des coupounes". Nous avions marché pendant deux jours et une nuit. Mon père nous avait fait avancer sans savoir vers où, tout ce qu'il avait voulu, c'était

3. Ce village n'existe sur aucune carte et n'est mentionné par aucune référence mais, par foi en notre Sauveur, Monsieur le président, nous en affirmons l'existence certaine et émettons de sérieux doutes sur la véracité de toutes les cartes du monde qui l'ont ignoré.

quitter son ancien village et sauver sa famille d'un sort funeste et implacable.

Si nous n'avions eu à affronter que la mort, nous ne serions pas partis, mais une étrange épidémie s'était soudain déclarée alors que la famine faisait déjà rage dans la contrée, et que nos maîtres et seigneurs avaient fait main basse sur les réserves de blé et d'orge et avaient confisqué les sept puits d'eau potable, imposant un rationnement sévère, de sorte que chaque homme adulte recevait, par jour, une part de blé équivalant à ce que peut contenir la main d'un enfant de onze ans normalement constitué. La ration d'une femme était la moitié de celle de l'homme. Celle d'un enfant de moins de quinze ans, la moitié de celle d'une femme.

Chaque foyer, quel que soit le nombre de ceux qui s'y trouvaient, recevait un seul litre d'eau, jamais plus, mais parfois moins, cela dépendait de l'humeur du maître qui procédait à la distribution et du degré de soumission du quêteur. Tout cela était consigné sur un ticket en papier de trente cases, qui était renouvelé tous les mois, et que ces messieurs les maîtres appelaient dans leur langue "coupon" – sans prononcer le "n" final, contrairement à la population qui disait ce mot comme il était écrit car, même s'ils ne lisaient pas plus la langue des seigneurs qu'ils ne la parlaient, ils avaient fini par en apprendre quelques mots, pour échapper aux colères de leurs maîtres et comprendre leurs ordres. Ces mots, ils les utilisaient tellement qu'ils finirent par les intégrer à leur propre langue et croire qu'ils en faisaient partie.

En vérité, des siècles durant, la vie de ces gens avait été dominée par des maîtres qui avaient toujours un idiome différent du leur. Leur langue à eux avait fini par disparaître en grande partie. Ils utilisaient un parler hybride, composé des langues de leurs maîtres successifs, ce qui leur donnait l'impression que leur dialecte venait de nulle part. Ils se sentaient isolés alors que leur village se trouvait au centre du monde.

Mon père avait décidé de nous faire quitter le village le lendemain de la mort de mon plus grand frère, Zakaria, de la visqueuse lupine, mal qui, comme l'attestent les documents d'époque, est apparu pour la première et dernière fois de l'Histoire cette année-là. Tout commençait par des fièvres infernales. La personne atteinte ne pouvait plus quitter le lit et sombrait dans un coma qui durait deux jours au moins. Si le malade revenait à lui, il demeurait incapable de se lever ou de s'asseoir car le mal s'attaquait aux os et les affaiblissait tellement que le malade risquait de se fracturer les jambes et le bassin, ou au mieux de se les fêler, s'il essayait de se mettre debout. Dans les trois jours qui suivaient, la personne atteinte était prise de démangeaisons et d'inflammations qui donnaient à sa peau une couleur sanguinolente qui se teintait rapidement de taches bleu ciel, annonciatrices de l'apparition de pustules d'où suppurait du sang noir. Ensuite la peau était rongée par le mal puis la chair se détachait des os par lambeaux de trois doigts de large environ. Le malade finissait par ressembler à un amas de chairs rouges, rouges et purulentes, ce qui explique sans doute qu'on ait donné à cette affection le nom de "visqueuse". Quant au terme "lupine", il tire son origine des cris de douleur poussés par les personnes infectées : comme des hurlements de loup.

Par chance, pour mes parents, et pour lui, mon frère n'atteignit pas ce stade de la maladie. Il mourut durant son coma, au moment où ma mère alla se coucher après avoir constaté que sa fièvre avait baissé, croyant qu'il reprendrait bientôt connaissance. Il ne se réveilla jamais. La seule chose qui se soit passée, c'est que mon père réveilla ma mère à l'aube et lui annonça que son fils était mort. "On l'enterre à midi et on part d'ici avant la nuit", ajouta-t-il dans un murmure.

Deux heures après l'avoir inhumé, nous nous faufilâmes hors du village en profitant du moment de la relève des sentinelles, car l'armée encerclait le village depuis le début de la pandémie. Les soldats avaient reçu des ordres clairs et sévères de la part des maîtres : tirer sur toute personne tentant de quitter les lieux. Le chef militaire, le colonel Emmanuel Faust, avait même ordonné de tirer sur tout ce qui essayait de fuir, et cet ordre avait entraîné, les deux premiers jours de siège, la mort de quatorze chèvres, sept poules, deux porcs, une vache tarie et deux moutons de pure race. Le mulet retrouvé au niveau de la sortie est du village, quant à lui, ne fut pas victime des balles des soldats mais des pratiques de sorcellerie qui apparurent avec la maladie et qui donnaient lieu à des cérémonies étranges renforçant les croyances et les espoirs les plus fous.

Mon père avait observé, en préparant notre fuite, que sept minutes s'écoulaient à chaque fois entre le départ d'une équipe de sentinelles et l'arrivée de la relève. Ce temps de battement était même de neuf minutes, pour l'entrée nord du village. Voilà pourquoi nous nous tînmes devant l'écurie des âniers, à 6 heures le soir, attendant le départ de l'équipe de jour. Ainsi pûmes-nous sortir sans nous faire voir.

Nous marchions depuis près de deux heures quand ma sœur, Soulaf, perdit soudain connaissance. Mon père posa la main sur son front et dit à ma mère : "C'est la fièvre." Il la prit sur son dos, enroula ses jambes autour de ses hanches et ajouta : "On ne peut rien faire pour le moment." Il reprit la route sans s'attarder sur l'expression qui se dessinait sur le visage de ma mère. Celle-ci se contenta de pleurer en silence en me portant et en tirant Yacoub, mon frère, par la main.

Nous continuâmes à marcher, évitant de regarder ce qui nous entourait. Nous croisâmes des gens différents, ils ne nous ressemblaient pas et étaient habillés étrangement. Quand un homme nous adressa la parole, nous ne le comprîmes pas, il parlait une autre langue. Mon père n'essaya pas de tirer au clair ce qu'il disait, même s'il avait remarqué, au visage de l'étranger et à son insistance à répéter la même phrase, que ce qu'il disait était de la plus grande importance. Il avait peur que cet étranger ne découvre notre secret, alors il reprit sa route vers une destination qu'il ignorait.

Il était 9 heures et il faisait nuit quand nous arrivâmes dans la région des mines de charbon. Mon père connaissait les lieux pour y avoir travaillé durant dix ans avec mon grand-père. Ce dernier avait fini par y attraper une pneumonie qui les avait obligés de rentrer au village, où il avait perdu la vie trois semaines seulement après son retour. Mon père avait ensuite vécu avec ma grand-mère et deux frères dont il ne connut pas les pères, car ma grand-mère avait rejoint le bordel de M. Joseph Ivremort[4] pour subvenir à ses besoins après le décès de son mari. Elle

---

4. Note de l'Historien officiel : Nous ne retrouvons aucune mention de ce nom dans les registres des naissances et des décès auxquels nous avons eu accès des deux côtés de la mer mais tout porte à croire que cet homme a effectivement existé puisque Monsieur le président en donne le nom et le prénom. Nous sommes donc devant deux hypothèses : soit une main invisible a délibérément effacé ce personnage pour

y avait travaillé près de sept ans avant d'être emportée par la variole, alors qu'il était âgé de treize ans. Durant cette période, elle avait d'abord mis au monde Abdelaziz, qui deviendrait plus tard le comptable du gouverneur militaire et jouirait d'un pouvoir absolu sur les autochtones. Le dernier frère, Saïd, n'avait vécu que vingt-cinq ans mais, durant sa courte existence et avant de rendre l'âme, lui aussi de la variole, avait travaillé au secrétariat du gouverneur militaire et avait réussi à faire promulguer une loi obligeant les autochtones à adopter des patronymes les rattachant à leur mère plutôt qu'à leur père. Ainsi, le nom de mon père sur les registres d'état civil devint-il Kadour Ben Yamina après avoir été Kadour Ben Abdallah.

Des heures passèrent, durant lesquelles ma mère pleura sans interruption si bien qu'elle s'endormit, exténuée, en nous serrant dans ses bras, mon frère Yacoub et moi – nous nous étions abandonnés à l'étreinte du sommeil une heure ou deux avant elle. Pendant que nous dormions, mon père ensevelit le corps de Soulaf sous des pierres puis s'allongea non loin de nous, nous regardant sans nous voir. Soudain il cria à ma mère de nous réveiller car nous avions une longue marche si nous voulions nous retrouver en lieu sûr. (À suivre[5]…)

---

remettre en cause le récit du président, soit il s'agit ici de Youssef Sakrane (Youssef l'Ivrogne) qui eut de nombreux doubles aux quatre coins du pays.

5. L'incendie dévastateur qui s'est déclaré dans les locaux du journal *El-Habaâ'*, *La Poussière*, a compromis la publication du second épisode, dans le même organe qui a, par ailleurs, cessé de paraître après que son propriétaire fut frappé par la maudite épidémie d'Éliphtéria et jeté en prison.

10

Contrairement à ce qu'aurait aimé Djamel Hamidi, la soirée d'hier s'est terminée sans ivresse, sans alcool ni fumette. En plus, sa demande en mariage est demeurée sans réponse. Tout juste a-t-il réussi à obtenir de Bakhta un vague rire et un sourire fade, dans lesquels il n'a pu percevoir ni le oui qui l'aurait comblé de bonheur, ni un silence franc qui lui serait resté en travers de la gorge un petit moment. Aussi décide-t-il de renouveler sa demande la semaine prochaine, sans savoir sur le coup que la succession des événements tournera cette résolution en une blague de mauvais goût que seul le destin trouvera drôle. Cela dit, le destin se tord déjà de rire en voyant Ibrahim Bafaloulou se diriger, ce matin, avec détermination, vers la porte de l'Administration. Fort d'une foi aussi inébranlable qu'illusoire, il s'est persuadé que le vigile d'hier allait le reconnaître et lui permettre d'entrer. Il attend maintenant depuis deux heures. Pour une raison incompréhensible, les portes n'ouvrent pas à 9 heures comme à l'accoutumée.

Sans cesser de guetter l'apparition du vigile, il réfléchit aux raisons pour lesquelles ils ont été convoqués, lui et tous les autres, un jour de week-end où les administrations sont censées rester fermées. Il se demande ce que peut être cette “affaire” si importante, et qui concerne apparemment tout le monde à titre personnel. Il a assez d’expérience dans la vie pour affirmer au moins une chose : le Gouvernement ne convoque pas les gens dans leur intérêt. De sa vie, il n’a jamais entendu personne hurler de joie pour avoir été convoqué au service militaire, ou se mettre à danser et entrer en transe après avoir été appelé à comparaître à un procès. Il n’a jamais non plus vu de signes de joie particuliers sur le visage de ceux qui sortent des bureaux des impôts ou qui reçoivent une facture d’eau ou d’électricité. En tant qu’employé de l’État, fort d’une expérience de plus de trente ans, il peut dire que l’Administration a ceci de commun avec la tombe qu’on n’y entre pas de gaieté de cœur.

Malgré sa sagesse, sa rigueur et l’expérience dont il peut se targuer, Ibrahim a négligé un point important : la mémoire de l’Administration est de papier. Il en prend conscience quand la porte s’ouvre et qu’apparaît le vigile énorme en compagnie de son collègue, et qu’Ibrahim essaye en vain de se rappeler à son souvenir.

En s’entretenant avec lui, il aperçoit la vieille dame au visage ridé, sortant du siège de l’Administration derrière les vigiles. Il s’étonne de la voir sortir du bâtiment officiel à une heure pareille, d’autant que les portes viennent de s’ouvrir deux heures après l’horaire escompté.

Il a presque une pensée indécente en voyant l’expression de bonheur sur la figure ridée de la femme, mais l’urgence de convaincre le gardien de le laisser entrer l’en détourne. Ses efforts restent vains, Ibrahim diffère sa comparution à une date qu’il ignore.

Contrairement à ce qu’on aurait pu attendre de lui, il met du temps à décider de retourner à Duc-des-Cars, où il espère trouver Djamel Hamidi pour une affaire urgente – ainsi la conçoit-il, en tout cas, après avoir passé la moitié de la nuit à ne pas dormir et à chercher comment convaincre sa directrice de ne pas le mettre à la retraite.

Il est vrai qu'elle n'a rien répondu, hier, quand il s'est écrié comme un damné : "Impossible ! Tu es Aïcha… Mon Dieu, je suis persuadé que vous êtes elle." Elle s'est dérobée derrière un rire fade avant que le secrétaire qu'on appelle Le Pantin ne vienne interrompre leur entretien. Ce rire factice a en tout cas permis à Ibrahim d'observer son visage une seconde fois. C'était sûr, il s'agissait bien d'Aïcha Larelaxe, son ancienne voisine, qui avait tenu la première maison de rencontres du Quartier et s'était associée avec Djamel Hamidi pour ouvrir un autre lieu de plaisir. Elle avait ensuite endossé d'autres rôles dans la vie, plus officiels, à commencer par celui d'astrologue vedette à la télévision, puis (après avoir disparu quelque temps, en prison, avait-on dit) avait refait surface en tant que ministre, il y a cinq ans, quand le nouveau président avait annoncé la composition de son gouvernement. Dans le communiqué qui l'avait présentée au public, elle avait été décrite comme professeure, diplômée d'université, ayant exercé dans le secteur privé, brillante femme d'affaires, ayant créé de nombreuses sociétés de bonne réputation dans le secteur du loisir et du bien-être, avant de se consacrer à la prospective, domaine dans lequel elle avait publié plusieurs travaux dont les titres n'avaient pas été communiqués.

Indépendamment de la véracité ou non de cette déclaration, Aïcha avait une compétence indéniable, elle savait y faire avec les hommes. C'est d'ailleurs ce qui lui avait valu son surnom (emprunté au français)

"Larelaxe" : tout homme qui passait entre ses mains se retrouvait dans un tel état de détente qu'il lâchait prise sur ce à quoi il s'accrochait d'ordinaire, principalement son porte-monnaie et sa raison. Pour une cause restée mystérieuse, même pour les plus déterminés des hommes, et les plus assurés, on ne pouvait la connaître une première fois sans désirer ardemment la revoir et la revoir encore. On est même allé, dans le Quartier, jusqu'à prétendre qu'Aouïwèche-la-Voyante (qui était son amie) lui avait fait un talisman dont les pouvoirs magiques ensorcelaient les hommes. Après la mort brutale d'Aouïwèche, les instigateurs de cette rumeur (pour la plupart des femmes délaissées à cause d'elle) ont bien dû admettre que l'amour était la seule force susceptible de susciter un tel envoûtement. Seul l'amour, il n'était pas permis d'en douter, unissait Aïcha à ses clients qui étaient aussi fous d'elle que le président est fou de son fauteuil présidentiel. Ils l'aimaient, ce corps pétri par les mains d'un dieu dévoué à son art. En contrepartie, Aïcha raffolait de leur argent intarissable et de leurs cadeaux qui n'avaient pas de limites.

Seul l'amour avait pu pousser un Gentil-Vieux-Monsieur à mettre au nom d'Aïcha Larelaxe un appartement dans un quartier huppé, quelques jours seulement après qu'elle l'eut déniché dans la masse des clients de son amie Aouïwèche, alors encore de ce monde. Ce Gentil-Monsieur avait pour habitude de rendre visite à la voyante, une fois par mois, pour connaître ce que lui réservaient le destin et une vie à laquelle a mis fin un infarctus inattendu, dû à un effort inhabituel pour un homme de son âge.

C'est en tout cas ce qu'a conclu le rapport d'autopsie, qui aurait sans doute également fait mention des comprimés bleus retrouvés dans la poche du défunt si, ce jour-là, le médecin légiste en charge du corps n'avait pas eu à fêter le septième anniversaire de son bienheureux mariage. À cette date précise, sa femme aimait en effet raviver quelques souvenirs de leur nuit de noces, souvenirs qu'elle avait du mal à ramener pleinement à la vie depuis quelques années – principalement en raison du goût de son mari pour l'alcool et les soirées qui finissent tard. L'année précédente, elle n'avait même pas pu rappeler la moindre étincelle de cette ardeur passée. C'est pourquoi, dans un moment de faiblesse tout à fait humain, ce médecin a omis de mentionner les comprimés dans son rapport, pour les fourrer dans sa poche. La suite lui a donné raison puisque cette nuit-là donna lieu à une bataille féroce, où se confondirent les rôles de l'assaillant et de l'assailli, de la monture et du cavalier. Pour ce genre de batailles, le soldat avisé ne gaspille pas toutes ses munitions d'entrée.

Un ami du Gentil-Vieux-Monsieur avait trouvé suspectes les conditions de la mort de son acolyte, d'autant que celui-ci avait à peine quatre-vingts ans, la fleur de l'âge pour un homme de son acabit. Pour des raisons relevant de la sagesse céleste (qui reste juste, même dans son injustice), le destin avait en effet élu certains hommes, à l'exclusion des autres, pour qu'ils devinssent les fondateurs d'une nation qui serait semblable à une caserne, et dont la population serait répartie de part et d'autre d'une simple ligne arbitrairement baptisée *Le Seuil*, une limite qui départageait le monde des élus de celui des misérables soldats indignes de la franchir.

Afin d'incarner ce projet et de le pérenniser, le Ciel avait doté les élus d'une longévité dont n'auraient pas même rêvé les misérables du monde d'en deçà du Seuil. Leur existence s'étendait souvent à cheval sur deux siècles, parfois trois, qu'ils consacraient à la débauche, tout en conservant une santé juvénile. On n'avait jamais entendu dire qu'un d'entre eux mourût comme le Gentil-Vieux-Monsieur d'une ridicule crise cardiaque.

Le simple fait de nourrir des doutes a suffi au vieil ami pour remonter jusqu'à Aïcha. Le simple fait de remonter jusqu'à elle a suffi à le faire tomber sous son charme, lui aussi. Il lui a d'abord offert une émission à la télévision – ce qui lui permettait de la voir même quand il n'était pas en mesure de lui rendre visite en raison de ses fonctions officielles sensibles, qui l'avaient fait connaître sous le nom de l'Homme-aux-Nombreuses-Médailles. Il avait, pendant des dizaines d'années, assumé autant de rôles dégradants que de fonctions honorables et avait fini par se hisser aux sommets, à partir desquels il pouvait s'autoriser à mettre le nom de sa maîtresse sur la liste des nouveaux ministres. Un remaniement ministériel ultérieur lui donnerait l'occasion, pour éloigner les soupçons, de la nommer directrice de l'entreprise dans laquelle travaillait Bafaloulou.

Durant la période où elle a été ministre, Aïcha a connu Monsieur le président d'assez près pour pouvoir infirmer les croyances pseudoscientifiques qui prétendent qu'un nonagénaire ne peut jouer aucun rôle dans le lit d'une femme lubrique. À cette même époque, Monsieur le président a eu tout le loisir de découvrir l'étendue des talents de la nouvelle ministre, entre autres, en matière d'astrologie, de divination, de prescience et d'interprétation des rêves – savoirs qui lui ont sans doute été transmis par Aouïwèche-la-Voyante, la plus célèbre diseuse de bonne aventure qu'ait connu la Capitale.

C'est probablement pour cette raison décisive que le président a fait venir Aïcha auprès de lui, il y a une semaine, après s'être réveillé en sursaut d'un rêve totalement invraisemblable où ce n'était pas lui qui était président. Pire encore, il ne s'était pas vu une seule fois, tout au long de ce rêve qui avait duré des heures. Comme s'il n'était rien et qu'il ne méritait même pas d'y jouer un rôle secondaire. N'était-il pas le plus haut personnage de l'État ? Et eux qui étaient-ils, ces salopards qu'il avait vus dans le rêve et que la réalité ignorait totalement puisque lui-même, le président, ne connaissait aucune de leurs faces de rats, ni aucun de leurs noms tellement ridicules qu'il n'en avait retenu aucun ?

Ainsi Monsieur le président a-t-il fait un récit détaillé et rébarbatif de ce qui s'était passé dans son rêve à Aïcha Larelaxe. Il lui a décrit ceux qu'il y avait vus, leur visage, leur caractère, et lui a énuméré (de manière singulièrement détaillée pour un homme sénile) les lieux où ce cauchemar s'était déroulé.

Quand il a terminé son récit, Aïcha a gardé le silence un bon moment, elle a semblé y réfléchir gravement.

Il était époustouflant que cet homme ait vu en rêve des personnes qu'elle connaissait intimement, du fait du voisinage ou de son activité commerciale passée puisque certains avaient été ses clients, des habitués. Et puis comment était-il pensable que tous les événements de ce rêve se soient déroulés dans son ancien quartier à elle ? La description que le président en faisait était digne d'un rapport rédigé par un officier maniaque des services de renseignements.

Après mûre réflexion, elle s'est dit que cette affaire ne pouvait être qu'un piège tendu par ce président pour la faire tomber. Peut-être avait-il, avec ses sbires, conçu le projet de la compromettre, pour se venger de son amant, l'Homme-aux-Nombreuses-Médailles. Celui-ci lui avait imposé sa liste de ministres, quand il venait tout juste d'avoir été élu chef d'État. Il ne lui avait jamais pardonné ce coup de force. Entre-temps, le président avait affermi son pouvoir grâce à la police et au soutien du peuple. Il lui en voulait aussi pour son arrogance qu'il devait faire mine d'ignorer à chaque fois qu'ils se retrouvaient l'un en présence de l'autre.

Même si elle savait que son amant jouissait d'une puissance considérable, elle avait aussi conscience que son influence n'était plus ce qu'elle avait été, depuis que le président avait réussi à la saper en amadouant le peuple à coups de discours grandiloquents et de paroles mielleuses, et en réussissant à faire croire qu'il avait éradiqué une épidémie qui n'avait jamais existé.

Elle l'avait vu, de ses propres yeux, il y a quelques années, convaincre un peuple tout entier que sa révolution n'était que l'expression d'une maladie contagieuse. Il en avait inventé le nom, en avait décrit les symptômes, lui avait inventé une histoire. Plus personne ne s'était plus soucié de ceux qui étaient emprisonnés ou assassinés. À chacun de ses discours ridicules, la masse applaudissait et scandait son nom, comme s'il les avait sauvés de la tyrannie.

Voilà jusqu'où elle a suivi le fil de ses pensées, quand elle a décidé de rompre le silence. Elle a essayé de le rassurer, lui affirmant que ce n'était qu'un simple cauchemar, qui ne méritait pas que Monsieur le président s'en souvienne. Il a alors souri et lui a demandé perfidement :

— N'est-ce pas étrange que je rêve d'un endroit où je n'ai jamais mis les pieds ? À moins que…

Il s'est tu un moment, avant de reprendre :

— À moins que tu ne penses que je t'aime tellement que je vois ton ancien quartier en rêve ?

Il l'a congédiée sans la regarder, conservant ce qu'il pouvait de son sourire sournois.

Jamais un homme ne lui avait fait aussi peur. Même quand elle avait rencontré pour la première fois l'Homme-aux-Nombreuses-Médailles, il ne lui avait pas inspiré la terreur ressentie devant le visage froid du président. Il ne lui en a pas fallu davantage pour aller mettre au courant son amant de cette entrevue avec son rival.

Au début, l'Homme-aux-Médailles n'a pas pris au sérieux cette histoire de rêve, mais la chose l'a soudain intéressé quand Aïcha lui a appris que les personnes qu'il prétendait avoir vues étaient des gens qu'elle connaissait bien, l'un d'entre eux travaillait même dans l'entreprise qu'elle dirigeait.

Elle a commencé à lui raconter les péripéties du cauchemar comme le président les lui avait rapportées, elle lui a ensuite expliqué ce qui la poussait à croire que c'était un rêve fabriqué de toutes pièces et destiné à servir de prétexte pour se débarrasser d'elle et l'éliminer, lui.

Quand l'Homme-aux-Nombreuses-Médailles lui a dit qu'elle se faisait des idées, elle lui a rappelé que ce président avait retourné une authentique révolution populaire en en faisant, aux yeux mêmes de ceux qui l'avaient déclenchée, une vulgaire maladie à éradiquer.

Devant elle, l'Homme-aux-Nombreuses-Médailles s'est montré sceptique. Il l'a raccompagnée en se voulant rassurant.

— Même le destin ne peut rien provoquer dans ce maudit pays sans mon autorisation.

Mais dès qu'elle est sortie, il a senti un frisson lui parcourir le corps. Il a même dû s'asseoir. Il a reconsidéré les propos d'Aïcha et tout ce qu'avait fait le président depuis qu'il était entré en fonction. Il lui a semblé que le mieux qu'il avait à faire en cet instant était d'appeler sans tarder Ahmed Slougui, Le Limier. Parmi ses hommes, il n'avait pas son pareil pour fomenter coups d'État et révolutions. Si Monsieur le président voulait le faire tomber, c'était au Limier qu'il ferait appel.

11

Ce que voit Olga depuis ce matin a de quoi combler sa passion voyeuriste pour toute la journée.

À 6 heures, elle a aperçu Issam Kachkassi marcher d'un pas vacillant, tenant à peine sur ses jambes. C'est la première fois qu'elle le voit dans un état pareil.

À vrai dire, il a l'habitude de rentrer tard et saoul, les jeudis et vendredis soir, mais il n'a jamais été ivre à ce point et n'est jamais revenu à une heure pareille.

En se mettant au balcon, quelques minutes avant l'apparition chancelante d'Issam, elle a d'abord remarqué qu'il manquait quelque chose, l'odeur de haschisch qui monte généralement de l'appartement du dessous et vient lui déboucher le nez – absence absolument inconcevable, un vendredi matin, puisque ses jeunes voisins du dessous, trois étudiants qui partagent la même piaule, ont l'habitude de passer la nuit du jeudi à écouter du hard rock en buvant des bières et en fumant des joints sur le balcon. Ils en font une telle consommation que les émanations montent jusque chez Olga et, à travers ses narines, jusqu'à sa tête, lui procurant un état de joie et de détente qu'elle atteint rarement par d'autres moyens.

Pour tout dire, il lui arrive de connaître un état de décontraction comparable, une fois par an, et pour un laps de temps extrêmement limité, qu'elle n'a bien sûr pas chronométré mais que son horloge biologique (aussi développée que son voyeurisme dévorant) lui permet d'estimer, avec l'exactitude d'une véritable horloge suisse, à cinq minutes et quarante et une secondes.

Ce petit plaisir annuel, elle y goûte à l'occasion de la *zakât d'amour* (l'aumône d'amour), un rite à caractère social inventé par Issam Kachkassi pour contribuer à l'effort humanitaire visant à assurer le bonheur de tous et toutes. Issam a en effet constaté – après une observation approfondie – que les femmes laides sont victimes d'un traitement inégalitaire en matière d'amour, et ce en raison d'un préjugé voulant que le désir fuie tout homme qui se retrouve en compagnie d'une femme horrible. Cette croyance prive de leur droit naturel à la décontraction et à l'enjouement un grand nombre de femmes, au nombre desquelles les laiderons de Duc-des-Cars, surtout depuis le départ de Moh Lamorve qui, en raison de son manque total de goût, faisait preuve d'une absence de discrimination dont seule la mort est capable.

Le jour de l'aumône tombe le plus souvent le 13 février, soit la veille de la sacro-sainte Saint-Valentin. Issam prépare alors une liste précise avec le nom des laiderons du Quartier. Il transcrit ensuite chacun de ces noms sur un bout de papier qu'il plie en quatre et met dans un pot. Il en tire au sort quatre, auxquels il ajoute Olga en raison de sa situation sociale à part.

Pour garantir leur bonheur à toutes, une heure avant de les rejoindre, il boit un élixir inventé par un barbu qu'il a rencontré par hasard du côté de la mosquée El-Rahma. Cet homme vendait tout ce qui peut faire le bonheur humain, dans l'ici-bas comme dans l'au-delà – volumes du Coran, parfums, *souak** et tapis de prière. Au milieu des marchandises à vocation terrestre, Issam a trouvé un breuvage dont le nom évoquait les innombrables bienfaits : "Taj el-Arous", *La Couronne des époux*. Le type lui a soutenu que c'était une mixture de son invention, et qu'il y avait versé la quintessence de ses innombrables lectures ainsi que le fruit du labeur des plus grands et plus dévoués savants de l'islam. Il lui a également parlé d'une foule de livres illustres, où tout bon musulman peut trouver des recettes pour accéder à la béatitude sur Terre comme au Ciel, mais de ces nombreux titres Issam Kachkassi n'en a retenu que quelques-uns : *Les Cimes du savoir dans le domaine de la copulation*, *Les Délices des cœurs ou ce que l'on ne trouve en aucun livre* et *Le Cadeau des époux, trois chapitres sur les femmes et le mariage* – dont s'était inspiré son interlocuteur pour le nom de son élixir qui transformait n'importe quel homme en un taureau déchaîné qui ne voyait plus dans les femmes alentour qu'un troupeau de femelles.

Quoi qu'il en soit, l'inquiétude d'Olga à propos de ses voisins fumeurs de haschisch se dissipe quand elle les voit, un peu plus tard, sortir de l'immeuble avec leurs petits sacs à dos. Ils empruntent le chemin que la plupart des gars du Quartier ont pris ce matin et qui les conduit, comme elle s'en doutait, à l'énorme file d'attente qui s'est formée du côté de la Grande Poste. Les fumeurs ont été précédés par Djamel Hamidi, accompagné de Bakhta (elle les voit), et Ibrahim Bafaloulou qui a remis, semble-t-il, le costume qu'il portait la veille. Grâce à sa chaise, sur laquelle elle est juchée, elle réussit même à déterminer la position de chacun d'entre eux dans la

* Racine d'arbuste utilisée comme brosse à dents naturelle.

queue – à l'exception d'Ibrahim qui disparaît de son champ de vision pendant quelques minutes, lorsqu'il se dirige vers la tête de la file et finit par reparaître, marchant d'un pas pressé en direction du Quartier.

En vérité, Olga n'est pas la seule à observer ce qui se passe. À quelques kilomètres de là, l'Homme-aux-Nombreuses-Médailles est assis à son bureau et suit l'évolution de la situation en direct sur l'écran plat de son ordinateur. Les images lui sont transmises par l'hélicoptère qu'il a dépêché pour filmer la Capitale depuis le ciel, ainsi parvient-il à voir se former la file d'attente qui, en quelques heures, s'étend déjà de la Grande Poste à Belcourt et se ramifie dans toutes les artères et tous les quartiers de la ville.

Comme il l'a prévu, les gens commencent à manifester leur impatience et à se plaindre de la bêtise du pouvoir qui lcs fait venir en ce jour censé être consacré à Dieu.

Il sourit avant de prendre le téléphone et de composer un numéro. Une voix lui répond à l'autre bout de la ligne :

— Oui, *Hadarât* !

— Dis au Limier de venir me voir, séance tenante.

Il a à peine le temps de raccrocher le téléphone qu'un homme maigre au visage osseux et aux yeux globuleux entre dans le bureau. Il fait le salut militaire :

— Je suis à vos ordres, monsieur.

— C'est à toi de jouer, chien ! Est-ce que ta bande est prête ?

— Oui, *Hadarât*, et ils sont opérationnels.

— Est-ce qu'ils sont en nombre suffisant ? demande l'Homme-aux-Médailles sans lever les yeux de l'écran de son ordinateur.

— Nous avons atteint les effectifs que vous avez demandés, monsieur. J'ai personnellement veillé au recrutement pour satisfaire au mieux vos exigences. Les meneurs sont à la porte et sont prêts à comparaître devant vous.

L'Homme-aux-Nombreuses-Médailles sourit et l'autorise à les faire entrer. Il se redresse dans son siège, comme il sied à l'homme redoutable qu'il est.

Ils sont six, hommes et femmes, d'aspects différents, même si un soupçon de soumission leur donne un air de ressemblance.

— Si votre mission s'achève avec succès à la fin de cette journée, vous m'aurez prouvé votre patriotisme. Vous serez dignes de ma reconnaissance et de celle de la nation qui n'oubliera jamais les services que vous aurez rendus.

Le Limier leur ordonne de disposer, ce qu'ils font sans qu'aucun d'entre eux n'ose lever les yeux sur l'Homme-aux-Médailles.

— Ça a l'air d'être un ramassis de crétins. Est-ce que tu es sûr qu'ils sont capables d'accomplir leur mission ?

— Votre observation correspond à nos attentes, monsieur, répond Le Limier en souriant. Des éléments perspicaces ou intelligents ne conviendraient pas pour de telles opérations.

L'Homme-aux-Médailles rit et lui donne l'ordre de sortir à son tour. Il compose ensuite un numéro sur son téléphone. Il y a deux ou trois sonneries avant qu'une voix douce ne réponde :

— Bonjour mon amour, tu m'as manqué.

L'Homme-aux-Médailles rit de nouveau mais, cette fois, son visage semble moins strict. Deux fossettes apparaissent même sur ses joues – si les miroirs parlaient, ils jureraient que jamais ils n'ont reflété pareilles coquetteries sur cette figure.

D'une voix qu'on croirait sortie de la gorge d'un jeune homme amoureux, il lui dit :

— Sans doute moins que tu ne m'as manqué toi, Aïcha. Plus que quelques heures et je me serai débarrassé de ce rat décati. Après ça, je serai tout à toi.

— Quelques heures seulement ?

— Tout est prêt à présent. Le piège est en place et je n'ai plus besoin que d'un morceau de fromage avarié pour attirer ce rat gâteux...

La voix encore plus suave, il ajoute :

— Laissons tomber ces conneries. Donne-moi de tes nouvelles, mon amour... Décris-moi ce que tu portes, là tout de suite.

Aïcha Larelaxe lui lance ce rire lubrique que ses oreilles n'ont pas eu le plaisir d'entendre depuis trois jours, quand il l'a vue pour la dernière fois, lorsque ce chien de Limier leur a exposé son plan pour renverser Monsieur le président :

— Il y a deux manières de faire un coup d'État. Utiliser la force ou manipuler le peuple.

— Nous ne disposons d'aucune de ces deux possibilités actuellement, l'avait alors interrompu l'Homme-aux-Médailles.

Il avait balayé du regard le visage des personnes présentes à la réunion, des proches dont la fidélité lui était aussi acquise que celle de chiens qu'on continue à nourrir. Celle qui comptait le plus était une femme d'une cinquantaine d'années. Nul ne connaissait sa véritable identité ni son grade, à part l'Homme-aux-Nombreuses-Médailles. Il avait fait d'elle la directrice du fameux Centre des opérations, une agence aux allures de parking, dont l'activité consistait à permettre à l'Homme-aux-Médailles de rester l'homme le plus puissant du pays. C'était dans une des salles de cette agence qu'avait lieu la réunion. Madame la directrice avait pris la parole :

— Ce peuple idiot adore le président et ne sera jamais de notre côté. Quant à la manière forte, il est impossible d'en faire usage contre lui. Il a recruté un nombre incalculable de policiers, et ils le protégeront tant qu'il sera président.

— C'est son image qu'ils vénèrent, avait rétorqué Le Limier en souriant. C'est l'image qui lui permet de les tromper et, comme toute illusion, celle-ci ne tiendra pas devant la vérité si elle éclate. Mieux encore, cette image ne résistera pas à une illusion plus grande.

— La vérité ! s'était écriée Madame la directrice, manifestement dégoûtée par ce mot.

— Je sais, madame, nous n'avons que faire de la vérité. C'est pourquoi je pense que ce dont nous avons besoin, c'est d'une illusion plus grande. Une seconde illusion qui chassera la première, aux yeux du peuple.

Tout le monde s'était tu, attendant qu'il explique plus en détail où il voulait en venir.

— Je veux dire que nous devons créer une situation qui persuadera le peuple qu'il se soulève spontanément contre son président. Quand les choses seront allées assez loin, nous nous poserons en sauveurs, nous serons ceux qui volent au secours du peuple et de sa révolution en carton. Nous débarrasser de ce vieux croûton ne sera plus alors qu'une formalité. Ce peuple, nous savons tous combien nous l'avons pétri pour l'amener à sacraliser tout ce dont il s'imagine être l'auteur. Chacun d'entre nous se souvient de la Grande Révolution, et comment nos aînés s'en sont servis pour se hisser au pouvoir. La plupart d'entre eux n'ont pas pris part à la Révolution, mais c'est en faisant croire au peuple qu'ils en ont été les instigateurs que nos aînés ont été sacralisés (puissent-ils ne jamais reposer en paix, avait-il glissé dans un éclat de rire). À partir de là, personne ne leur a plus disputé la légitimité du pouvoir.

L'Homme-aux-Médailles s'était esclaffé, avant d'y aller de son commentaire :

— C'est ce que je dis tout le temps : fais-leur croire que tu es un révolutionnaire et tu leur feras boire ta pisse.

Toutes les personnes présentes avaient éclaté de rire.

Ce chien de Limier s'était mis à détailler son plan qui, disait-il, devait s'étaler sur trois jours et être exécuté avec une précision chirurgicale. Et c'est effectivement ce qui était en train de se produire, conformément aux ordres donnés ultérieurement par l'Homme-aux-Nombreuses-Médailles, séduit par le plan de son officier.

Ainsi, Le Limier a-t-il fait fuiter le rêve du président dans la presse, le 24 août. Les rédactions l'ont trouvé inintéressant mais comique, ce qui correspondait au ton habituellement utilisé pour parler de ce drôle de président. Certains directeurs de journaux ont sans doute pensé aussi que publier un article inoffensif, sur un rêve banal, était l'occasion de se faire bien voir de Son Excellence. Ça ne coûtait rien. Peut-être remarquerait-il ainsi leur nom qu'ils retrouveraient, eux-mêmes, ultérieurement sur une invitation officielle envoyée par la présidence. Peut-être qu'à cette occasion le président lirait leur journal, ce que leurs propres journalistes s'abstiennent de faire, et découvrirait-il l'injustice qui les privait du soutien de l'État et d'annonceurs publicitaires publics.

Mais c'est tout le contraire qui s'est passé. Voyant son rêve étalé dans la presse, le président a ordonné de fermer les journaux et de mettre leurs responsables en prison avant de les juger. Il s'est douté que ce qui arrivait était une manœuvre de l'Homme-aux-Médailles, dont le but était d'amuser le public avec ce rêve où lui, Monsieur le président, n'était pas président – un possible qui ne devait sous aucun prétexte être envisagé, pas même en songe. L'idée que les gens l'imaginent dans une autre peau, fût-ce en rêve, était dangereuse. De là à ce qu'ils ne veuillent plus de lui pour président, il n'y avait qu'un pas. Il était bien placé pour savoir que la fiction est une réalité qui attend d'advenir.

Ces considérations l'ont poussé à convoquer un Conseil des ministres urgent pour réagir à la situation. Les ministres les plus proches lui ont conseillé d'identifier ceux qui avaient fomenté ce complot, et qui travaillaient certainement sous les ordres de l'Homme-aux-Médailles. En retour, il leur a assuré qu'il était impossible de lancer des accusations tant que les exécutants n'avaient pas été arrêtés et qu'on ne leur avait pas fait avouer qu'ils avaient trahi le président et obéi aux ordres de son rival.

Aussi le président s'est-il vu proposer d'envoyer à l'ensemble des citoyens de la Capitale, sans exception, une convocation officielle pour les faire comparaître devant l'Administration. On pourrait ensuite prélever leurs empreintes digitales et les prendre en photo, avant de les interroger et de s'assurer de leur loyauté envers Son Excellence. Pour finir, on comparerait la physionomie de chaque personne interrogée avec les portraits des protagonistes du rêve, réalisés par des dessinateurs professionnels à partir des descriptions de Monsieur le président.

Le président a été séduit par la proposition de ce ministre digne de confiance et a ordonné qu'elle soit appliquée. Ledit ministre a proposé en outre que la population soit convoquée jeudi et dimanche, afin que l'Administration ait le temps d'interroger tout le monde. Le président, souhaitant que ces démarches aillent le plus rapidement possible, a ordonné de mettre à profit le vendredi (jour de congé hebdomadaire) pour accélérer les choses. L'idée a comblé les attentes du ministre digne de confiance, qui a fait mine de ne pas y souscrire complètement. Celui-ci était en réalité un agent double infiltré dans le gouvernement, et chargé par Le Limier de suggérer ces idées afin que le plan de coup d'État soit mené à bien.

Le lendemain, le jour où Djamel Hamidi s'est réveillé en croyant avoir fait un rêve qui n'a jamais été le sien, Le Limier a demandé à ses hommes infiltrés dans la plupart des administrations de faire figurer une seule et même adresse sur toutes les convocations du vendredi : tout le monde a ainsi reçu l'ordre de se présenter à la Grande Poste, ce qui concentrerait l'ensemble de la population de la Capitale en un seul endroit.

Pour mieux faire réussir le plan, une ancienne honorable correspondante, connue pour sa perspicacité, a été chargée de se rendre à ce bureau de poste, ce jeudi-là, et de faire ce qu'il fallait pour que les vigiles n'ouvrent les portes que vers 11 heures le vendredi – une enquête menée au préalable sur ces vigiles avait déterminé leur penchant malsain pour les vieilles dames. Cette femme a accompli sa mission avec subtilité, préparant le terrain pour les événements du troisième jour du plan de Slougui, ce jour qui serait connu, dans le monde du renseignement, comme *Le Jour de la souricière*.

12

À 13 heures, Ibrahim Bafaloulou arrive exténué devant *Jâmi' lihoud* (la mosquée des juifs), après avoir passé des heures à marcher en vain à la recherche de Djamel Hamidi.

Le nom de cette mosquée sonne étrangement à l'époque dont on parle ici : une mosquée des juifs où ne prient que des musulmans ! Ce lieu de culte a été édifié en un autre temps où savoir à quelle religion ou à quelle doctrine appartenaient les gens ne comptait pas plus que le nom de leurs dieux, la couleur de leur peau, leurs origines ou la langue qu'ils parlaient ; seul comptait le fait qu'ils soient humains et dignes de la miséricorde céleste comme de la vie sur terre. Allah, Elohim ou Jésus-Christ, quel qu'ait été Celui qui occupait le trône céleste, on ne se serait jamais entre-tué alors pour un dieu qui interdit le meurtre, on ne se serait pas persécuté au nom d'une divinité dont la Justice est un des attributs. Ainsi en allait-il du moins dans ce pays où trouvaient refuge les morisques et tous ceux qui fuyaient l'Europe sur des bateaux de la mort dans l'espoir de rester en vie.

Quelle étrange époque c'était... Tout aussi étrange que peut sembler la justice, quand on vit sous le joug d'une tyrannie, ou la logique, quand l'État et le gouvernement sont soumis à l'Absurde, sur fond de bêtise, comme lorsqu'un pays sacralise le passé au point d'en escamoter son Histoire, et de l'enterrer dans la boue pour la préserver des souillures, la rendant impropre à tout usage présent mais aussi indépassable, et donc sans avenir.

Cherchant Djamel Hamidi, Ibrahim s'est dit qu'il devait sans doute être avec Issam Kachkassi. Ils ont l'habitude de passer la journée du vendredi à déambuler ensemble jusqu'à l'heure de la prière dont ils s'acquittent à la mosquée Ketchaoua, non loin de là. Après avoir prié, ils retournent aux activités extracultuelles auxquelles ils s'adonnent les autres jours de la semaine, activités toutes réprouvées par le Seigneur. Il faut dire que Djamel et Issam ont entendu, un jour (ils n'étaient alors que deux gamins à peine pubères), que Dieu aimait par-dessus tout les pécheurs qui se repentent après avoir commis ce qu'Il abhorre. C'était un cercle sans fin : Dieu accordait Son pardon aux pécheurs qui retombaient dans la faute pour qu'Il les absolve à nouveau. Depuis, les deux voisins ont décidé de passer leur vie à accomplir les pires ignominies, par pur amour de Dieu et sans autre raison que de se faire aimer de Lui.

Comme il ne les a trouvés ni chez l'un ni chez l'autre, il s'est arrêté partout où ils sont susceptibles de passer pour aller à la mosquée, et tous les quartiers qu'il a traversés étaient déserts. Il n'a croisé que quelques mômes ici et là.

Après mûre réflexion, il a décidé de prendre la rue de Cadix plutôt que la rue d'Isly pour rejoindre la mosquée des juifs. Il sait que c'est leur trajet de prédilection et qu'ils aiment s'asseoir à la terrasse d'un café en particulier, devant le stade Ouagnouni, un établissement tenu par un de leurs amis qui avait soudainement disparu, vingt mois et neuf jours après le début de cette satanée épidémie d'Éliphtéria. Les autorités l'avaient diagnostiqué, lui et un groupe de copains, quand il s'était mis, comme beaucoup d'autres, à descendre dans la rue toutes les semaines pour danser et sauter, en criant des choses qui ne viendraient pas à l'esprit d'une personne saine. Un des gars de la bande était même apparu sur les écrans d'une télévision étrangère et avait déclaré que le président n'était pas légitime et qu'il devait être dégagé. Cette plaisanterie avait fait rire Monsieur le président, au moins autant qu'elle l'avait mis hors de lui, au point qu'il était intervenu au journal télévisé – acte de naissance et certificat de mariage de ses parents à la main – pour attester qu'il était né d'une union légitime, enregistrée en bonne et due forme et sous la bénédiction d'Allah et de son prophète. Malgré tout, il n'en tenait pas rigueur à ceux qui étaient frappés de démence à cause de cette maudite maladie.

Le cafetier, qui n'avait plus aucun symptôme de maladie et était allé jusqu'à faire imprimer une photo du président sur les plateaux de toutes les tables de son café, a surpris Ibrahim en lui annonçant qu'il n'avait pas vu ses voisins ce jour-là, chose inhabituelle pour un vendredi. Rapidement, le bonhomme s'est excusé de devoir fermer, il avait reçu une convocation officielle lui ordonnant de se présenter devant l'Administration pour une affaire urgente, le concernant personnellement. Étant donné ses antécédents avec les autorités, il préférait être réduit à la mendicité et manger du cactus plutôt que de ne pas répondre à une convocation du Gouvernement.

De là où il se tenait, Ibrahim avait une vue imprenable sur les parages de la Grande Poste, il voyait encore mieux qu'Olga depuis son balcon, et il était stupéfait par la foule qui avait envahi les quartiers, les ruelles et la rue principale sur plusieurs kilomètres. S'il n'avait pas su, de manière certaine, que l'épidémie avait été totalement enrayée, il aurait cru que ces gens qui criaient des propos qu'il n'arrivait pas à saisir étaient retombés dans les fièvres de l'Éliphtéria ou d'un mal encore plus virulent. Pour autant, il s'est rapidement détourné de ces scènes et les a aussitôt oubliées. Il devait trouver Djamel Hamidi pour lui raconter ce qui s'était passé avec Aïcha Larelaxe. Elle voulait le mettre à la retraite et Djamel, vieil ami d'Aïcha, fils de son amie Aouïwèche, était peut-être la seule personne capable d'intercéder en sa faveur pour qu'elle revienne sur sa décision, ou qu'elle accepte au moins de réexaminer l'affaire.

*

Il est donc 13 heures quand il se retrouve debout devant la mosquée Ketchaoua. Il tourne le dos à la porte du lieu de prière maintenant qu'il s'est assuré que ses deux voisins ne sont pas à l'intérieur.

Il faut avouer qu'il a hésité, un peu plus tôt, au moment où il s'apprêtait à entrer car il n'était pas lavé et pur, comme le veulent les usages ou comme l'exige la foi… Il ne sait jamais trop si ce genre d'interdictions vient de Dieu ou des hommes. Sa pensée s'embrouille souvent quand il est question de religion. Se rappeler que ce lieu de culte a été une mosquée, une église, puis à nouveau une mosquée, et même une étable, lui a toutefois permis d'envisager avec plus de sérénité son besoin d'entrer. Il a été encore plus à l'aise avec l'idée en se remémorant avoir lu un jour que cette mosquée avait été la cible de tirs de canons. Il a imaginé un sol ensanglanté et des cadavres jonchant l'espace entre des piliers, et il a fini par se dire : "Ça m'étonnerait que je sois plus impur que du fumier ou qu'un massacre de cette ampleur." Son hésitation l'a malgré tout tenaillé un moment encore, avant qu'il parvienne à rassembler son courage pour faire enfin les quelques pas qui le séparaient de l'entrée. Pour tout dire, il craignait qu'il ne lui arrive ce qui lui était arrivé à chaque fois qu'il avait essayé de pénétrer dans une mosquée.

Il a été tout étonné de se retrouver à l'intérieur – il a franchi le seuil de la mosquée sans que rien ne se produise. Le plafond ne lui est pas tombé dessus. Il n'a pas été foudroyé par le Ciel. Il est entré sans devoir faire d'efforts particuliers et sans provoquer aucun événement étrange, contrairement à ce qui s'était passé à chaque fois qu'il était entré dans une mosquée auparavant.

Il s'y était essayé à trois reprises, dans sa vie, et n'avait jamais réussi à franchir le seuil d'une mosquée.

Il se souvient bien sûr de la fois, c'était il y a plus de vingt ans, où il marchait du côté de Bab Azzoun, une des sept portes de la Capitale. Il s'était retrouvé au milieu d'une foule impressionnante qui levait des Corans en l'air et criait une formule qui resterait gravée dans sa mémoire à tout jamais : "*'Alayha nahya wa 'alyha namout, wa fi sabiliha noujahid**..."

* Littéralement : "C'est ce pour quoi nous vivons, ce pour quoi nous mourons. Ce pour quoi nous combattons et rejoignons Dieu..." Ces mots – entre le chant et le slogan – sont emblématiques d'un parti politique dont la mission était la création d'un État théocratique fondé sur la loi divine.

Aujourd'hui, il ne sait toujours pas pourquoi ça l'avait fait vibrer à ce point, il s'était mis à clamer avec les autres d'une voix tonitruante. Un homme énorme, un géant qui faisait deux mètres de haut et deux de large, l'avait remarqué puis hissé sur ses épaules, d'où il avait continué à vociférer. Quand le cortège avait atteint les parages de Bab El Oued, son surplomb lui avait permis de remarquer qu'un jeune homme imberbe prêchait devant un parterre d'hommes barbus retranchés dans une mosquée dont il avait réussi à lire le nom : El Sunna. Les hommes réagissaient avec ferveur aux moindres propos du jeune prêcheur. On aurait dit un chœur professionnel entonnant des chants de guerre. En approchant, sur les épaules du géant, de la mosquée El Sunna, il avait été en mesure d'entendre ce que disait le jeune imberbe. Bien qu'il ait été à l'époque en pleine possession de ses moyens intellectuels, il n'avait pas compris grand-chose aux phrases du jeune homme qui évoquaient "l'heure du Vrai", "le Tyran sur terre", "le gouvernement de Dieu", "les hommes du Coran" et beaucoup d'autres expressions que la foule de ses auditeurs accueillait par des *"Allaho akbar"* (Dieu est grand), qui s'élevaient d'une seule voix. C'était comme s'ils avaient besoin de se rappeler les uns aux autres la grandeur et la splendeur d'Allah.

Le géant l'aurait fait entrer sur l'esplanade de la mosquée si la main d'un policier, posté à proximité, n'avait pas soudain été prise d'un tremblement et n'avait pas pressé, par erreur, la gâchette de son arme. Une balle avait fusé en direction de la foule et avait élu (pour son plus grand malheur mais pour le bonheur des autres) le corps du géant qui s'était écroulé instantanément. Ibrahim s'était retrouvé à terre. Les pieds de la foule en panique, des pieds de grande taille à ce qu'il se souvient, l'avaient allégrement piétiné. On avait, *a posteriori*, raconté bien des choses sur ce jour sanglant, dans les journaux télévisés et dans la presse écrite mais, pour lui, ça restait le jour où il avait pour la première fois failli entrer dans une mosquée.

Sa deuxième tentative avait eu lieu un jour de pluie, il ne se souvenait plus en quelle année. Une brique lui était tombée sur la tête et l'avait assommé au moment où il s'apprêtait à entrer. Cette deuxième mosquée, il ne s'en était pas aperçu, était encore en construction… Pour tout dire, elle était restée à l'état de chantier durant une bonne trentaine d'années. Les jeunes avaient eu le temps de devenir vieux, les vieillards avaient disparu, emportés par la mort, les nourrissons étaient devenus des hommes, s'étaient mariés et avaient eux-mêmes eu des enfants qui avaient bien grandi et étaient entrés à l'école. Le temps passait, les générations se succédaient et la mosquée n'était toujours pas terminée. Pourtant, personne n'avait l'impression que la construction durait plus que de raison. Personne ne sentait le temps passer à vrai dire, d'autant que tous ces gens – jeunes devenus vieux, vieillards passés de vie à trépas et même enfants devenus adultes et eux-mêmes parents d'enfants rentrant à l'école – vivaient sous l'aile bienveillante d'un président immuable, un président qui échappait à l'emprise du temps qui fait vieillir, mourir, naître et grandir.

Après deux années d'hésitation, Ibrahim Bafaloulou avait essayé une troisième fois d'entrer dans une mosquée, du côté du palais présidentiel. Il avait mené une petite enquête qui lui avait révélé qu'elle était fréquentée par ceux de l'au-delà du Seuil, c'était là que ces êtres s'acquittaient de leurs prières aussi souvent qu'il arrive aux étincelles de l'amour de briller dans un cœur fielleux.

L'idée venait de Djamel Hamidi qui l'avait convaincu en lui faisant un beau discours : "Voisin ! Tu fais vraiment peine à voir… On pourrait remplir un camion avec tous tes diplômes, et toi tu restes en bas de l'échelle, avec un salaire qui te permet de vivoter les trois premiers jours du mois. Tu devrais être directeur ou je sais pas… Quelqu'un d'important dans l'État en tout cas. Si t'es prêt à sortir de ta tanière pour te lancer à la conquête du monde, je pense que deux possibilités s'offrent à toi, deux et pas une de plus : soit tu essayes d'attendrir ces messieurs et maîtres au moment où ils s'agenouillent pieusement devant Dieu, soit tu gagnes leur sympathie quand ils se retrouvent nus entre les mains du diable. Comme je sais que tu as les mœurs d'un enfant de trois ans, tu ne bois pas, ne fumes pas de shit, évites les femmes… je te conseillerais d'aborder ces messieurs et seigneurs quand ils s'agenouillent pieusement devant Dieu."

Et c'est bien ce qu'Ibrahim avait l'intention de faire en se dirigeant vers cette mosquée. Mais par malchance, il s'était fait arrêter dès qu'il avait essayé de mettre un pied à l'intérieur, et ce pour des motifs qui, comme la visqueuse lupine, resteront, pour d'obscures raisons et contre toute vraisemblance, en dehors de l'Histoire.

En tout cas, Ibrahim Bafaloulou vient de réussir à pénétrer dans l'enceinte de la mosquée Ketchaoua sans provoquer d'événement particulier. À présent, il se tient debout devant l'immense porte en bois et attend ses voisins. Il est sur le point de s'asseoir pour soulager ses jambes qui le font à nouveau souffrir, quand il sent une main tout aussi monumentale que la porte l'attraper par la nuque et le traîner, sans lui laisser la possibilité de se retourner pour voir qui le rudoie de la sorte. Quand il parvient à tordre péniblement le cou pour jeter un regard en arrière, une autre main le soulève en l'air. Un ou deux instants plus tard, son maigre corps retombe et il se retrouve dans le coffre d'une voiture, qui se referme avant qu'il puisse voir quoi que ce soit.

Il est d'abord pris de panique. Son cœur bat très vite et une boule étrange se forme dans son ventre, de plus en plus dure. Il s'égosille au point d'y laisser la voix et martèle la paroi du coffre à coups de pied. Il tient un certain temps, puis finit par renoncer. Il arrête de crier et de se débattre. D'un coup, il sent toutes les parties de son corps se détendre, son cœur ralentit. Il prend une profonde inspiration. Il s'en rend compte, il n'y a qu'une chose à faire : se soumettre.

La décision de se laisser aller le rassurerait, il la trouverait même satisfaisante, mais il se rend compte que, de peur, il s'est uriné dessus. Affligé, bientôt furieux, il se remet à donner des coups de pied dans le couvercle du coffre de la voiture. Les battements de son cœur accélèrent de plus belle, il repart à s'égosiller en insultes et jurons. Il tient un certain temps, puis finit par renoncer. Il arrête comme la première fois de crier et de se débattre. D'un coup, son corps se détend, il prend une profonde inspiration et se rend compte qu'il n'y a qu'une chose à faire : se soumettre.

La décision de se laisser aller le rassurerait, il la trouverait même satisfaisante, mais des flatulences le prennent soudain en traître. Il doit se soulager. Une fois que c'est fait, il se rend compte que ce n'est pas un gaz qu'il a lâché. Il s'est involontairement déféqué dessus. Encore plus affligé que la première fois et rapidement submergé par la fureur, il se remet à donner des coups de pied dans le couvercle du coffre de la voiture. Son cœur bat tellement vite qu'il a l'impression qu'il va sortir de sa poitrine. Jurant et s'insultant lui-même, il s'égosille plus que jamais. Il tient, un certain temps, encore une fois, puis finit par renoncer. Il arrête de crier, de se débattre et de se maudire. D'un coup, son corps se détend, son cœur ralentit. Il prend une profonde inspiration et se rend compte, pour la troisième fois, qu'il n'y a qu'une chose à faire : se soumettre.

Là encore, la décision de se laisser aller le rassurerait, il la trouverait même satisfaisante, sauf qu'il sent brutalement la voiture s'arrêter. Il se tient prêt à bondir sur la personne qui ouvrira le coffre, quelle qu'elle soit. Dans un rare élan d'enthousiasme, il se dit même qu'il lui enverra son poing dans la figure. Mais quand le coffre se soulève, la gueule massive de l'homme encore plus massif qu'il aperçoit depuis son infect point d'observation, croupissant dans les immondices et la pisse, lui donne l'impression d'être surplombé par un géant, ce qui fait retomber l'élan qu'il a pris pour lui bondir dessus et le rouer de coups.

Son corps se détend instantanément pour la dernière fois, son cœur ralentit. Il prend une profonde inspiration. Il s'en rend compte, il n'y a définitivement qu'une chose à faire : se soumettre… Une sage décision.

13

Monsieur le président est occupé à contempler sa présidentielle figure dans le miroir quand le chef du protocole entre en haletant pour l'informer de l'arrivée du colonel Saïd Dib et lui faire part de sa requête expresse de le voir.

Le président regarde le chef du protocole avec dégoût, puis lui fait signe d'approcher. Celui-ci avance de deux pas et s'arrête.

— Est-ce assez, Monsieur le président ? fait-il d'une voix assurée. La dernière fois, vous m'avez donné l'ordre de ne pas m'approcher de vous plus que de mesure.

Le président sourit sans lâcher un mot. Il lui fait signe d'avancer à nouveau, le directeur du protocole avance et se retrouve à deux mètres de lui.

— Est-ce assez, monsieur ? demande-t-il avec moins d'assurance. Je crains d'avoir outrepassé mes limites et de m'être approché plus qu'il ne le faut de Votre Excellence.

Le président sourit à nouveau. Il garde le silence et lui fait signe d'approcher encore. Cette fois, il joint le geste à la parole :

— Ici. Je veux que tu te tiennes exactement ici, dit-il en désignant l'emplacement de ses pieds.

Le directeur du protocole hésite mais finit par faire trois pas qui le portent au niveau du visage de Monsieur le président, à une distance infime. À l'instant où ses pieds s'immobilisent au sol, il sourit et va dire quelque chose quand il est cueilli par une gifle soudaine qui le renverse par terre.

— Maintenant, te voilà à ta place naturelle, chien ! Très exactement, au niveau de mes chaussures.

Il lâche un rire sonore en le regardant.

Le directeur du protocole sourit avec amertume. En signe de résignation, il se met à embrasser les chaussures du président et à les essuyer avec les mains. Il tente ensuite de se lever en disant :

— Ma place est là où le président voudra que je sois.

Mais le président, tremblant de colère, hurle :

— Non. Non. Tu vas rester là, encore un moment. C'est ta place, c'est sûr. J'ai besoin de te voir comme ça plus longtemps. Je veux dire nous… nous tous, nous voulons continuer à te contempler ainsi.

Il lève la tête, contemple son reflet dans les miroirs qui l'entourent.

Il faut dire ici qu'en devenant président, Son Excellence a ordonné d'abattre tous les murs de son bureau et de les remplacer par des miroirs.

"Il est inconcevable que je reste seul dans cet immense bureau mais il n'est pas non plus acceptable que quelqu'un d'autre vienne s'y installer avec moi", avait-il sorti, un jour. C'est ainsi qu'il a eu l'idée de remplacer les murs de son bureau présidentiel par des miroirs et de vivre au milieu de ses reflets.

Bien que pareille affaire puisse rendre fou, il l'a trouvée amusante au début. Il a même fait mettre des miroirs au plafond. Où qu'il tournait le regard, c'était lui et personne d'autre qu'il voyait.

Et puis Son Excellence a commencé à croire que ses reflets, renvoyés par les miroirs, étaient des conseillers qui lui ressemblaient en tout point. Il pouvait s'entretenir avec eux et les consulter pour les affaires de l'État. Il a alors décidé de se passer des services de ses vrais consultants, considérant que ses doubles étaient des conseillers plus compétents et mieux aptes à le comprendre. Peu de temps après, il a décrété que personne ne devait s'approcher de lui quand il était dans ce bureau des glaces. Il lui était insupportable de voir plusieurs versions de quelqu'un d'autre sur ces murs, et il a fini par croire qu'il était le seul à avoir le don de se multiplier et de se cloner autant qu'il le voulait. Il lui suffisait de se procurer un miroir pour devenir deux, trois ou cent. Il est même allé jusqu'à ordonner qu'on fasse des statues en miroir de lui dans toute la ville, afin que les gens puissent se voir eux-mêmes quand ils le regardaient, lui.

— Maintenant tu peux te lever. Nous ne désirons plus que tu restes là où tu es. Rampe jusqu'au seuil et, là, tu pourras te mettre sur tes jambes. Ainsi nous n'aurons pas à voir plusieurs toi en même temps.

Comme voulu par le président, le directeur du protocole rampe et ne se met debout qu'une fois qu'il s'est assuré qu'il a atteint la porte.

Un sourire blême aux lèvres, il reprend :

— Comme je le disais à Votre Excellence, le colonel Saïd Dib désire être reçu pour une affaire urgente.

— Le colonel quoi ?

— Saïd Dib, Monsieur le président. Le directeur de votre police personnelle.

— Bizarre ! Depuis quand avons-nous des officiers dans la police ?

— Nous n'en avons pas, monsieur, mais comme vous le savez sans doute, Saïd Dib était colonel dans l'armée et, quand il a démissionné, vous l'avez enrôlé comme directeur de la police pour contrarier l'Homme-aux-Nombreuses-Médailles.

Le président sourit et regarde ses conseillers dans le miroir. Ils sourirent comme lui. Il se dirige vers le directeur du protocole. Ils en font de même. Il s'arrête, les autres s'arrêtent.

— Quelle bonne idée de l'avoir recruté, une brillante idée pareille ne peut venir que de moi.

— Bien entendu, monsieur. J'y ai pensé et vous en ai parlé mais c'est évidemment votre idée. Personne dans le pays n'ose avoir d'idées auxquelles vous n'avez pas pensé au préalable.

Ravi par les propos du directeur du protocole, le président se met à rire. Bien sûr, ses conseillers installés dans les glaces ne se privent pas de rire de concert avec lui.

— Je suis très satisfait de toi. J'ai le sentiment d'avoir fait un choix sage en t'attribuant ce poste.

— Bien entendu, monsieur. Vos choix sont toujours sages.

— Dis-moi… Où est-ce que je t'ai trouvé ? N'est-ce pas bizarre que je ne m'en souvienne pas ?

— Ce n'est pas étrange. L'esprit de Monsieur le président est occupé par des affaires plus importantes. C'est ici même que vous m'avez trouvé. Dans le palais présidentiel, où j'étais déjà directeur du protocole de votre prédécesseur et de celui qui l'a lui-même précédé.

— Incroyable !

Il l'attrape par le menton et se met à le dévisager, comme s'il y cherchait quelque chose.

— Mon prédécesseur a été président pendant trente ans, et celui d'avant est resté vingt ans. Tu veux me dire que tu es ici depuis plus de cinquante ans ? Pourtant, tu as l'air d'avoir une quarantaine d'années, pas plus…

Le directeur du protocole esquisse un sourire et ne dit rien. Quand le président lui lâche le visage, il reprend la parole :

— En ce qui concerne le colonel Saïd Dib, monsieur ?

— Ah, le colonel. Qu'il entre.

Monsieur le président retourne s'asseoir derrière son bureau. Il pose tout juste son séant sur son fauteuil, quand le colonel entre mais en s'arrêtant au seuil.

Le président lui fait signe d'approcher. Le colonel reste à sa place et sourit :

— Il ne me viendrait pas à l'esprit de discuter vos ordres, monsieur, mais je n'oserais pas vous faire perdre du temps et vous imposer plusieurs versions de ma personne en même temps.

Le président paraît satisfait et s'adresse au directeur du protocole :

— Tu vois, chien ! En voici un homme qui sait où est sa place. Tout le contraire de toi.

Il donne au colonel l'ordre de parler.

— Les choses ne se passent pas comme nous l'avons prévu, Monsieur le président. Les gens protestent et pourraient échapper à notre contrôle. Je recommande de remettre leur convocation à une date ultérieure.

— Je n'ai pas le temps de les ménager. Leur mécontentement ne me fait pas peur. Tout ce qui m'inquiète, c'est qu'ils croient que je suis faible. Ils ne doivent pas oublier que je suis le président et qu'ils ont le devoir de m'obéir.

— Et si la situation dégénère, monsieur ?

— Je n'en sais rien… Tapez-leur dessus, arrêtez-les, tuez-les s'il le faut. Je suis le président et je dois retrouver les personnes qui étaient dans ce foutu rêve où je n'étais pas le président. C'est un message venu du Ciel. Un avertissement, je dois prendre des précautions. Je ne fais qu'exercer mon droit, en tant que président, de disposer de ces abrutis finis. Retournes-y et exécute mes ordres. Et emmène cette pourriture. Je n'en ai pas besoin pour le moment.

Il a à peine fini sa phrase que les deux autres s'éloignent déjà en souriant. On dirait qu'ils sortent d'une salle de cinéma.

Pendant que le directeur du protocole se dirige vers son bureau, avec un visage déjà impassible, le colonel monte dans une voiture blindée garée dans le parking du palais présidentiel et prend la direction de sa caserne, avec un sourire persistant qui se fait plus rayonnant quand il prend le téléphone.

— Bonjour, monsieur. Les choses se déroulent comme prévu. Le rat m'a donné l'ordre de faire usage de la force et de tirer si nécessaire.

Il se tait un instant pour écouter l'homme qui lui parle de l'autre côté de la ligne, avant de reprendre :

— Bien sûr. Nous ne tirerons pas avant que vous nous en ayez donné l'ordre. Assurez l'Homme-aux-Médailles de mon inébranlable fidélité.

Il raccroche en même temps que son interlocuteur qui, à l'autre bout de la ligne, arbore un sourire encore plus large.

Celui-ci allume une cigarette tirée d'un paquet posé sur le bureau.

— Tu vois ? dit-il. Les choses se déroulent exactement comme je les ai décrites sur le papier. Il n'y a que toi qui saches déjouer mes plans.

Aïcha Larelaxe a un petit rire. Elle met de l'ordre dans ses vêtements en s'éloignant. Quand elle a fini de se rajuster, elle attrape son sac, d'une main, et lui arrache sa cigarette au vol, de l'autre.

— Ton maître m'attend maintenant, dit-elle après avoir aspiré une profonde bouffée. Et en ce qui concerne tes petits plans pour moi, ils finiront bien par faire mouche un jour… Quand tu deviendras le maître, comme lui.

Elle éclate de rire, puis ajoute :

— Mais je te conseille de changer de nom quand tu deviendras le maître. Même les ânes ne craindront pas un lion qui s'appelle Ahmed Slougui. Le Limier ! Un nom de chien.

Elle part à nouveau dans un grand éclat de rire avant de disparaître.

14

Salem J'mel constate que Duc-des-Cars est complètement désert. Tout le monde a rejoint l'énorme file d'attente de la Grande Poste, à part Olga qu'il aperçoit sur son balcon, tandis qu'il descend vers le petit marché. Il rentre d'une opération secrète à l'issue de laquelle il a dû se doucher à deux reprises pour essayer de se débarrasser des odeurs infectes qu'il a été obligé de supporter dans l'accomplissement de ladite mission que l'agent préposé aux écoutes a consignée dans son rapport comme suit :

12 h 30 – Le téléphone de l'officier Salem J'mel sonne. Il reçoit l'ordre de se diriger immédiatement vers la place des Martyrs.

12 h 37 – L'officier Salem J'mel informe son supérieur direct qu'il est arrivé à destination sans encombre.

12 h 40 – Le téléphone de l'officier Salem J'mel sonne. Il reçoit l'ordre de garer sa voiture en contrebas de la basse Casbah, à une distance de 130 cm exactement.

12 h 48 – L'officier Salem J'mel informe son supérieur direct qu'il a stationné la voiture à l'endroit indiqué mais

qu'en raison d'une poubelle fixée au sol il a été contraint de la garer à 137 cm de l'entrée de la basse Casbah.

12 h 52 – Le téléphone de l'officier Salem J'mel sonne pour la troisième fois. Il reçoit l'ordre de déplacer la voiture de 220 m en direction de la mosquée Ketchaoua. Fin de la communication.

12 h 55 – L'officier Salem J'mel informe son supérieur direct qu'il est à l'endroit indiqué.

12 h 57 – Le téléphone de l'officier Salem J'mel sonne. Il reçoit l'ordre de se tourner vers la droite.

12 h 58 – Le téléphone sonne à nouveau. La voix signale à l'officier que la droite est la direction opposée à la gauche.

12 h 59 – L'officier Salem J'mel informe son supérieur qu'il s'est tourné vers la droite et qu'il est en attente des ordres.

13 heures – Le téléphone de l'officier Salem J'mel sonne. Une voix lui donne l'ordre de regarder pardessus son épaule droite à un angle de 180° en direction de la mosquée Ketchaoua.

13 h 01 – Le téléphone sonne à nouveau. La voix signale à l'officier que l'épaule droite se trouve toujours du côté droit, à l'inverse de l'épaule gauche qui se situe de l'autre côté.

13 h 02 – L'officier Salem J'mel informe son supérieur que l'ordre a été exécuté et qu'il voit un homme maigre vêtu d'un costume noir et d'une chemise blanche.

13 h 03 – Le téléphone sonne et la voix donne à l'officier Salem J'mel l'ordre de se munir d'un papier et d'un stylo pour noter les ordres qui vont lui être communiqués.

13 h 04 – Le téléphone sonne à nouveau. La voix l'autorise à changer de position pour chercher un papier et un stylo.

13 h 05 – L'officier Salem J'mel informe son supérieur qu'il est prêt à prendre des notes.

13 h 06 – Le téléphone sonne. La voix donne à l'officier Salem J'mel l'ordre d'écrire ce qui suit :

1. Sortir de la voiture dès qu'il aura mémorisé ces ordres.
2. Se diriger vers l'homme en costume noir.
3. Saisir l'homme par l'occiput et lui maintenir la tête vers le bas.

Observation : l'occiput désigne la partie postérieure de la tête (l'arrière).

4. Traîner l'homme par l'occiput, d'une main. Il est préférable d'utiliser la main droite pour garantir une traction précise et efficace.
5. Ouvrir le coffre de la voiture de l'autre main.
6. Utiliser les deux mains pour soulever l'homme et le mettre dans le coffre.
7. Fermer le coffre.
8. S'assurer que le coffre est fermé.

9. Prendre place sur le siège conducteur et démarrer rapidement.
10. Se diriger vers le Centre des opérations.
11. Remettre le colis au responsable direct.

Observation : le colis désigne l'homme au costume noir.

13 h 16 – Le téléphone de l'officier Salem J'mel sonne. La voix lui demande s'il a mémorisé la démarche à suivre. L'officier réclame plus de temps.

13 h 26 – Le téléphone de l'officier Salem J'mel sonne de nouveau. La voix lui demande s'il a mémorisé le protocole à suivre. L'officier réclame à nouveau plus de temps.

13 h 36 – L'officier Salem J'mel informe son supérieur direct que l'opération de mémorisation a réussi.

13 h 38 – Salem J'mel informe son supérieur direct que le colis est dans le coffre de la voiture.

Quant à ce qui s'est passé par la suite, le préposé aux écoutes n'a pas cru bon de le transcrire, par égard envers la sensibilité de son supérieur direct, mais aussi pour en avoir été détourné par une crise de rire entrecoupée de nausées qu'il a réprimées à grand-peine. Il faut dire qu'après avoir garé sa voiture sur le parking du Centre des opérations, l'officier Salem J'mel s'est effondré, terrassé par l'odeur ignoble qu'il s'est pris en pleine figure en ouvrant le coffre. Il s'en serait arraché le nez mais, prenant sur lui, est retourné se pencher sur cette infection et a vu Ibrahim Bafaloulou recroquevillé comme un fœtus dans le ventre maternel. Il tremblait au milieu d'une quantité incroyable d'urine et d'excréments. Pendant une fraction de seconde, peut-être même deux, l'officier Salem J'mel a éprouvé une sorte d'empathie envers lui, mais a été pris d'un fou rire en songeant à une expression familière qui convenait particulièrement à la situation : "Se chier dessus". Il a répété plusieurs fois la phrase en se tordant de rire, obligeant le préposé aux écoutes à retirer son casque. Fort heureusement, Salem J'mel n'a pas songé alors à une autre expression locale servant également à exprimer l'intensité de la peur – "Chier des chats" –, tout porte à croire qu'un homme d'esprit comme lui se serait mis à chercher s'il n'y avait pas de chat au milieu de toute cette merde.

Une fois la crise de rire passée et son nez habitué à la puanteur, il a sorti le colis du coffre et l'a emmené dans les douches des officiers. Les ordres étaient clairs, il fallait le remettre à son supérieur direct, et il était impensable de le lui ramener dans un état pareil et empestant de la sorte.

Dans les douches, l'officier lui a demandé de se déshabiller, ce qu'Ibrahim s'est empressé de faire après avoir reçu un taquet, tout en ne parvenant pas à réprimer cette réaction parfaitement humaine, souvent prise pour de la pudeur, qui consiste à se couvrir des mains les parties intimes en baissant les yeux. Salem a alors sursauté et lui a crié : "Tu caches quoi ?" En une fraction de seconde, il avait mis une paire de gants médicaux et s'approchait de lui en le sommant d'écarter les mains. L'officier a commencé à fouiller Ibrahim, à la recherche de ce qu'il venait, pensait-il, de lui dissimuler. "Voyons voyons, il a marmonné. Qu'est-ce qu'on a là ? Mais c'est…" L'opération a pris un certain temps avant que l'officier ne s'assure qu'il n'y avait rien de suspect dans cette zone.

Bien que rassuré, il a continué à tâter et palper, plusieurs minutes encore, en émettant d'étranges bruits. Sauf le respect dû à Salem J'mel, le préposé aux écoutes aurait dit que cela ressemblait à des miaulements de chat en rut. Ce respect s'est toutefois évaporé au moment où Salem J'mel s'est muni d'un long bâton pour l'introduire dans les orifices d'Ibrahim à la recherche de ce qu'il aurait pu y dissimuler. Des choses incroyables se sont alors produites, que seul le préposé aux écoutes connaît dans le détail et qui l'amèneront à passer le reste de cette journée et la journée suivante à se laver les oreilles dans l'espoir de se débarrasser des horreurs qui y avaient pénétré. N'y parvenant pas, ce dernier démissionnera et passera une année entière à ne plus pouvoir entrer dans une douche ou un hammam. Il disparaîtra par la suite, et son corps finira par être retrouvé dans une décharge publique de banlieue. Il ne sera même pas enterré conformément aux usages, dans la mesure où l'enquêteur chargé de cette affaire constatera que le cadavre aura les oreilles coupées. L'autopsie révélera que l'ancien préposé aux écoutes se sera coupé les oreilles et aura introduit dans ses tympans un objet qui a provoqué une sérieuse hémorragie ayant entraîné la mort.

Laissons là les malheurs du préposé aux écoutes (qui ne regardent que lui), et revenons à Salem J'mel qui a disparu durant près d'une heure après avoir procédé à la fouille rapprochée d'Ibrahim. Il a reparu avec des vêtements décents trouvés chez Bafaloulou après avoir forcé les portes de son appartement puis de son armoire. Il lui a intimé l'ordre de s'habiller et de le suivre dans le bureau de l'officier responsable.

— Le colis, monsieur. Comme vous l'avez demandé, a-t-il lancé après avoir salué son supérieur.

Le chef a souri sans répondre à son salut. Il s'est tourné vers Ibrahim :

— C'est donc toi Ibrahim Bafaloulou… Étonnant !

Ibrahim a opiné de la tête sans oser demander ce qu'il y avait d'étonnant.

L'officier s'est levé et s'est avancé vers lui sans cesser de marmonner "Étonnant. Vraiment étonnant".

— Ibrahim Bafaloulou, résidant à Duc-des-Cars. Je me trompe ?

Ibrahim a acquiescé une nouvelle fois sans prévoir la gifle qui s'est écrasée sur son visage et l'a jeté à terre.

— Réponds par des mots intelligibles, chien ! T'es pas muet que je sache.

D'une voix faussement douce, il a ajouté :

— T'es quelqu'un d'important pour nous. Personne ne te veut du mal. Je te demande donc de me répondre.

— Oui… oui, je m'appelle Ibrahim Bafaloulou et je réside à Duc-des-Cars.

L'officier a esquissé un sourire et a demandé à Salem J'mel de se retirer et de rejoindre son poste dans l'attente de nouveaux ordres. Quand il est sorti, l'officier a tendu la main à Ibrahim Bafaloulou en lui lançant :

— Colonel Ahmed Slougui, on m'appelle Le Limier. Je me réjouis qu'on ait pu vous trouver.

Ibrahim s'est demandé intérieurement, en regardant la main tendue de l'officier, s'il était très prudent de la serrer… Il ignorait où elle avait bien pu traîner quelques instants auparavant. En voyant toutefois le regard acéré de son interlocuteur, il a pensé qu'il était plus prudent (on ne l'était jamais assez) de serrer cette main, même s'il s'acquittait de ce geste pour la première fois de sa vie.

15

Après le départ de Salem J'mel, Slougui apprend à Ibrahim que sa propre supérieure souhaite le voir immédiatement – il a été amené au Centre des opérations à cette seule fin. Avant de l'emmener dans son bureau, il lui explique tout ce qu'il doit savoir sur le protocole à observer en présence de Madame la directrice. Il ne manque pas de lui toucher un mot de son grade qui, lui dit-il, est un mystère auquel lui-même n'a pas encore eu l'honneur d'être initié, mais qui se situe, à n'en pas douter, entre celui de général et celui de général de corps d'armée. Quoi qu'il en soit, l'Homme-aux-Nombreuses-Médailles a donné l'ordre qu'on lui obéisse en tout.

Conformément à l'enseignement de Slougui, Ibrahim entre dans le bureau de la directrice en avançant d'un pas ferme et la tête baissée. Il s'arrête au bout de sept pas, pour laisser une distance de trente mètres entre elle et lui, la distance minimale qu'elle autorise à ses visiteurs, même les plus haut gradés, à l'exception de l'Homme-aux-Médailles qui peut s'approcher d'elle autant qu'il le souhaite même si on ne l'a jamais vu à moins d'un demi-mètre d'elle, pour des raisons évidentes d'étiquette et de physionomie, compte tenu de la taille du ventre (quarante-cinq centimètres) de cet immense bonhomme.

— M. Ibrahim Bafaloulou ! Comme vous l'avez demandé, madame.

Ahmed Slougui s'adresse à elle sans exécuter l'habituel salut militaire. Elle lui a en effet déjà expliqué qu'elle avait en horreur ce genre de gestes éminemment masculins qu'elle considère comme une offense à sa féminité et une marque de misogynie. Quand ils en ont parlé, elle a profité de l'occasion pour lui raconter son parcours militant au sein du mouvement féministe. Elle était la première femme à s'être montrée nue dans une caserne militaire. Elle s'était écrit sur la poitrine : "Ceci est mon corps et mon corps m'appartient". Pour démontrer que le mariage était une institution défaillante, elle l'avait combattue par tous les moyens et ne s'était bien sûr pas mariée. C'est elle qui avait inventé le slogan devenu fameux : "Tous les hommes du monde sont mes maris", qui a fait d'elle l'officier le plus célèbre, dans toutes les casernes du pays.

C'était une longue histoire, pleine de défis, qui a beaucoup plu à Slougui, mais l'Homme-aux-Nombreuses-Médailles lui a donné l'ordre d'oublier tout ce qu'elle lui avait raconté, de peur que certains événements ne nuisent à la réputation de Madame la directrice – tout le monde n'était pas prêt et ne disposait pas de la liberté d'esprit de sa cheffe.

Ahmed Slougui vient donc de lui présenter Ibrahim. Madame la directrice se lève de derrière son bureau et s'approche de lui en murmurant :

— Impossible… Étonnant !

— C'est exactement ce que j'ai dit quand je l'ai vu tout à l'heure, lâche Slougui. C'est vraiment étonnant.

Mais le militaire a rapidement le souffle coupé : il la voit s'approcher d'Ibrahim, de plus en plus. Bientôt, elle se retrouve presque nez à nez avec lui. C'est la première fois qu'il la voit si près de quelqu'un.

Elle lui relève la tête de sa main, la tourne à droite puis à gauche. Elle approche même son visage du sien au point qu'il peut sentir son souffle chaud sur sa joue. Elle recule soudain, elle rejoint son bureau et s'adresse à Slougui :

— Tu vois ce que je vois, toi aussi ?

— Sans aucun doute. Et vous serez encore plus étonnée en voyant la suite.

— Quand monsieur nous a donné ses ordres, ajoute-t-elle en ne cessant pas de scruter Ibrahim, je n'imaginais pas que tout ça reposait sur des éléments réels. Mais maintenant… maintenant que je vois de mes propres yeux ce qu'il nous a minutieusement décrit, je comprends pourquoi rien n'a pu menacer son pouvoir depuis si longtemps. Bien sûr, toi aussi, tu mérites d'être félicité. Ton plan est d'une précision fabuleuse.

Slougui dodeline de la tête en signe de reconnaissance et rétorque :

— Sans la clairvoyance de notre maître, le pays se serait écroulé depuis des dizaines d'années. Pour ma part, je ne suis qu'un de ses hommes, un parmi d'autres.

Par "notre maître", il entend l'Homme-aux-Nombreuses-Médailles.

Sans raison apparente, la directrice fait signe à Slougui de sortir avant d'ajouter :

— Emmène-le en salle 8, et prends bien soin de lui.

Ainsi sortent-ils du bureau. Ils descendent un escalier jusqu'à un sous-sol gardé par des hommes en uniforme militaire, qui les laissent passer. Ils font une dizaine de mètres, puis Slougui lui ordonne de s'arrêter devant une porte affichant un numéro 8. Il l'ouvre à l'aide d'une carte magnétique et le fait entrer avant de fermer derrière lui.

Au même moment, la rue devient incontrôlable. La discipline qui tenait la file d'attente allant de la Grande Poste au point le plus éloigné de Belcourt a lâché. Ceux qui font le pied de grue depuis un bon moment ne savent plus pourquoi ils sont plantés là. Ils sont épuisés par la chaleur, la soif, la station debout. Ils sortent de leurs gonds. La file avance trop lentement. Ils sont excédés par la violence excessive et les insultes de la police qui essaye de ramener l'ordre.

L'ordre est d'ailleurs sur le point de revenir quand apparaissent soudain, au milieu de la foule, des jeunes avec des pancartes qu'on croirait écrites par un calligraphe professionnel qui y aurait passé une journée entière. D'autres entonnent des chants encore mieux tournés et plus grisants que des chansons de stade. Ils appellent à faire tomber le régime et à bâtir un nouvel État. Parmi les uns et les autres, des barbus se glissent dans la foule, priant, à travers leurs slogans, pour le départ d'un président sacrilège qui a convoqué les gens un vendredi, le jour qui revient à Dieu et à lui seul.

Les nouveaux venus scandent, chantent et prêchent à tour de rôle, comme s'il existait une entente préalable pour qu'aucun d'entre eux ne confisque l'espace d'expression et de revendication. Une belle jeune femme, à peine vêtue, commence à crier *"Jazaïr houra dimocratia** " et se ravise en voyant le geste de la main que lui fait une femme en voile intégral, dont on ne distingue que les yeux et les épais sourcils. La jeune manifestante s'efface

* "Algérie, libre, démocratique".

devant la femme voilée et son groupe, qui se mettent à scander : "Ni loi. Ni Constitution. Dieu a parlé. Le prophète a dit." Ce concert de slogans se prolonge ainsi un bon moment jusqu'à ce qu'un audacieux parvienne, par miracle, à se hisser au sommet de la Grande Poste pour déchirer aux yeux de tous la lettre officielle. C'est la première fois dans l'histoire de ce fabuleux pays que quelqu'un ose déchirer un document officiel portant le cachet de l'État.

Pour préciser la scène, il serait bon d'indiquer qu'Ahmed Slougui a constitué une vraie armée d'imbéciles pour l'occasion. Une armée composée de six légions principales, aux missions différentes et précises.

La première, la légion des chuchoteurs, est composée de trois mille crétins qui ont pour mission d'infiltrer la file d'attente géante et de manifester leur mécontentement sans trop de bruit et sans crier, afin de répandre la grogne parmi les personnes présentes, tout en leur permettant de s'approprier cette insatisfaction, et en leur donnant l'illusion qu'elle est due à la situation plutôt qu'à une volonté extérieure de la leur inspirer.

Vient ensuite le tour de la légion des exaspérés, composée du même nombre d'éléments, ceux-ci exprimant leur irritation par tous les moyens, cris et mouvements agités, de manière à susciter de l'empathie et à faire germer l'idée que la situation ne saurait être débloquée sans un peu de rage.

Une fois l'exaspération installée intervient la légion des exaltés, constituée pour l'essentiel de supporters de football – mille ou deux mille d'entre eux suffisant à embraser de leur tintamarre n'importe quelle manifestation. Pour mener leur mission, les exaltés ont composé une dizaine de chansons passionnées sur l'injustice, l'immigration clandestine et le président corrompu, qui sont rapidement reprises par la foule. Ils continuent à scander et à entonner ces chants jusqu'à ce qu'ils soient rejoints par la quatrième légion, celle des politiques, trois cents éléments qui ont pour mission de lancer différents slogans dans le but de politiser la manifestation, en veillant à ne pas créer de dissensions.

La légion des politiques reçoit l'appui de celle des intellectuels, dont la tâche est de lever des pancartes aux slogans subtils et de venir en soutien aux quatre précédentes légions. L'action de ce groupe s'avère particulièrement risquée dans la mesure où ses éléments s'exposent en se distinguant au milieu de la foule, ce qui en fait des cibles faciles pour la police. Mais tout cela n'aurait aucun sens sans la présence de la légion de la communication, composée de cent soldats, le rôle de ces derniers étant de filmer la foule et de diffuser des vidéos sur les réseaux sociaux avec des commentaires enflammés destinés à servir la mission.

Moins d'une heure après l'entrée en lice de l'ensemble des légions, tout le monde dans la foule a déjà déchiré sa convocation. Tout le monde, y compris Issam Kachkassi qui, bien qu'il ait tardé à rejoindre la multitude, est rapidement pris par la fièvre collective et demande à être hissé au-dessus de la foule pour faire un discours. Son vœu est exaucé avec une rapidité à laquelle il ne s'attendait pas, il se retrouve juché sur les épaules d'un homme qui l'a soulevé d'une seule main. Il s'apprête à haranguer la foule. Un beau discours de Trotski lui revient mais, comme il est conscient que l'ignorance empêche d'entendre, il décide de le simplifier pour le rendre accessible.

Il se cale au mieux sur les larges épaules de l'homme, il s'apprête à lancer sa harangue vibrante et usurpée, sauf que sa monture se met alors à galoper à une vitesse folle. Il manque de tomber. Il regarde en bas pour essayer de comprendre ce qui se passe, mais il est à une telle hauteur (correspondant à la taille de l'homme qui le porte) qu'il préfère détourner les yeux, se contentant de pousser un hurlement qui se perd au milieu de la liesse et des crépitements des balles, car la police commence à tirer.

Il ne faut pas plus de quelques minutes au géant pour traverser la foule. Issam se retrouve rue du Docteur-Saadane, à cent vingt-deux marches seulement du Quartier.

Il crie, terrifié :

— Là ! C'est bon, tu peux me faire descendre ici.

Il essaye de mettre pied à terre mais l'homme l'attrape et le soulève en l'air. En deux secondes, il l'a jeté dans le coffre d'une voiture qui empeste la vieille pisse et les excréments.

C'est là la deuxième opération secrète dont a été chargé Salem J'mel. Elle semble se dérouler au mieux. Il s'en acquitte avec le professionnalisme d'un officier de terrain expérimenté, observant les ordres avec une minutie incongrue, comme seul il sait le faire. En effet, quand il a reçu le dossier d'Issam Kachkassi sur son téléphone portable, avec l'ordre exprès d'amener la personne concernée, il a demandé quel protocole il devait adopter si l'individu refusait d'obtempérer et Ahmed Slougui lui a répondu vivement que la mission devait être accomplie coûte que coûte et qu'il n'avait qu'à l'embarquer sur son dos s'il n'y arrivait pas autrement… Salem J'mel a suivi à la lettre les ordres qu'on lui a donnés.

Dans l'obscurité du coffre, Issam Kachkassi est aux prises avec un mélange hétérogène d'effroi, de peur, de crainte et de terreur. Chacun de ces sentiments est assez intense, à lui seul, pour lui broyer le cœur ; il en crèverait, raide mort, si n'était l'odeur immonde qui anéantit sa contrefaçon de parfum français. Il a un haut-le-cœur qui lui fait oublier l'odeur elle-même. Il essaye de se maîtriser, de toutes ses forces, et y parvient presque quand Salem J'mel, au volant, est surpris par le surgissement d'un chien qui vient d'échapper à son maître et lui coupe la route. L'officier écrase le frein, dans un réflexe de survie, en maudissant le chien, son propriétaire et leurs progéniteurs, leur lançant des vulgarités encore plus atroces que le contenu des tripes d'Issam qui se sont vidées dans le coffre au moment où il a appuyé sur le frein.

16

Issam Kachkassi ressent le besoin de dire quelque chose d'intelligent. Il est en présence de Madame la directrice, debout, comme toute personne qui entre dans son bureau, à trente mètres d'elle. Il vient de connaître exactement le même sort qu'Ibrahim Bafaloulou avant lui, à cinq différences infimes près.

La première concerne le Centre d'écoute, resté désert durant son enlèvement et pour son arrivée au Centre des opérations, dans la mesure où le préposé aux écoutes était alors occupé à se laver les oreilles pour se débarrasser d'une souillure dont seule la mort le soulagerait. Deuxième différence : il ne s'est pas uriné dessus dans le coffre de la voiture et ne s'est pas déféqué dessus comme son pauvre voisin. Troisièmement : personne ne l'a giflé. Quatrième différence : en entrant dans les douches des officiers en compagnie de Salem J'mel, il s'est déshabillé sans aucune hésitation et sans en recevoir l'ordre. Quant à la cinquième différence, elle tient au fait qu'il n'a pas dissimulé son entrecuisse par pudeur, comme l'avait fait Bafaloulou. Il ne s'est pas non plus senti humilié le moins du monde quand Salem J'mel l'a fouillé avec son long bâton magique, l'introduisant dans tout orifice susceptible de cacher ce qu'une pareille fouille pouvait seule découvrir. Au contraire, l'opération lui a semblé plutôt plaisante, il a même souhaité en secret que l'exploration se prolonge – découverte incroyable qui lui sera précieuse dans l'avenir.

Mis à part ces quelques petits écarts, les choses se passent comme avec son prédécesseur. Son entrevue avec Madame la directrice dure autant qu'avec Ibrahim. Les mêmes mots sont prononcés. Madame la directrice est surprise par les mêmes éléments qui l'ont intriguée en présence d'Ibrahim. L'entretien prend fin de la même manière, la directrice ordonnant à Slougui d'emmener Issam qui finit, lui aussi, dans la salle 8, au sous-sol.

Au même moment, Monsieur le président commence à se rendre compte que les choses ne se déroulent pas comme prévu dans la rue. Il pensait que les gens obéiraient aux ordres du pouvoir sans broncher mais ce à quoi il assiste sur l'écran de contrôle lui prouve le contraire. Ce n'est pas une file d'attente qu'il a sous les yeux, c'est une manifestation monstre, d'où fusent des slogans politiques qui demandent son départ et revendiquent des bizarreries du genre justice, liberté, démocratie, égalité, citoyenneté et autres. Il ne se serait jamais douté que quelqu'un dans ce pays connaissait des mots pareils. D'ailleurs, il est convaincu, en écoutant hurler tous ces gens, qu'aucun d'entre eux ne comprend vraiment ces termes. Ce qu'il craint par contre, c'est que leur gorge s'y habitue, que leurs oreilles se mettent à en apprécier les sonorités et qu'ils s'imaginent que ces idées méritent d'être défendues contre l'extrême violence de la police. Et ça, même drapé dans le voile de l'éventualité, il ne peut pas le tolérer. Voilà pourquoi il tient à ce que la police mette fin à la manifestation par tous les moyens, qu'elle arrête ceux qui lui sembleront suspects, et en cas de résistance qu'elle utilise la force, qu'elle tire à balles réelles. De toute manière, il est sûr de la fidélité de son million de policiers, non en raison de son statut de président, mais parce qu'il sait qu'ils lui vouent une reconnaissance personnelle, qui dépasse toute forme de soumission et lui garantit leur docilité.

Il faut dire que ces policiers n'auraient jamais imaginé, même dans leurs rêves les plus fous, qu'il existât en ce vaste monde un imbécile, les dépassant suffisamment en bêtise pour les employer à une quelconque besogne. Si les meilleurs ont une condition physique qui ne leur permettrait pas de courir un dix mètres, les plus cultivés sont incapables d'aligner une phrase de plus de deux mots ; mais malgré ces travers, la nature a doté cette engeance de la docilité du chien qui fait ce qu'on lui demande et rien d'autre. Une pareille faculté ne va pas sans une certaine capacité de nuisance, tant il est vrai que rien ne sert mieux une autorité injuste qu'un être obéissant dépourvu de conscience.

Cette police forme, en outre, une armée considérable d'imbéciles serviles dont se sert le président pour tenir en respect l'Homme-aux-Nombreuses-Médailles. Son Excellence en est persuadée : l'heure est venue de se montrer au peuple sous un nouveau visage, et sa police va l'y aider. Comme il le dit toujours : si un chat vous aime parce que vous le nourrissez et que vous en prenez soin, il ne se privera pas de vous griffer à la première occasion, il vaut donc mieux l'étrangler de temps en temps pour lui faire comprendre qui est le maître, et vous assurer qu'il n'osera plus jamais vous griffer.

Donnez un pistolet à quelqu'un de lâche et il aura l'impression d'être l'homme le plus puissant au monde. Ainsi en va-t-il de Monsieur le président, il croit que son million de policiers fera plier la foule des manifestants, que leur nombre à lui seul fera tomber les têtes pensantes du complot, les unes après les autres, comme des fruits pourris. Et c'est précisément ce que souhaite l'Homme-aux-Nombreuses-Médailles. Tout cela, il l'a prémédité, comme quand il a manœuvré le président pour qu'il nomme le colonel Saïd Dib chef de la police. Car il sait, lui, que l'oppression ne soumet pas un peuple à elle seule, elle finit même toujours par engendrer une révolution quand elle va trop loin.

Bien sûr, ce sera une révolution boiteuse, sans tête et peu viable. Elle renversera un régime corrompu, auquel succédera un autre régime encore plus corrompu, mais au moins emportera-t-elle celui contre qui elle se soulève. En fin de compte, avec son plan, l'Homme-aux-Médailles n'a pas pour but de réveiller le peuple afin qu'il renverse Monsieur le président, mais seulement de lui donner l'illusion qu'il se réveille, lui faire croire que cette révolution est la sienne, car comme l'a dit Le Limier pour défendre son plan : une illusion chasse l'autre. Le peuple (c'est dans son essence) ne désire se réveiller que pour se retrouver dans une illusion plus grande. Voilà pourquoi les folies collectives ont si facilement prise sur lui, elles lui donnent l'illusion d'être maître de son destin. L'impression de maîtrise est le pire des mensonges quand un peuple, croyant avoir fait triompher sa fausse révolution, renonce à sa souveraineté au profit d'un chef sincère mais inexpérimenté, dont il se débarrassera rapidement pour désigner quelqu'un de plus compétent, sans savoir qu'il favorisera ainsi les conditions d'apparition d'un chef d'un autre genre, qui cédera à la faiblesse d'user de la force pour dissimuler sa lâcheté, et qui sera plus tyrannique à mesure qu'il s'approchera de son inévitable fin.

L'Homme-aux-Nombreuses-Médailles sait tout cela, mais son expérience des complots et des manigances d'État lui a aussi appris qu'une partie d'échecs n'est terminée que lorsque le roi est acculé et qu'il n'a plus le choix qu'entre s'avouer vaincu et mourir. En apprenant que la police a commencé à tirer sur la foule et à faire des morts, il semble moins se soucier des victimes que de savoir où se trouve exactement le président et combien d'hommes le protègent. Ils auront beau tirer sur la foule, un peuple ne peut être entièrement éliminé. La mort de mille ou de deux mille personnes ne tuera pas le peuple.

Par contre, il veille à ce que ses hommes filment ce qui se passe dans la rue et qu'ils le publient sur Internet. Il n'a aucune confiance dans la presse de ce pays, même s'il a des agents infiltrés dans tous les médias. Il dit souvent que la presse est comme une prostituée, elle choisit toujours le mieux offrant.

À dire vrai, l'Homme-aux-Médailles n'a pas tort sur ce point. Comme une prostituée vous convainc d'un amour factice, la presse travaille à vous donner l'illusion d'une réalité qui n'a rien à voir avec le réel. C'est ce qui s'est passé lors de la campagne médiatique autour du songe de Monsieur le président : des pages entières dans les journaux, de longues narrations et de savantes analyses, pour faire événement et capter l'attention publique. Les chaînes nationales, dans leur ensemble, ont consacré d'interminables éditions spéciales au rêve inouï de Son Excellence, faisant défiler psychologues, interprètes des rêves connus pour leur expérience, historiens rivalisant d'arguments pour démontrer que la vie onirique de certaines personnalités avait changé le cours de l'Histoire. Il n'était pas exclu que le rêve du président fût une prémonition et que sa vision se réalisât, ont osé de savants religieux en se référant au récit du prophète Youcef et à son rêve prémonitoire qui lui permit de devenir l'un des hommes les plus illustres de son temps après avoir été esclave durant des années.

C'est sans doute tout ce battage qui a amené Djamel Hamidi à s'approprier un rêve qu'il n'a jamais fait. C'est assez simple : avant d'étendre son énorme carcasse sur son lit pour dormir, il avait passé toute la journée à regarder des émissions ridicules sur le rêve du président, et perdu son temps en vaines discussions et polémiques stériles autour de tel ou tel propos d'expert sur ce songe qui, aux dires des journaux et pour la plus grande joie des gars du voisinage, avait eu pour théâtre leur propre quartier.

Cette joie aurait été plus grande si Le Limier n'avait pas dissimulé le nom des protagonistes de ce rêve en le faisant fuiter dans la presse, car il pensait être parvenu à les identifier grâce aux précisions de Monsieur le président et aux informations données par Aïcha Larelaxe. Mais comme il avait communiqué leur description physique à la presse, Bakhta a pu dire à tous les clients qui ont visité sa *maison*, ce jour-là, que l'homme en fauteuil roulant dans le rêve présidentiel, celui qui devenait président à la fin, n'était autre que Djamel Hamidi. Tous ont ri en louant le Ciel – heureusement, ce n'était qu'un rêve.

La suite a été simple : Djamel Hamidi s'est endormi avec toutes ces bêtises dans la tête, émissions de télé, lectures et conversations, et a fini par s'approprier ce rêve où il se voyait tel qu'il aurait aimé être, ce qui n'est en fin de compte qu'une opération banale pour l'inconscient qui se manifeste de manière diffuse mais continue (ce qu'on appelle la "force de la suggestion"), un peu à la façon de Monsieur Chance dont l'action consiste à réunir toutes les conditions nécessaires à la réalisation des ambitions les plus folles. Si Monsieur Chance est, comme l'imagine Issam Kachkassi, un homme assis dans l'obscurité, qui n'apparaît que lorsqu'on trouve le bon interrupteur, c'est le rêve de Monsieur le président qui fait office d'interrupteur, cette fois-ci. Quand l'Absurde a appuyé sur le bouton et a allumé, Monsieur Chance a soudain tourné le dos à toute logique, il a pris dans ses bras l'Homme-aux-Nombreuses-Médailles, puis un grand nombre de personnes après lui.

Au bout de plusieurs heures d'un carnage méthodique et d'exactions policières, des publications enflammées envahissent les réseaux sociaux, pour inviter l'Homme-aux-Nombreuses-Médailles et ses soldats à intervenir, l'appelant à faire cesser cette boucherie contre un peuple pacifique qui sort dans la rue pour revendiquer ses droits.

Une avalanche de commentaires afflue des quatre coins du monde pour soutenir les droits bafoués du peuple et condamner Monsieur le président et son régime corrompu.

Les chaînes de télévision se mettent à diffuser des éditions spéciales, retransmettant en direct, heure par heure, minute par minute, ce qui se passe dans la rue, assurant qu'elles accompagnent le peuple dans ses choix, comme elles l'ont toujours fait, car la presse, toujours, est la voix du peuple qui crie justice. Pour relayer ce cri, on n'hésite pas à interrompre les programmes de divertissement et les émissions culturelles qui, aujourd'hui comme à l'ordinaire, étaient consacrées au bilan de Monsieur le président et à son plan novennal (soumis au Parlement qui l'a bien entendu accepté), censé lui faire disposer d'un mandat illimité qui lui permettrait d'engager le pays, en neuf ans seulement, dans une voie qui en ferait une grande puissance.

Comme on pouvait s'y attendre, l'Historien officiel ne tarde pas à apparaître à l'écran, avec sa barbe blanche et sa moustache à la Dalí. Il revient à l'instant de la rue où il a été témoin de la barbarie policière et de l'oppression, du massacre d'un peuple qui ne porte qu'une seule arme, celle du droit. Ce disant, il laisse même échapper une larme que le réalisateur parvient habilement à suivre jusqu'à l'orée de sa longue barbe où elle disparaît, comme a disparu toute trace de décence sur le visage de cet homme.

Pour appuyer ses propos, il ajoute que ce qui est en train de se dérouler est une boucherie, une des pires que le monde ait connues, mais que tel est le prix dérisoire que doit payer toute grande révolution qui s'oppose à la tyrannie si elle veut triompher. Car il est sûr de l'issue des événements, et il rappelle pour finir que tout bras de fer contre la rue est perdu d'avance. Lui, en tout cas, a choisi son camp et c'est celui de la Justice.

À 20 heures, l'Homme-aux-Nombreuses-Médailles fait enfin son apparition. Dans un discours émouvant (au cours duquel il s'interrompt deux fois pour exploser en sanglots et verse des larmes à plus de sept reprises), il annonce apporter son plein soutien aux opprimés tyrannisés et aux victimes vaillantes d'une insoutenable injustice, saluant ce peuple qui par sa non-violence se donne en exemple à toutes les nations du monde. Compte tenu des événements et de ce qu'il craint pouvoir advenir, après avoir consulté des serviteurs de l'État dévoués à la cause du peuple, et s'être entretenu avec les cadres de son institution, garante de la sécurité de la nation et de la Constitution, il annonce avoir donné l'ordre à l'armée de sauver les manifestants pacifistes des griffes d'une police gangrenée, de mettre immédiatement aux arrêts Monsieur le président et de le maintenir en prison jusqu'à ce qu'il soit jugé par un tribunal populaire et juste, dont il assurera personnellement l'impartialité. Au vu de la situation, il décrète l'état d'urgence et la formation d'un gouvernement de transition.

Ainsi s'achève le discours qui sera l'ultime médaille qu'accrochera sur sa poitrine cet homme qui en a déjà tant. L'hymne national retentit et, dès qu'il touche à sa fin, les manifestations s'arrêtent soudain, la police se retire et les manifestants disparaissent comme s'ils n'avaient jamais investi la rue.

17

Quelle fin en apothéose pour cette grandiose révolution qui éclata et s'acheva en un seul et même jour ! L'Histoire s'en souviendra comme de la révolution la plus rapide de l'humanité. L'Homme-aux-Nombreuses-Médailles ne tarde pas à lui conférer un statut officiel en déclarant ce jour-là fête nationale, de manière à rappeler aux générations à venir les énormes sacrifices consentis par les hommes et les femmes de son temps pour assurer une existence et un avenir radieux à ce peuple majeur.

C'est ainsi qu'il décide, un an plus tard et en l'honneur de ceux qui ont pris part à la Révolution ou y ont perdu la vie, de créer un ministère dédié aux révolutionnaires encore vivants et une instance pour s'occuper des droits des orphelins et des veuves des martyrs.

Mais un problème se pose alors. L'Homme-aux-Médailles se rend compte que ces instances ne peuvent pas être créées sous les noms qu'il pensait leur donner car ceux-ci désignent déjà deux administrations existantes, consacrées aux combattants et aux martyrs d'une autre révolution, antérieure de quelques dizaines d'années. Même si ceux-ci se sont éteints avec le temps, il ne trouve pas très élégant de troubler leur repos avec une polémique. Et quel manque de panache ce serait de priver de leur travail et du salaire de leur dur labeur des fonctionnaires qui ont passé leur vie à servir les morts.

À cet égard, le directeur du protocole (celui-là même qui a servi l'ancien président et ses prédécesseurs) lui recommande de ne pas s'encombrer l'esprit avec une banale affaire de nom de ministère, lui qui a assez à faire en partageant les soucis de son peuple.

L'Homme-aux-Médailles est depuis peu installé au palais présidentiel, bien qu'il ne se soit pas proclamé président. À la place, il s'est inventé une nouvelle fonction, il est "Premier conseiller" et fait partie d'une instance composée de six conseillers qui tiennent la barre du pays.

L'idée du nom de "Premier conseiller" lui est venue au jour 4 de la Révolution. Il venait de présider le procès de l'ancien président dont il avait été le seul juré, le juge (il avait prononcé la condamnation) et le bourreau (qui avait exécuté la sentence, à savoir la mort à coups de baffes). Il avait ensuite filé directement au palais de la présidence et avait été ébahi, en entrant dans le bureau, par les murs recouverts de miroirs qui reflétaient l'énorme masse lui tenant lieu de corps.

Au début, il a ri de la sénilité du désormais ancien président mais, au bout d'une heure passée dans cette salle, à regarder ses reflets, il a fini par trouver la chose agréable, à tel point qu'il s'y est enfermé à clé avant de se déshabiller et de se mettre à danser nu, en contemplant ses reflets au plafond et aux murs. Il a virevolté jusqu'à l'épuisement, puis s'est allongé par terre.

Il a fermé les yeux un instant puis les a rouverts. Son corps adipeux ne lui avait jamais semblé aussi décontracté, son esprit était clair, purifié de tout trouble.

Il a porté son regard à droite et à gauche, contemplant son reflet qui (il était en proie à une illusion) lui renvoyait une image moins grosse, plus svelte, aurait-il dit. Il s'est ensuite installé dans le fauteuil et a posé son regard droit devant, puis s'est retourné sur son reflet inversé, derrière lui, qui le faisait étrangement paraître plus beau. Il a souri, sentant en lui une sérénité qu'il n'avait jamais éprouvée. Et cette quiétude a encore augmenté quand il a levé la tête et s'est regardé au plafond. Il aurait voulu que le temps s'arrête et rester à tout jamais en compagnie de ses reflets.

C'est à ce moment-là qu'il a compris quelle sagesse renfermait le crétinisme qui avait amené l'ancien président à vivre avec ses reflets. La bêtise était dotée d'un génie qui lui soufflait une idée magistrale : se décréter Premier conseiller du pays et partager le pouvoir avec ses cinq reflets, ses conseillers adjoints. Un miroir est la plus fidèle image de soi.

Comme il avait apprécié le conseil donné par le directeur du protocole (celui de ne pas s'encombrer l'esprit avec une banale affaire de nom de ministère), il a délégué cette tâche à l'un de ses conseillers illusoires, lequel lui a recommandé mentalement d'organiser une conférence internationale rassemblant historiens, linguistes, experts en sciences politiques, écrivains, traducteurs et autres sombres personnages dont on ignorait la profession, pour débattre du nom à donner à ces deux instances. La conférence a effectivement eu lieu et les savants sont parvenus à souligner un point très intéressant : la Grande Révolution du vendredi avait changé le régime de manière radicale, elle avait agi sur lui comme agit "le mouvement sur l'immobilité". Cette formule a beaucoup plu à l'Homme-aux-Médailles et il a décidé de baptiser *Haraka* (Mouvement) sa grande révolution mais, au moment de s'adresser à la nation pour annoncer ce nom, sa langue a malencontreusement fourché, à cause d'une vilaine faute de frappe de son directeur du protocole, qui avait rédigé le discours, et le Premier conseiller a lu *Hirak* plutôt que *Haraka*. Les personnes présentes ont toutes été subjuguées et ont applaudi son art du discours et sa capacité inouïe à choisir les mots justes. Lui, pour sa part, n'a pas osé avouer que ce n'était qu'une simple erreur (il faut dire que tout le monde applaudissait et scandait son nom, les yeux débordant de bonheur). Il s'est ensuite efforcé de conclure rapidement, présentant ses meilleurs vœux au peuple, en l'occasion de ce premier anniversaire de la Révolution, avant d'annoncer qu'il renouvelait sa confiance dans le gouvernement de transition qui, en raison du manque de temps dont il disposait et de ses nombreuses occupations, serait sans doute appelé à devenir définitif, d'autant que cette équipe était parvenue à gérer le pays durant l'une des périodes les plus délicates de son histoire. Il saluait pour cela sa cheffe du gouvernement, Aïcha Larelaxe, et ses ministres – des patriotes et des révolutionnaires de la première heure, parmi lesquels figuraient les chefs des légions qu'Ahmed Slougui avait semés dans les rangs de la foule, ceux-là mêmes qui avaient réussi en un éclair à détourner le cours des mécontentements pour les faire converger droit dans une mer de fureur et de déchaînement.

Le nouveau gouvernement comprenait des noms improbables, l'Homme-aux-Nombreuses-Médailles ayant estimé qu'il devait accueillir ces êtres insignifiants qui avaient fait déborder le vase de l'arbitraire et avaient permis de révéler la vraie nature de l'ancien président en se montrant dans son rêve. Il s'agissait d'Issam Kachkassi, Moh Lamorve, Ibrahim Bafaloulou et Olga. Ce chien de Slougui, Le Limier, quant à lui, il en avait fait le secrétaire général de la Révolution – fonction qui consistait simplement à s'asseoir derrière un bureau en attendant que se produise un événement qui lui permettrait d'illustrer ses talents d'instigateur de révolutions.

Pour des raisons relevant de la sagesse du Premier conseiller, le gouvernement comprenait également Bakhta, qu'Aïcha avait proposée en tant que ministre sans portefeuille. En ce qui concernait Djamel Hamidi, en revanche, plus personne de ce beau monde ne s'en souvenait, ni en bien ni en mal. Ses anciens voisins avaient tout simplement changé de numéro de téléphone en entrant au gouvernement et avaient disparu de sa vie comme disparaît le doute d'un cœur qui a la foi.

Ça a été une année difficile, que Djamel Hamidi a passée dans une solitude qu'il n'aurait jamais crue possible. Son quartier s'est vidé de tous ses anciens amis d'enfance. Même Olga, qu'il ne croyait pas capable de se débarrasser de la phobie qui la retenait chez elle, est arrivée à quitter Duc-des-Cars pour s'installer dans un coin qui ressemble au paradis, à ce qu'il a entendu dire. Un endroit où tu es obéi au doigt et à l'œil. Un vieux client, quelqu'un que la vie n'a pas ménagé, lui a même raconté qu'il y avait travaillé, étant jeune, et qu'il y avait vu ce qu'aucun œil n'a jamais vu, entendu ce qu'aucune oreille n'a jamais entendu. C'est lui qui lui a dit que c'était un coin qui ressemblait au paradis. Djamel n'avait pas vu le paradis pour savoir à quoi il ressemblait, il n'avait même pas perdu son temps à l'imaginer puisqu'il n'avait jamais nourri l'espoir de s'y retrouver. Pourtant Djamel Hamidi n'est pas du genre à renoncer. Pour lui, rien n'est impossible dans la vie (ni dans la mort, d'ailleurs). Tout peut arriver. Djamel sait attendre, alors il attend et voit ce qui finit par se produire ou pas. Attendre, il en a l'habitude, c'est ce qu'il fait depuis qu'il est au monde. C'est ce qui lui permet d'encaisser les malheurs – en l'occurrence, se retrouver seul maintenant que ses amis ont disparu.

S'il demeure un espoir de les revoir, celui-ci est suspendu à deux possibilités : soit l'Homme-aux-Nombreuses-Médailles se rend compte du pétrin dans lequel il s'est fichu en les prenant pour ministres, et les renvoie (ils reviendraient alors dans le Quartier, ils n'auraient pas le choix), ou alors Son Excellence découvre quel oubli il a fait en ne retenant pas son nom, à lui Djamel Hamidi, le personnage principal du rêve de l'ancien président, et décide de réparer cet oubli en lui permettant de retrouver ses amis.

Quand la décision de maintenir le gouvernement provisoire de manière définitive est annoncée, Djamel comprend qu'il n'a plus qu'une solution : attirer l'attention de Son Excellence comme ont su le faire ses amis. Ainsi décide-t-il de manifester devant la porte du palais présidentiel, où il est pour le moins difficile de ne pas se faire remarquer.

Au deuxième jour des festivités du premier anniversaire du *Hirak*, il choisit donc un emplacement à proximité du palais de la présidence. Il estime qu'il ne lui faudra que quelques heures pour attirer l'attention en se tenant là ; l'entrevue avec l'Homme-aux-Médailles en découlera nécessairement.

Une fois installé dans les parages du palais, non loin de la porte est, il se plonge dans une douce rêverie aux détails rébarbatifs, où il bavarde avec le Premier conseiller. Ils rient ensemble de l'étourderie dont a été victime Son Excellence en oubliant d'inscrire son nom sur la liste de ses nouveaux ministres. Dans cette scène fantasmagorique, l'illustre personnage lui présente même ses excuses et lui jure de le dédommager pour les jours où il est resté à l'écart. Il est sur le point de lui promettre une foule d'autres choses quand une main colossale vient arracher Djamel à sa rêverie en l'attrapant par-derrière et en tirant tellement fort son énorme corps que ça le fait tomber. Avant qu'il ait le temps de comprendre ce qui lui arrive, une avalanche de coups de pied lui martèle le visage et le ventre.

Il est passé à tabac. Il essaye d'abord de résister et de repousser les coups de ses petites mains, mais il abandonne rapidement la partie en implorant grâce, du plus fort qu'il peut. De toute manière, la violence des coups lui a complètement engourdi les bras.

Dans un moment de désespoir, il renonce à toute action, même celle d'implorer. Le mieux qu'il peut faire à présent, c'est se contenter de ce qu'il a fait pendant toute sa vie, attendre, attendre que les coups de pied au visage cessent d'eux-mêmes. Il est intimement persuadé qu'attendre fait advenir les choses. Quelques instants plus tard, il perd connaissance, étalé dans une mare de sang.

18

Du point de vue de la science (dont personne n'a cure), le passage à tabac de Djamel Hamidi équivaut, en termes d'intensité, à l'effet que causerait le pied d'un éléphant d'Afrique adulte en s'écrasant sur la structure osseuse d'un félin ayant la taille d'une souris.

Mais contrairement aux prévisions scientifiques et aux espoirs confiants de la mort, cette sévère raclée et ces coups de pied ininterrompus font à Djamel Hamidi autant d'effet qu'un pincement affectueux sur la joue, à ceci près qu'il perd connaissance au moment même où ça s'arrête, et qu'il ne se réveillera qu'au bout de plusieurs heures.

La mort l'emporterait sans doute si son agresseur continuait – agresseur qui n'est autre que Salem J'mel, promu chef de la Garde révolutionnaire depuis qu'il a rempli avec succès les missions sensibles qui lui ont été confiées le jour du *Hirak*. Salem s'apprête donc à lui assener le coup de grâce au visage quand son téléphone sonne soudain. De l'autre côté de la ligne, la voix du Premier conseiller lui demande ce qui se passe, il lui répond qu'il est en train d'en finir avec un infiltré qui était sur le point de s'introduire dans le palais présidentiel. Encore un coup de pied et l'affaire est réglée.

Le Premier conseiller lui donne l'ordre d'arrêter sur-le-champ et de se débarrasser de l'individu, n'importe où, mais loin, ce que fait Salem J'mel en chargeant le corps inerte sur son dos. L'emportant à pied, il marche pendant une heure au moins avant de le jeter dans une benne à ordures non loin du Palais du peuple (une ruine habitée par des mules, où broutent les ânes et qu'on a baptisée du nom du peuple en manière d'hommage). Il le balance dans une poubelle puis s'en retourne aussitôt, non sans lui avoir craché dessus en pensant cracher sur un cadavre.

Il faut dire que dans l'état dans lequel il est, la ressemblance avec un cadavre est frappante. Un chien galeux, fouillant dans les poubelles à la recherche de pitance, a même pitié de lui et se garde de le croquer ; il se contente de lui uriner dessus avant de repartir. Ce chien n'est autre, d'ailleurs, que celui qui a échappé à son maître et a déboulé sous les roues de la voiture de Salem J'mel, un an plus tôt, l'obligeant à donner un coup de frein accompagné d'insultes et de jurons qui auraient fait rougir la vulgarité elle-même.

Une année s'est écoulée, que ce chien a passée dans une misère extrême et en traversant d'innombrables épreuves qui l'ont jeté dans une vie d'errance que nul chien n'a jamais connue. Quand Salem J'mel a lâché ses horribles jurons, le maître de l'animal a pris la fuite pour sauver sa peau, abandonnant la pauvre bête qui s'est toutefois lancée à sa recherche. Le chien aurait été en mesure de retrouver la maison s'il n'avait pas emprunté une rue qui l'a conduit au milieu d'une foule immense de manifestants fuyant les balles de la police. L'animal, non dénué d'intelligence, a aussitôt compris le danger de la situation et a trouvé quoi faire pour s'en tirer : se réfugier dans une faille de mur où un humain n'aurait pas pu s'introduire, pensant (si toutefois est vrai le mythe qui veut que les chiens pensent) y rester jusqu'à ce que les choses se calment pour s'aider ensuite de son flair et retrouver la maison de son poltron de maître.

Pour son plus grand malheur, une grenade lacrymogène tirée par la police s'est alors logée dans son trou. Il a essayé en vain de s'en débarrasser et a fini par perdre connaissance. Il n'a retrouvé ses esprits qu'après minuit. Les événements s'étaient soldés par le triomphe du sacro-saint *Hirak*, l'arrestation de Monsieur le président, le retrait des manifestants et la disparition des policiers et de leurs armes à feu.

L'animal a décidé de sortir de sa cavité et de rejoindre la maison, mais s'est aussitôt rendu compte qu'il ne sentait plus rien. Il avait perdu ce sens de l'odorat qui lui aurait permis de suivre la trace de son maître et de flairer le danger. Une longue errance dans la Capitale a commencé alors pour lui. Durant des mois, il a été incapable de retrouver son logis. Il s'apprêtait à renoncer quand, enfin, il y est parvenu, par le plus pur hasard.

Si les chiens avaient de quelconques capacités d'expression faciale, nous aurions sans aucun doute pu affirmer qu'une joie débordante a éclairé sa gueule à l'instant où il aperçut la maison de son maître. Il s'est élancé vers elle et s'est mis à aboyer de toutes ses forces quand il a atteint la porte. Il a aboyé pendant une heure jusqu'à ce que son maître y prête attention et lui ouvre. Le chien n'a pas pu se retenir, il lui a sauté dans les bras. Il avait du mal à y croire, mais il était enfin revenu. Après des mois de vagabondage, de désespoir et de recherches, il retrouvait son maître qu'il pensait ne plus revoir.

Mais l'homme, voyant le chien lui sauter dessus, lui a lancé un coup de pied et a saisi un énorme objet avec lequel il s'est mis à le battre. Le pauvre a dû s'enfuir. Il a couru et couru jusqu'à l'oued El-Harrach. Son cœur battait à tout rompre, il était à bout de forces.

Il a alors avisé son reflet dans l'eau de l'oued. Le chien qu'il voyait était famélique, osseux et plein de plaies. Il comprenait ce qui s'était passé : son maître ne l'avait pas reconnu en le voyant ainsi, il l'avait pris pour un chien errant. Il a maudit les coups du sort qui le condamnaient à vivre une vraie vie de chien.

Aussi triste que puisse paraître l'histoire de cet animal, elle n'a rien à envier à ce qui est en train d'arriver à Djamel Hamidi. Celui-ci vient de passer des heures atroces, évanoui, dans un conteneur à ordures, au milieu des immondices et d'odeurs qui réveilleraient un cadavre mort depuis mille ans, mais qui ne parviennent pas à l'arracher à cet état d'inconscience qui le plonge dans un doux rêve, un autre monde, et le fait sourire.

— Pourquoi tu souris ? lui demande Bakhta avec un regard qu'il ne lui a pas vu depuis longtemps, comme si son visage rayonnait de la lumière des jours passés, quand elle était plus jeune et innocente.

Il rit et répond bêtement :

— Parce que je suis là. Au milieu de vous tous.

Il parcourt du regard l'assemblée pour que s'impriment sur sa rétine ces visages qu'il ne croyait pas revoir.

— Tu en es vraiment sûr ? Tu veux dire, là, dans ce restaurant minable ? renchérit Issam Kachkassi.

— Pas si minable que ça, fait Lamorve qui a retrouvé son aspect d'antan, mal fagoté et le nez qui coule. Ah si tu savais comme ces plats m'ont manqué, tripes, bouzelouf, double-zit, tchektchouka pimentée... C'est vrai que c'est un resto crade mais leur cuisine est vraiment délicieuse.

Ils éclatent tous de rire avant que Djamel Hamidi remarque la présence d'Olga, elle aussi. Il s'écrie :

— Olga est aussi avec nous... Mon Dieu ! Comment tu as pu sortir ?

— Je n'en sais rien. Mais un imbécile comme toi va sans doute pouvoir me l'expliquer. Non non, attends... Ça y est, j'ai la réponse ! C'est grâce à un sort de ta mère, la voyante.

Elle rit et ajoute :

— On est là pour toi. Même Aïcha est revenue, rien que pour te voir.

Djamel affiche un large sourire. Il n'arrive pas à y croire, ceux qu'il aime sont réunis au même endroit, avec lui.

— Et vous avez fait quoi de vos ministères, espèces d'abrutis ? s'étonne-t-il.

— Bakhta et moi avons décidé de démissionner et de revenir à notre vie d'avant, lui répond Aïcha de sa belle voix langoureuse.

— Vous avez décidé de redevenir putes ? De revenir à une vie où on vous traite comme de la marchandise ? l'interrompt Djamel incrédule.

— Des putes ? Non ! Jamais. On n'est pas des prostituées, on ne l'a jamais été. Tout ce qu'on a fait, c'est prêter notre corps en échange d'argent, pour rendre heureux les autres. C'est du commerce. On n'a jamais trompé personne. Tout a toujours été clair.

— C'est d'ailleurs pour ça qu'on démissionne après un an de politique, ajoute Bakhta. Tu sais quoi, mon ami, on a passé un an à vendre de l'illusion et du faux, et à être payés pour ça. Sincèrement, ce genre d'escroqueries n'honore pas. Un maudit mensonge qui ne s'arrête jamais.

— Moi non plus, ce travail ne m'a pas rendue heureuse, renchérit Aïcha, sérieuse comme jamais. Après un an passé dans ce monde de faux-semblants, j'ai l'impression de m'être salie au dernier degré. Il n'y a pas assez d'eau en ce monde pour me débarrasser de cette souillure. Tu dois me croire, ce que tu appelles toi "prostitution", dussé-je l'exercer toute ma vie, restera plus honorable que la politique.

— Et toi Olga ? Ne me dis pas que, toi aussi, tu es devenue folle et que tu as démissionné comme ces deux-là.

— Je ne suis pas devenue folle, mais je me suis rendu compte au bout d'un an que c'était une vie qui n'était pas faite pour moi. Tu me croiras si tu veux, Djamel, mais durant toute cette année, à chaque fois que je me suis mise au balcon de mon bureau du Palais du gouvernement, au dernier étage, pour observer ce qui se passait en bas, je ne voyais rien, absolument rien. Les rues avaient beau être comme toujours pleines de monde, je n'ai jamais réussi à voir les gens comme je le faisais de mon balcon de Duc-des-Cars, au mieux je devinais des silhouettes, des ombres en mouvement, informes, anonymes, sans visage.

"Alors j'ai compris que ce n'était pas fait pour moi. Quel sens peut-on trouver dans la vie si on n'est pas au milieu des autres, pour les sentir et conserver un peu de notre humanité.

"De là-haut, du balcon de mon bureau, les gens devenaient de simples points, tout petits. Une seule goutte d'eau aurait suffi à tous les noyer, et ça ne m'aurait pas arraché la moindre émotion, le moindre sentiment de pitié ou de compassion. En restant trop longtemps là-haut, tu te coupes des autres, et avec le temps ton humanité s'estompe comme un mot écrit au crayon sur une feuille blanche, dont les lettres s'effacent peu à peu, les unes après les autres.

"Je n'étais pas prête pour tout ça. Je préfère la prison de mon appartement à la liberté du Palais du gouvernement. En fin de compte, ce palais n'est rien qu'une cage. L'oiseau en cage peut bien y passer toute sa vie si ça lui fait plaisir, jamais, quoi qu'il fasse, il ne connaîtra la couleur du ciel tant qu'il restera enfermé.

Djamel s'apprête à interroger Lamorve et Kachkassi sur les raisons de leur démission quand il est, soudain, arraché à son rêve par une puissante secousse. Il referme les paupières dès que ça s'arrête et il replonge dans un sommeil, cette fois, sans rêve.

Il est réveillé en sursaut, une heure plus tard. Il voit son gros corps recroquevillé tomber et atterrir au milieu d'un énorme tas de poubelles.

Cette fois, la puanteur est plus forte et réussit à le maintenir éveillé. Il doit retenir sa respiration.

Il est pris d'un terrible effroi en voyant où il a atterri. C'est immonde. Il est encerclé par des sacs-poubelles, il y en a partout. Il aperçoit un camion qui s'éloigne, et il se met à crier dans l'espoir de se faire entendre du chauffeur. Aucun son ne sort de sa gorge, c'est comme s'il avait perdu la voix.

Il regarde autour de lui et comprend qu'il est dans une immense décharge où sont acheminées toutes les ordures de la Capitale. Il arrive à reconstituer ce qui lui est arrivé : Salem J'mel s'est débarrassé de lui, et le chauffeur du camion poubelles n'a pas remarqué qu'il était au milieu des ordures qu'il a chargées dans sa benne, et l'a ensuite amené ici et balancé au milieu de toutes ces immondices.

Djamel Hamidi retrouve son calme dès que le camion à ordures disparaît de son champ de vision. Il essaye de se mettre sur ses jambes ; tout compte fait, il n'est pas trop loin de l'autoroute, à une vingtaine de minutes à pied à l'allure à laquelle il marche d'ordinaire. En essayant de se lever, il ressent toutefois un étrange engourdissement au niveau des jambes. En fait, il ne les sent pas du tout, ses jambes. Au bout de plusieurs tentatives, il est certain d'avoir perdu ses capacités motrices.

Il s'allonge sur place pour réfléchir à un moyen d'échapper à la mort maintenant qu'il est sûr d'être paralysé, d'avoir perdu son téléphone portable et de ne pouvoir être vu par personne, là, au milieu de toutes ces ordures. Avisant des barres métalliques, il se dit qu'il pourrait s'appuyer dessus et traîner sa carcasse jusqu'à la voie rapide.

Il se démène et parvient à atteindre les barres en rampant. Il a eu une bonne intuition : elles sont assez épaisses pour servir de cannes à son corps défaillant. Il essaye de les dégager mais elles semblent bloquées par une masse quelconque. Il gratte le sol jusqu'à avoir les mains en sang. Il écarte les ordures et la terre tout autour, et soudain il s'arrête, ses mains sont prises de tremblements, ses yeux ébahis viennent de voir quelque chose qui lui fait de nouveau perdre connaissance.

Sans le vouloir, il vient d'ouvrir une tombe d'ordures sans pierre tombale. Y gît le corps du préposé aux écoutes. C'est là que sa folie l'a conduit, après une année passée à se laver obsessionnellement les oreilles d'une souillure dont, apparemment, il n'a réussi à se défaire que par la mort – contrairement à Djamel Hamidi qui semble inspirer une même répugnance à la mort qu'à la vie, et se retrouve donc à la frontière des deux.

Il pourrait demeurer là encore longtemps, sauf que l'Absurde décide soudain qu'il mérite de vivre et lui accorde un nouveau jour. Un jour naissant où la rosée est particulièrement abondante pour un matin d'août. Djamel se réveille. Il est dans sa chambre à coucher. Dès qu'il ouvre les yeux, il sait que tout ce qui vient d'arriver n'est qu'un cauchemar ridicule tracé par la main du destin sur le tableau des possibles.

Dans la réalité dans laquelle il se réveille, Djamel Hamidi n'est ni maquereau ni fils d'une voyante nommée Aouïwèche. Ce n'est pas un misérable citoyen qui est apparu en rêve à un président sénile. Le président, c'est bel et bien lui. Le paraplégique que les hasards de la vie ont conduit au palais présidentiel. Dans son entourage, aucune engeance du genre d'Aïcha Larelaxe, de Bakhta ou du facteur sans nom.

Dans sa réalité, Olga n'est pas une femme oisive qui passe ses journées à guetter les gens depuis son balcon. C'est son épouse. La première dame et la petite-fille de l'Homme-Minuscule, son mentor qui lui a permis d'accéder au palais de la présidence – le faiseur de présidents. Il a bien connu un Ibrahim, mais qui n'a rien à voir avec le Bafaloulou qu'il a vu en rêve, c'était le père adoptif de sa femme Olga et il était tellement gros qu'il a fini par en crever. Il ne connaît aucun Issam Kachkassi, ni de tête ni de nom ; et Moh Lamorve lui évoque bien quelqu'un dans sa réalité, un ami stupide, dont les seules fonctions en ce monde se limitent aux fonctions vitales.

Sa réalité, celle dans laquelle il se réveille, est tout autre, c'est celle qu'il a quittée hier avant d'aller dormir, et avant que ne se forme, dans le monde des rêves, ce pays risible où la bêtise a une emprise telle qu'un vieux sénile peut y devenir président, un homme qui fait passer une révolution populaire pour une maladie créée par l'ignorance et gravée par les doigts de la bêtise dans des esprits prêts à croire tout ce qui porte le sceau du pouvoir.

LIVRE SECOND

L'imbécile lit toujours

Tout ce dont nous avons besoin pour réussir dans la vie,
c'est l'ignorance et la confiance.

TWAIN

1

C'est au mois d'août d'une année oubliée de tous que se déroule cette histoire. Elle a probablement commencé à 4 h 34, à l'aube du 25 du mois, à l'instant où Djamel Hamidi se réveille en sursaut d'un rêve effroyable qui lui laisse une terrible impression de réalité.

Dès qu'il ouvre les yeux, pourtant, il pressent que ce qu'il a vu en songe est (dans son impossibilité même) une vision dont l'a gratifié le Ciel pour lui faire passer un mystérieux message : il était paralysé, rampait au milieu d'un énorme tas d'ordures et finissait par découvrir le cadavre d'un homme qui ressemblait, à quelques petites différences près, à un de ses employés de la présidence, son directeur du protocole.

Il sourit quand il voit le visage albinique d'Olga. Elle est plongée dans un sommeil bienheureux qu'aucune terreur n'est venue troubler malgré le cri qu'il vient de pousser et qui a ameuté ses gardes du corps, accourus dans la chambre de peur que leur président ne soit en danger. Ils se sont rapidement retirés quand il leur a expliqué qu'il ne s'agissait que d'un mauvais rêve, affichant un calme inquiet qui est parvenu à leur faire croire une nouvelle fois (comme ils le croient depuis vingt ans) qu'il est l'homme dont le pays a besoin.

Il occupe la fonction présidentielle depuis vingt ans. Comme toute personne qui s'accroche à sa position pendant si longtemps, il a passé les vingt dernières années dans l'appréhension de voir se produire un événement qui l'obligerait à lâcher le pouvoir. Il ne s'est rien produit en fin de compte – même si son invalidité a fait grogner certains râleurs de naissance.

Il se démène pour se mettre en position assise et sourit à nouveau en voyant sa photo accrochée sur le mur d'en face. Il y arbore le collier présidentiel et pose devant le drapeau de l'État.

Ce n'était qu'un foutu rêve. Le président, c'est encore lui, comme ça l'est depuis vingt ans, depuis ce jour où il est apparu pour la première fois au milieu de son gouvernement de monstres et d'abominations, choisis pour offrir un reflet grossissant (voire grossier) du vrai peuple. Pour ce gouvernement, il avait décidé que toute tare constituait une qualité à honorer, au même titre que la laideur. Ce jour-là, en exposant le parcours des membres de son gouvernement, il n'avait même fait aucun effort pour dissimuler ce qu'avant son mandat on aurait pris pour des antécédents compromettants, des vices ou des situations totalement immorales.

Il se rappelle encore son slogan de l'époque. Il l'avait inventé pour son premier discours : “Une patrie pour tous”. Il aurait bien aimé l'appliquer, ce slogan, ne serait-ce qu'une fois durant ses mandats présidentiels qui avaient commencé un jour et s'étiraient à l'infini, de renouvellement en reconduction, conformément au vœu de ce peuple qui l'avait choisi pour président à vie. Et même si certains avaient mis en doute un tel consentement populaire (dans la mesure où personne n'a jamais voté pour Djamel Hamidi), ce genre de doutes avait été rapidement et définitivement balayé par une apparition télévisée de l'Historien officiel qui s'était fait fort de rappeler aux natures oublieuses deux réalités, deux et pas une de plus. Premièrement, le monde avait connu des situations similaires où des nations à la culture démocratique bien ancrée s'étaient donné un président à vie. Il ne se souvenait pas du nom de ces nations, ni de leurs présidents perpétuels ; avec l'âge, il avait des absences, mais on pouvait lui faire confiance, il connaissait mieux que personne l'Histoire et les événements du passé. La deuxième vérité à rappeler était que Djamel Hamidi, en tant que chef de l'État, connaissait mieux que quiconque l'intérêt du peuple, actuel et à venir, pour des siècles et des siècles.

(Même si nous ne voulons pas nous perdre en détails ennuyeux à propos de l'Historien officiel qui ne cesse de faire des apparitions, aussi bien dans le rêve que dans la réalité, avec un nouveau visage et une histoire à chaque fois différente, il semble important de préciser qu'il s'agit, à l'instar de l'Intellectuel officiel, d'une créature spectrale, susceptible de s'incarner n'importe où et à n'importe quelle époque. Ajoutons que de telles créatures sont aussi importantes que le costume revêtu par tout dirigeant pour apparaître en public, ou que le sourire souvent arboré par les politiciens quand ils vous font des promesses qu'ils ne tiendront pas, ou que leur regard quand ils vous mentent en toute sincérité. Pour le dire plus simplement, les créatures officielles, historien ou intellectuel, sont aussi indispensables que les WC : il en faut dans chaque maison et elles accueillent la merde de bon cœur.)

Des voix s'étaient donc tout de suite élevées pour critiquer son premier gouvernement – comme si l'abjection était incapable d'apprécier la beauté ! Son équipe gouvernementale n'avait été pourtant rien d'autre que la projection réaliste d'un vœu populaire repris et assumé par Djamel Hamidi quand il était devenu président. Si la patrie était effectivement "à tout le monde", le peuple ne pouvait pas raisonnablement refuser un ministre chômeur, un juge repris de justice pour des crimes dont il s'était repenti, ou encore une cheffe du gouvernement qui, avant de devenir ministre, avait pratiqué la prostitution au sein d'une institution qui ne visait après tout qu'à faire le bonheur d'hommes frustrés et en mal d'amour !

Djamel Hamidi contemple sa photo de président accrochée au mur puis sourit en se disant : "Qui l'aurait imaginé ?" Ses pensées remontent le temps vingt ans en arrière, à l'époque où il était simple gardien d'immeuble que d'étranges hasards avaient conduit devant la porte de l'Homme-Minuscule qui ferait de lui ce président portant un collier avec une décoration sur une photo accrochée dans tout le pays, avec le drapeau de l'État en arrière-fond.

Se remémorant tout cela, il pourrait continuer à sourire et se laisser porter par l'euphorie de l'homme qui a réussi, sauf qu'il est rattrapé par une scène humiliante qui lui reste gravée dans la tête. C'était quelques jours avant qu'il ne devienne le président. L'Homme-Minuscule venait d'accrocher son portrait au mur de son bureau, comme pour lui signifier qu'il était fier de lui.

Il se souvient encore de l'étonnement de son mentor, au moment où il avait affecté d'être triste d'apprendre la mort de l'ancien président. Il avait écarquillé les yeux et avait ouvert la bouche, juste assez pour suggérer une stupeur complètement feinte. L'Homme-Minuscule avait vu clair dans son jeu, mais avait souri d'aise de constater que son disciple avait développé une terrifiante aptitude à contrefaire les émotions.

Il lui avait témoigné sa fierté : dans un instant de rare proximité (on aurait dit qu'il avait retrouvé son humanité), il avait posé la main sur l'épaule de Djamel Hamidi et lui avait chuchoté à l'oreille quelque chose qui l'avait transporté de joie. Et puis, il lui avait une seconde fois murmuré à l'oreille, ce qui l'avait rendu encore plus euphorique.

C'était une scène vraiment touchante. Personne, jamais, au Palais du gouvernement, n'avait eu la moindre intimité avec l'Homme-Minuscule. Personne n'avait eu l'honneur d'une telle complicité avec l'occupant du sous-sol, ni été effleuré par cette main qui n'existait que pour créer des dieux et des mondes parallèles. Cet honneur aurait sans doute rempli Djamel Hamidi d'un bonheur infini si un événement n'était pas venu faire de ce souvenir la plus abjecte expression de l'humiliation.

Au moment où l'Homme-Minuscule a murmuré une troisième fois à l'oreille de son disciple, Djamel Hamidi a été emporté par une telle joie qu'il a éclaté de rire, son énorme corps a été pris d'une secousse soudaine, qui l'a déséquilibré, le faisant tomber la tête la première. Au lieu de courir vers lui pour le secourir, l'Homme-Minuscule l'a toisé en souriant, comme s'il prenait plaisir à le regarder s'empêtrer dans son impotence.

Il y a pris plaisir, ça ne fait aucun doute. Il s'est délecté de son infirmité, le regardant se traîner sur le ventre et essayer de se retourner en vain. Il avait l'air d'une tortue renversée sur le dos, une tortue en plus gros et en plus risible.

Aux prises avec ce maudit souvenir, il tourne à nouveau son regard vers la photo du mur, qui lui redonne un peu de confiance en lui. Il arrive même à faire abstraction de la sensation d'oppression qui lui serre le cœur, il s'oblige à sourire. Il se rappelle, comme à chaque fois que sa mémoire ressasse cette scène d'avilissement, que c'est lui Monsieur le président, l'homme qui figure sur la photo qu'on retrouve dans tout le pays et en bas de laquelle on peut lire "Monsieur Djamel Hamidi, président de la République".

Il éprouve le désir de réveiller Olga et de lui raconter son rêve. Il est persuadé qu'elle va éclater de rire quand il lui dira que, dans ce rêve, il était maquereau et qu'il tenait une maison de rencontres dans un quartier collé à leur ancien quartier. Elle-même passait son temps à épier les gens, elle ne faisait rien d'autre de ses journées et était atteinte d'une drôle de phobie qui lui interdisait de sortir de chez elle, elle était prisonnière de son balcon à partir duquel elle observait le monde. Dans ce rêve cocasse, il finissait même à moitié mort dans une décharge d'ordures aux côtés d'un type bizarre, qui ressemblait au directeur du protocole, et qui s'était tué pour débarrasser ses oreilles d'une souillure trop tenace.

Mais voilà, il la secoue une ou deux fois sans qu'elle ouvre les yeux. Il a pitié d'elle. Il va la laisser dormir une heure de plus, elle a passé la nuit à pleurer le décès de son grand-père. Il a feint de partager sa peine mais cette nouvelle est la plus belle qu'il ait reçu de toute sa vie : il est enfin débarrassé de l'Homme-Minuscule, il ne partagera plus le pouvoir avec personne.

“Ne sois pas triste ma chérie”, il lui a dit en lui tapotant l’épaule.

“Il a eu une vie exceptionnelle. Et nous perpétuerons son nom, pendant des années encore”, a-t-il ajouté en éprouvant une joie encore plus grande que celle qu’il avait eue en s’asseyant pour la première fois dans le siège de président. Et puis, il n’entendrait plus cette foutue petite voix qui lui susurrait tous les jours, dès le réveil : “Tu es sa créature. Il a fait de toi un président hier et, dès aujourd’hui, il peut te renvoyer dans ton terrier.”

Vingt ans qu’il l’entend, cette petite voix. Jamais sa hantise de voir l’Homme-Minuscule se débarrasser de lui ne l’a laissé tranquille. Mais ce matin, malgré son mauvais rêve, il se réveille la tête légère. Il n’arrivera rien en dehors de ce qu’il aura lui-même décidé. Et ce qui va arriver de plus important aujourd’hui, c’est qu’il va superviser personnellement les funérailles de son mentor. Il lira un discours larmoyant, célébrera des qualités que l’autre n’a jamais eues et, bien sûr, recommandera son âme pourrie à Dieu et lui souhaitera de séjourner dans un paradis auquel il n’a jamais cru. Mais quand il en aura fini avec tout ça, quand les gens seront repartis, quand les caméras auront disparu, il prendra un immense plaisir à pisser sur sa tombe. Voilà ce qu’il va se passer.

Il sourit en se figurant la scène : le gardien d’immeuble en fauteuil roulant urinant sur le faiseur de présidents ! Qu’est-ce qu’il aimerait que son ami Moh Lamorve soit encore en vie, qu’il ne soit pas mort d’un cancer du nez, pour partager avec lui ce bonheur… mais, se souvenant aussitôt que Moh l’a fait cocu, il crache sur Olga qui ronfle à côté de lui. Il décide de rendre visite à la tombe de son traître d'ami après les funérailles de l'Homme-Minuscule, pour lui pisser dessus lui aussi.

Seules sa photo au mur, son allure toute présidentielle et sa prestance officielle lui ont inspiré la force de faire taire ce chuchotement qui lui a trotté dans la tête à chaque réveil durant toutes ces années. Son petit plaisir des yeux, qui lui a donné confiance en lui et la force d'y croire. Quand il voyait la sévérité de son regard dans la photo, il y croyait, il était vraiment le président. Rien n'avait davantage le pouvoir de lui donner confiance en lui, rien sauf peut-être la phrase inscrite en bas du portrait : “Monsieur Djamel Hamidi, président de la République”. Il la lisait et la relisait jusqu'à satiété et se dirigeait ensuite vers son fastueux bureau de président avec la certitude qu'il était bien Monsieur le président.

Il considère encore une fois son propre visage sur la photo et se plaît à y trouver quelque chose qu'il n'y a jamais vu durant toutes ces années de pouvoir. Pour la première fois, il voit une créature qui s'est affranchie de son créateur, enfin. Un esclave devenu maître après la mort de son maître au cœur sec. Plus de petite voix qui chuchote, plus de peur ni de hantise. Il y a lui et rien que lui, rien ni personne d'autre.

Il savoure cette belle sensation d'exclusivité. Il s'imagine au sommet d'une montagne où il n'y a de la place que pour lui et d'où il regarde le monde qui lui semble insignifiant, minable, minuscule.

“Maintenant je comprends, se dit-il. C'est ce qu'il devait ressentir.” Il est soudain pris d'une sorte de tendresse à l'égard de l'Homme-Minuscule. Il est même sur le point de lui souhaiter de reposer en paix mais se rappelle qu'au sommet, il n'y a de la place que pour une seule personne dépourvue de sentiments.

Il éprouve le désir irrésistible de lire la phrase magique "Monsieur Djamel Hamidi, président de la République" pour en finir avec le cérémonial matinal dont il s'acquitte depuis vingt ans. Mais cette fois, ce n'est pas pour y trouver une assurance qui lui manque mais seulement pour sacrifier à une dépendance comme n'importe quel toxicomane qui s'injecte la même substance depuis des années.

Il se met à épeler : "M, O, N, S, I, E, U", et soudain sa voix se perd.

Il réessaye mais à présent il ne parvient à prononcer aucune lettre. Il ferme les yeux. Il les rouvre et essaye à nouveau. Rien.

Sa langue remue. Ses lèvres montent et descendent. Il sent bien l'air dans sa bouche, il n'a pas la gorge sèche. Il essaye encore. Encore rien.

Il se frotte les yeux et regarde à nouveau la photo. La phrase en bas lui semble indéchiffrable, comme écrite dans un alphabet qu'il n'a jamais vu.

Il est désemparé de ne pas pouvoir lire sa phrase magique. Il parvient tout de même à retrouver son calme et à tirer le discours d'hommage à l'Homme-Minuscule, sous son oreiller. Il l'y a glissé hier dans l'intention de l'apprendre par cœur avant de se rendre à l'enterrement. Il veut le relire.

Rien non plus. Les lettres sont incompréhensibles. On dirait de vulgaires lignes, un simple dessin. Le texte a l'air d'une peinture dont il ne comprendra pas le sens sans l'aide de l'artiste qui en est l'auteur.

Terrifié, il secoue Olga :

— Réveille-toi. Je n'arrive pas à lire, bon Dieu !

Il la secoue, encore et encore, il crie pour la réveiller. Il gifle son visage albinique et obèse et comprend, au bout de quelques instants, qu'il agite le corps d'une femme morte depuis plusieurs heures. Tout ce temps, il lui a semblé qu'elle ronflait, qu'elle dormait mais il n'en était rien.

C'est alors qu'il ressent un battement anormalement fort dans sa poitrine, et qui s'accentue. Quand il ouvre la bouche pour crier n'importe quoi, son cœur s'arrête. Il est mort.

Ainsi est survenu un événement qu'il n'avait pas du tout imaginé. La créature est morte juste après son maître. Peut-être même seront-ils enterrés l'un à côté de l'autre, sans qu'aucun des deux aille uriner sur l'autre.

2

La mort étreint Djamel Hamidi au moment où le directeur du protocole du palais présidentiel est en train d'achever les préparatifs des funérailles qu'il lui a demandé la veille, après avoir appris la mort de l'Homme-Minuscule. Il lui a donné l'ordre de boucler toutes les routes du pays et de constituer un cortège funèbre en choisissant dix mille hommes du peuple doués en grimaces et aptes à mimer l'affliction, il était préférable d'en prendre dans le lot qui soient atteints de paralysie faciale ou de sclérose du visage pour donner à l'événement cette touche de pathétisme qu'exige tout enterrement officiel qui se respecte.

Pour garantir un minimum de tragique, le directeur du protocole a ordonné de mobiliser six mille femmes aux voix tonitruantes et aux yeux larmoyants et de les placer à quelques mètres du cercueil du défunt pour qu'elles puissent se jeter dessus en pleurant et manifester toute la peine digne de l'Homme-Minuscule.

Comme c'est un expert en funérailles (son curriculum vitæ met à son actif vingt enterrements satisfaisant aux standards internationaux, dont sept obsèques de personnalités de haut rang), il a fait appel aux services de trente comédiens pour jouer le rôle des amis et collègues de travail de l'Homme-Minuscule, et témoigner de son immense patriotisme ainsi que de son non moins fabuleux esprit révolutionnaire. Ils sont aussi chargés d'évoquer, au passage, sa participation à toutes les guerres que le pays a menées (ou non), et plus particulièrement le rôle qu'il a joué dans la Grande Révolution, au cours de laquelle il fut blessé par balle à sept reprises et condamné à la guillotine par pendaison devant le peloton d'exécution, dont il n'a réchappé que par la grâce de la baraka ou d'un décret du Ciel – dans sa grande sagesse. Ces proches pourront encore témoigner qu'il a été l'authentique déclencheur de la Révolution qui a libéré le pays, même si son humilité et son patriotisme supérieurs lui ont interdit de mettre en avant son nom dans les livres d'histoire ou de se faire connaître des jeunes générations. En fin de compte, tout ce qu'il avait fait, il l'avait fait pour le pays. Ici, les acteurs sont censés rappeler l'humanité farouche de cet homme qui eut l'Infaillibilité pour nourrice et qui grandit dans le giron de la Perfection, un homme à qui il ne manquait que les ailes et l'auréole pour être un ange.

En préparant les funérailles, le directeur du protocole aurait aimé trouver de vieilles personnes de l'âge de l'Homme-Minuscule, des anciens qui auraient raconté aux gens comment cet homme avait, imaginait-il, passé son enfance à méditer au sommet d'une montagne en attendant que lui soit révélé le secret de l'existence. Malheureusement, il savait d'avance qu'il ne trouverait personne d'aussi vieux, alors il ne s'est même pas donné la peine de chercher. La mort avait donné au défunt un tel nombre de sursis que la vie avait fini par ne plus trop savoir quoi faire de lui, oubliant de le noter sur ses registres dans lesquels la mort ne pouvait plus le trouver quand elle venait enfin le chercher.

Le directeur du protocole a communiqué à Djamel Hamidi, avant 21 heures, l'hommage funèbre qu'il avait mis trois heures à préparer. C'était celui qu'on avait utilisé pour l'enterrement du précédent président et pour celui encore d'avant. Le texte avait été composé, au décès du tout premier président, par un grand poète qu'on avait fait venir d'un pays ami, spécialisé dans les sublimes discours et dont la terre ne produisait que de grands écrivains. Le texte avait été lu pour la première fois lors de funérailles mémorables dont plus personne ne se souvenait. On avait par la suite procédé à de légères retouches en changeant le nom ou l'âge du défunt, mais le directeur du protocole avait cette fois ajouté deux ou trois phrases de son cru, qu'il n'avait pas mis plus de trois heures à écrire.

C'était sa manière de remercier l'Homme-Minuscule, sans qui il ne serait pas entré au palais présidentiel. Trente ans auparavant, en effet, il avait alors une cinquantaine d'années, il s'était aperçu que les efforts qu'il faisait depuis des dizaines d'années pour entrer au service du président ne donneraient rien. Il était sur le point de se résigner à se trouver un vrai travail pour assurer sa subsistance. Seul l'Homme-Minuscule avait su reconnaître ses exceptionnelles aptitudes à la soumission et lui avait permis d'entrer dans ce monde où c'était justement le seul talent exigé… mais il y a là une histoire fastidieuse sur laquelle ne s'étendra pas l'auteur de ce roman.

Quoi qu'il en soit, il est 8 heures du matin quand, après deux petites heures de sommeil, le directeur du protocole, dont personne n'a pris la peine de retenir le nom, se réveille, heureux d'être parvenu à préparer les funérailles d'une personnalité de la stature de l'Homme-Minuscule en quelques heures. Il se flatte même en toute modestie d'être arrivé à retrouver sa fille, Amira, qui, selon la version officielle, était célibataire et sans enfants quand elle avait trouvé la mort, il y a bien des années, dans un accident de la route alors qu'elle rejoignait le Palais du gouvernement où elle travaillait.

Olga, la première dame et épouse du président, a été catégorique quand elle lui a donné ses instructions juste après qu'il lui eut appris la mort de son grand-père, l'Homme-Minuscule :

— Tu dois retrouver ma mère et lui annoncer la mort de ton maître. Je veux qu'elle soit à mes côtés demain pour l'enterrement.

— Mais, madame, elle est décédée depuis des années.

— Tu es un imbécile. Je t'ai donné un ordre. Je la veux ici, avec moi, demain avant midi.

Et elle a raccroché en pleurant dans les bras d'un Djamel Hamidi apparemment peiné et authentiquement réjoui par la mort de l'Homme-Minuscule.

Le directeur du protocole a immédiatement compris qu'une seule chose lui épargnerait la fureur d'Olga : trouver sa mère officiellement morte et authentiquement vivante, selon toute vraisemblance. Il a alors décroché son téléphone et a composé un numéro qu'il aurait aimé ne jamais avoir à rappeler.

Il a entendu la voix dans le combiné et s'est lancé :

— Bonjour monsieur. Il y a longtemps que je n'ai pas eu l'occasion de m'entretenir avec vous.

— *Monsieur ?* a ricané la voix. Il fut un temps où quand tu m'appelais, j'étais effectivement un seigneur.

Mais aujourd'hui, tu peux bien me désigner par mon nouveau grade, que tu as contribué à déterminer et à rabaisser.

— Il n'en est rien. Vous êtes et restez un monsieur et maître, à mes yeux. Aucune hiérarchie, quelle qu'elle soit, ne saurait vous rabaisser. Mais je vous appelle, aujourd'hui, pour vous présenter mes plus sincères condoléances à la suite du décès de l'Homme-Minuscule. Je sais plus qu'un autre quelle affection vous lui portez et ce que vous représentiez pour lui.

— Il est mort ?

— Oui monsieur, et ses funérailles doivent avoir lieu demain. Aussi, je souhaiterais, monsieur, que vous contribuiez à leur réussite.

— Bien sûr que je serai là. Je préviens les collègues, ils seront là.

— Je suis au regret de vous dire que Monsieur le président a insisté pour qu'aucun des partisans de l'Homme-Minuscule ne soit présent à la cérémonie. Vous comprendrez, monsieur, mieux que quiconque, les raisons qui poussent Son Excellence à prendre pareille décision.

— Bien sûr, bien sûr. Et comment puis-je contribuer à la réussite des funérailles alors ? a ajouté la voix sourde.

— En réalisant le souhait de Madame l'épouse de Monsieur le président. Elle exige que sa mère soit présente à ses côtés en ce jour funeste.

— C'est un souhait impossible à réaliser, cher directeur. La fille de l'Homme-Minuscule est décédée il y a des années dans…

— … dans un accident de la route, il l'a interrompu. Je connais cette version de l'histoire mais j'insiste. Elle doit impérativement être présente aux funérailles de son père.

— Bon, bon. Admettons que je puisse faire l'impossible et qu'il soit en mon pouvoir de ressusciter les morts. C'est une simple hypothèse… Qu'est-ce que j'y gagnerais ?

— Je l'ignore. Je pourrais, par exemple, convaincre le président de vous recevoir, ne serait-ce que cinq minutes. Il me semble avoir lu plusieurs requêtes de votre part, durant les dix dernières années, dans lesquelles vous le suppliez de vous accorder une audience. Cela suffira-t-il à faire sortir la morte de sa tombe avant demain midi ?

— Ça suffira, ça suffira.

— Que votre nuit soit douce, monsieur.

— Et toi, que ta nuit…

Le directeur du protocole a raccroché avant que l'homme n'achève sa phrase.

Une fois la conversation terminée, il a posé sa tête pleine de mille détails organisationnels sur son oreiller et a pris deux heures de sommeil dans son bureau puisqu'il avait trop à faire pour pouvoir rentrer chez lui. Et ainsi finit-il par se réveiller à 8 heures, heureux d'avoir réglé les préparatifs des funérailles en quelques heures. Il ne lui reste plus qu'à appeler Monsieur le président, à s'assurer que la version définitive du discours lui convient et à en imprimer un dernier exemplaire qui sera lu par Djamel Hamidi une fois que le corps du mort aura été mis en terre.

Quand il compose le numéro du téléphone privé de Monsieur le président, il ne trouve pas étrange qu'il ne lui réponde pas du premier coup. Sa longue expérience, acquise au cours de dizaines d'années de service, lui a appris qu'un président ne décroche pas au premier appel.

Il le rappelle donc mais, chose inhabituelle, le président ne lui répond pas non plus. Il se demande innocemment ce qui peut l'occuper à ce point en un jour aussi important, un jour où on doit enterrer un homme qui était "le faiseur de présidents". Il l'appelle une troisième fois. L'absence de réponse l'intrigue. Malgré tout, il ne ressent aucune inquiétude avant de composer le numéro pour la quatrième fois. Là non plus, personne.

Alors, il téléphone au chef de la garde de Son Excellence et lui demande de lui dire si Monsieur le président dort encore ou s'il est souffrant, ce qui expliquerait qu'il ne réponde pas. À cet instant-là, il est impensable et même impossible d'imputer cette absence de réponse à la mort. Aucun président, parmi ses prédécesseurs, n'est mort avant d'avoir passé au moins trente ans au pouvoir, Monsieur le président a donc encore dix ans devant lui, dix années qui peuvent se prolonger à l'infini si Dieu lui prête vie. Le chef de la garde lui demande de lui donner trente minutes, le temps de rejoindre les appartements du président, il le rappellera à ce moment-là. Un cauchemar a troublé le sommeil de Son Excellence ce matin et, l'entendant crier et le croyant en danger, ses hommes et lui se sont précipités dans la chambre. Monsieur le président les a congédiés et leur a intimé l'ordre de s'éloigner et de se poster à l'entrée de la résidence.

— Comme vous le savez, monsieur, nous avons besoin d'une demi-heure pour rejoindre les appartements de Son Excellence.

— Une demi-heure ! s'écrie le directeur du protocole.

Il va s'étonner qu'ils aient besoin d'autant de temps pour atteindre la chambre mais se rappelle que le palais a été pensé par Monsieur le président comme une forteresse censée le protéger en cas d'imprévu, il a voulu l'implanter sur un site situé en dehors de la ville, l'a fait entourer d'un énorme mur d'enceinte et y a aménagé des galeries souterraines pour pouvoir s'échapper en cas de danger.

Surtout, cette forteresse a été conçue sous la forme d'un labyrinthe et il est impossible de ne pas s'y perdre si on s'y aventure sans en connaître le plan que Son Excellence veille, bien entendu, à garder secret, obligeant ses gardes du corps à faire un parcours compliqué, qui leur prend une demi-heure, pour atteindre sa chambre à coucher.

Il n'a pas le choix. Il raccroche et attend que le chef de la garde rapprochée le rappelle, ce que fait ce dernier dès qu'il pénètre dans la chambre de Son Excellence. Il lui annonce que le président et la première dame ont été rappelés à Dieu.

Le directeur du protocole reste sans voix, il essaye de penser la catastrophe qui est en train de se produire. Il est dans le bureau qui jouxte celui du président. Le jour même où Djamel Hamidi est entré au palais présidentiel, il l'a pris en sympathie et l'a nommé directeur du protocole alors qu'il était au service de son prédécesseur, depuis deux ans, en tant que cendrier présidentiel. C'était une fonction particulièrement sensible, qui exigeait une attention hors du commun, une souplesse exceptionnelle et un incroyable sens de l'anticipation car le président antérieur était un fumeur compulsif, qui allumait une cigarette immédiatement après avoir éteint celle d'avant. Comme il ne cessait de s'occuper des ennuis du peuple et qu'il restait concentré sur son travail sans interruption, il ne faisait jamais attention à où ni comment il jetait ses cendres ; la mission de notre ami était donc de traquer cendres et mégots présidentiels qui avaient rendu nécessaire la création de ce poste devenu, à l'époque, l'une des fonctions les plus élevées dans l'administration de l'État.

Quand il retrouve son calme, il pense que la première chose à faire est d'appeler le président du Conseil de la nation pour l'informer du décès du président, puisque c'est à lui que revient de diriger provisoirement le pays jusqu'à l'élection d'un nouveau président. Il s'apprête à l'appeler quand il se souvient que Djamel Hamidi a modifié la Constitution il y a quelques mois et que la nouvelle version ne prévoit pas une telle procédure. La nouvelle Constitution repose, en effet, sur le principe du "Régime présidentiel exclusif" et ce régime, mis en place pour satisfaire le président, a supprimé toutes les assemblées représentatives, Son Excellence estimant que leur existence n'avait aucun sens puisqu'il était le représentant perpétuel du peuple. Quel besoin avait-on d'autres représentants dont le seul rôle était de se réunir et de tout accepter.

Il se dit ensuite qu'il pourrait appeler le président de la Cour suprême, le ministre de la Défense ou au moins le chef d'état-major mais il n'en fait rien non plus ; il se rappelle que ces fonctions sont toutes aux mains du président qui, en vertu de la nouvelle Constitution, est le premier juge du pays et le chef des armées – il n'était pas acceptable en effet que l'argent du peuple soit dépensé pour créer des postes supplémentaires qui relevaient de ses pouvoirs en tant que président du pays.

Après maintes délibérations avec lui-même, il lui semble tout à fait évident qu'il n'a pas à s'occuper de la relève de Djamel Hamidi et doit seulement avertir le chef du gouvernement de sa mort. Quant à la question de la succession, il s'imagine qu'elle est déjà prévue depuis longtemps de l'autre côté de la mer. Elle est même sans doute bouclée depuis le jour où Djamel Hamidi a pris ses fonctions, il y a vingt ans maintenant.

Il décroche le téléphone et compose le numéro du chef du gouvernement mais s'arrête net après avoir inscrit les deux premiers chiffres.

Il pousse un soupir d'agacement. Que diable ! Il s'en remet à Dieu et s'efforce de recomposer le numéro mais, cette fois, rien. "Seigneur ! s'écrie-t-il. Comment se fait-il que je n'arrive pas à lire les chiffres ?" Il regarde à nouveau son téléphone, les chiffres lui font l'impression de symboles qu'il voit pour la première fois. Une langue inconnue.

Il remarque qu'il n'est pas non plus en mesure de lire les lettres figurant sur le clavier de son ordinateur, ni aucun mot de l'éloge funèbre qu'il a lui-même rédigé. Troublé, il sort de son bureau pour aller dans le parc du palais, peut-être que prendre l'air va l'apaiser et lui rendre sa capacité de lire.

C'est ce qu'il se dit et ce qu'il fait.

Mais, au bout d'une heure dans les jardins, il constate qu'il n'a rien récupéré. Il a seulement perdu un temps dont il ne dispose pas, en attendant une chose qui ne se produira pas. Il n'a pas retrouvé la faculté de lire, ses yeux ne reconnaissent toujours pas comme ils le devraient les lettres et les chiffres.

Il décide de composer avec cette infirmité. Ce doit être une question de temps. Ce trouble s'en ira comme il est venu. Et s'il persiste, il verra un médecin. Mais à présent, rien n'est plus urgent et plus inquiétant que la mort de Monsieur le président.

Il s'élance vers son bureau.

En voyant la secrétaire, il lui lance :

— Appelez le bureau du chef du gouvernement et informez-les de la mort de Monsieur le président.

— Le président est mort ? s'écrie la secrétaire en manifestant toute l'incrédulité et la peine qu'elle doit à la mémoire d'un homme qu'elle connaît autant que l'ombre connaît la nuit.

— Il est mort, c'est tout, l'interrompt-il. Dites-leur qu'ils doivent rendre la nouvelle publique. Pour les funérailles de Son Excellence, je vais vous dicter ce qu'ils doivent faire. Prenez note.

Il se met à lui dicter ce qu'elle doit dire au téléphone, très scrupuleusement. Quand elle finit de noter, il lui hurle :

— Qu'est-ce que vous attendez ? Appelez !

Elle s'empresse de faire ce qu'il ordonne.

Elle compose le numéro et demande à parler au chef du gouvernement en personne pour une affaire urgente mais, quand elle se met à scruter ses notes pour reprendre ce que le directeur du protocole lui a dicté, elle a un mouvement d'arrêt, ses yeux restent fixés sur son carnet comme si elle lisait quelque chose de complètement inattendu, qu'elle n'avait pas elle-même écrit un instant plus tôt.

Il lui crie à nouveau dessus :

— Qu'est-ce qui vous arrive, idiote ? Monsieur le chef du gouvernement doit être en ligne, j'entends sa voix d'ici.

Elle ne répond pas. Elle continue à fixer le carnet, l'air ahuri.

— Qu'est-ce qu'il y a ? lui demande-t-il. Parlez.

— Je n'arrive pas à lire… je n'y arrive plus, répond-elle d'une voix faible et inquiète, sans lever les yeux de ses notes. Je n'arrive pas à lire. Je n'y arrive pas.

Elle répète cette même phrase, exactement comme son collègue dans le bureau voisin et comme la crie un autre dans un bureau un peu plus loin.

Au bout d'une heure à peine, c'est la phrase la plus utilisée aux quatre coins du territoire national. Au coucher du soleil, tout le monde dans le pays l'a prononcée.

Le hasard veut que la première personne à l'avoir proférée, la veille, en se mettant au lit, soit un certain Saïd Dib. Cet homme qui a pour seule compagnie du soir un livre dont il a l'habitude de lire quelques passages après s'être allongé sur son lit et avoir mis sa tête sur l'oreiller. Hier, il n'est pas plus parvenu à lire son livre qu'à trouver le sommeil, et a passé la nuit à boire à la santé de son tout nouvel illettrisme.

Aussi se réveille-t-il à une heure tardive, la tête lourde et les yeux chassieux.

Il se regarde et sourit amèrement. Sans faire attention, il s'est endormi tout habillé.

3

Saïd Dib grommelle, il vient de se réveiller et essaye de se mettre debout. Il a les yeux rivés sur la photo de sa table de chevet où on le voit en uniforme militaire avec une femme d'une cinquantaine d'années, qui le tient par le bras et sourit, très digne.

“Tu vois ? J'ai encore pas respecté la promesse que je t'ai faite, ma douce.”

Il rit et ajoute :

“Tu n'avais qu'à pas partir avant moi. Si tu avais été là, je n'aurais pas bu une goutte hier, et je ne me serais certainement pas permis de fumer dans notre chambre.”

Il se penche, au moment où ses pieds touchent le sol, et ramasse une bouteille de whisky et un cendrier débordant de mégots. Il les porte jusqu'au balcon où il les pose.

Il reste debout sur le balcon qui donne sur la rue du Docteur-Saadane. Il passe plusieurs minutes à scruter le Palais du gouvernement, il observe ceux qui y entrent ou en sortent.

Son visage semble figé, son regard est vide. Soudain, il se dirige vers la salle de bains. Il fait sa toilette et se rase avant de mettre des habits propres. Il va dans la cuisine.

Quand il a fini de préparer le café, il sert deux tasses et s'assied à une table qui, avec ses deux chaises, trône au milieu de la cuisine. Il pose une tasse devant lui et laisse l'autre sur le plateau, tout près.

Dans un murmure, il lâche :

"On n'a pas besoin de se saouler. Toi parce que tu es morte, moi parce que le toubib m'a interdit de boire."

Il sourit en regardant dans la direction de l'autre chaise, comme si quelqu'un y était assis.

"Au fait... je t'ai pas raconté ce qui m'est arrivé hier. Si tu avais été encore en vie, tu aurais été en train de dormir à cette heure-là. C'est pour ça qu'il faut que je te raconte, je suppose que tu n'as pas changé d'habitudes, même au Ciel. Je suis sûr que tu dormais quand c'est arrivé."

Il prend quelques gorgées de café et allume une cigarette.

"Je sais que tu n'aimes pas que je fume à l'intérieur, dit-il en soufflant la fumée par la bouche. Ça passe, allez ! La fumée va pas te tuer, de toute manière. On ne meurt pas deux fois, que je sache."

Il se force à rire puis prend une deuxième bouffée et poursuit :

"Tu vas jamais croire ce qui m'est arrivé hier. Mon téléphone a enfin sonné. Comme ça, sans prévenir, il s'est mis à sonner après dix ans de silence total. Je comprends tout à fait que personne ne s'intéresse à un type qui a été mis à la retraite, mais que mon téléphone devienne totalement muet dès l'instant que j'arrête de travailler... c'est insupportable. Tu te souviens comme il sonnait en permanence. « Allo ! Je vous en supplie, je suis dans le pétrin, personne ne peut me tirer d'affaire. » « Allo. J'ai besoin de vos relations. C'est une question de vie ou de mort. » « Allo, vous êtes le seul à pouvoir intervenir dans ma situation. » Et maintenant, rien. Tous ceux à qui j'ai rendu service m'ont oublié, il a suffi que je prenne ma retraite. Monde abject, ingrat !"

Il se tait un instant, regarde en direction de la chaise près de lui. Il sourit et continue :

"Même morte, tu me fais des reproches ? De toute manière, il est trop tard pour regretter quoi que ce soit. Tu le sais, avec mon travail je ne pouvais pas avoir d'enfants. Bien sûr, si j'en avais eu, je ne me plaindrais pas, mon téléphone sonnerait plus souvent. Oublions ça... Mon téléphone a donc sonné et tu ne devineras jamais qui m'appelait."

Il se tait à nouveau, comme s'il écoutait quelqu'un.

"Non, pas du tout. La mort ne te réussit pas, dis-moi. Depuis quand les morts peuvent-ils téléphoner aux vivants ? L'Homme-Minuscule est mort ! Il ne peut pas m'appeler. J'aurais cru qu'étant là-bas, tu aurais été au courant, pour son décès. Ne me dis pas que vous êtes coupés du monde. Ce serait une catastrophe si ce qui se passe sur Terre n'était pas audible du Ciel... Non non non, je t'écoute."

Il sirote à nouveau son café puis :

"Bref, mon téléphone sonne et là j'entends la voix du directeur du protocole. Tu vois qui je veux dire ? Je t'en ai parlé il y a plusieurs années. Un chien. L'Homme-Minuscule l'a recueilli et l'a introduit au palais présidentiel pour qu'il lui répète tout ce qui se passait. Il m'a appelé pour me demander un service, trois fois rien, en échange de quoi il me rendra le service du siècle. Je vais enfin rencontrer le président et, qui sait ? Peut-être qu'il réexaminera mon cas. Maintenant que l'Homme-Minuscule est parti..."

Il va ajouter quelque chose quand il entend frapper des coups forts à la porte. Il se précipite pour ouvrir, avec appréhension. Personne ne s'est présenté devant cette porte depuis sacrément longtemps.

Il n'en croit pas ses oreilles quand il ouvre et entend un homme lui dire en le voyant :

— Mes respects, mon colonel. La patrie a besoin de vous.

Il y a dix ans qu'on ne l'a pas appelé "colonel". Et il y a un bon bout de temps que personne ne lui a fait le salut militaire.

Il sourit mais n'en revient toujours pas, il est même sur ses gardes. Il se méfie de ce visiteur. Prudemment, il lui dit :

— Vous voulez sans doute dire "sergent Saïd Dib". Il n'y a pas de colonel répondant à ce nom ici. D'ailleurs, je vous signale qu'il n'existe plus de colonel dans notre glorieuse armée depuis que Monsieur le président a, dans sa grande perspicacité, rabaissé l'ensemble des grades militaires. J'ai l'honneur d'avoir reçu de ses mains le plus haut grade de la nouvelle hiérarchie militaire, et je remercie Dieu de m'avoir permis de faire valoir mes droits à la retraite au rang de simple sergent au service du président.

L'affaire remontait à plusieurs années. Après deux mandats passés à la présidence, Djamel Hamidi a eu l'impression, fondée, de ne plus intéresser les médias. Sans les quelques discours qu'il continuait à faire, par-ci par-là et par habitude, plus personne ne se serait rappelé son existence. Un jour, il s'en est inquiété auprès de son directeur du protocole. Les deux hommes étaient liés par une intimité dont l'auteur de ce roman se refuse, par bienséance, à exposer les motifs. En tout cas, la nature de cette relation avait permis à cet employé d'occuper une place de choix dans le cœur de Son Excellence, une place qui n'avait rien à envier à celle d'Aïcha Larelaxe dans le cœur de l'Homme-aux-Médailles dans le rêve du président. Même si la chose pourra sembler répugnante aux yeux de certains – pour des raisons religieuses entendables ou au nom de la conformité sociale qui parvient à imposer de la pudeur aux plus impudiques –, force est de dire que la nature produit ce qu'elle veut, où elle veut et comme elle l'entend, indifférente en cela aux répugnances et aux dégoûts des uns et des autres.

Laissons là les penchants sexuels du directeur du protocole et autres broutilles (qu'il vaut mieux garder dans l'ombre où elles se déroulaient en secret), mais notons que Djamel Hamidi ne consultait pas son subordonné en raison de leurs liens équivoques à plus d'un titre, mais parce qu'il avait une confiance inébranlable en cet employé qu'il avait promu du poste de cendrier présidentiel à celui d'honorable directeur du protocole, dans la mesure où leurs liens n'étaient pas sans lui rappeler ceux qu'il avait lui-même avec l'Homme-Minuscule : un mélange de crainte, de gratitude et d'une loyauté incomparable. Seule différence, la gratitude du directeur du protocole était en plus teintée de sentiments quasi amoureux.

Et c'est cet amour, si particulier, qui inspirait les conseils du directeur du protocole, conseils qui, pour la plupart, ont si bien été enfoncés dans la tête des gens du peuple qu'ils y sont restés plantés à jamais. Abaisser les grades de l'ensemble des militaires a sans doute été son plus grand chef-d'œuvre, collecté avec l'ensemble de ses autres suggestions par l'Historien officiel dans un livre drolatique intitulé *La Guerre de l'uniforme, ou le Combat héroïque de Monsieur le Président contre la corruption et la déliquescence*, une anthologie de tout ce que Djamel Hamidi a pu accomplir (ou non) durant la période, bénie soit-elle, où il a été au pouvoir.

Mais revenons à notre colonel. Il vient de mettre les choses au point à propos de son grade et l'homme debout dans l'encadrement de la porte lui répond, avec sérieux et calme, sans que son visage ne trahisse la moindre expression :

— J'en ai conscience mon colonel, mais la situation est alarmante. Vous devez me suivre. Tout ce que je suis en mesure de vous dire à présent, c'est que Monsieur le président n'est plus, et que le chef du gouvernement a disparu. Nous ne parvenons pas à entrer en contact avec lui et vous savez, monsieur, ce qui peut advenir d'un pays en cas de vacance totale du pouvoir. La situation risque de devenir incontrôlable.

— Il est mort ?

— Oui. D'après les informations transmises par sa garde personnelle, il est décédé ce matin même, ainsi que sa femme.

— Mais qui êtes-vous ? demande le colonel qui a retrouvé quelque chose de son charisme passé.

— Je suis capitaine, mon commandant, mis à la retraite au grade de simple soldat.

Le colonel Saïd Dib n'aurait jamais imaginé qu'il vivrait assez longtemps pour voir la mort du président. Une telle nouvelle devrait le faire danser de joie. Peut-être devrait-il sonner le rappel de ses camarades officiers à la retraite pour les inviter à aller pisser et cracher ensemble sur la tombe de Djamel Hamidi.

Pourtant, cette annonce ne le réjouit pas autant qu'elle le devrait. Il n'a même pas eu un sourire quand la formidable nouvelle a passé le seuil de ses oreilles. Il se contente de demander à l'homme à la porte de l'attendre un instant, il entre dans sa chambre et en sort cinq minutes plus tard. Entre-temps, il s'est changé, revêtant son uniforme, gardé en souvenir ; il attrape une mallette en cuir dans laquelle il place un crayon, un carnet et le livre qui est posé au bord du lit. Autant d'objets insignifiants dans un monde qui ne sait plus ni lire ni écrire, mais l'habitude l'emporte parfois sur la raison… Le colonel Saïd Dib ne sortait jamais de chez lui, à l'époque où il était en exercice, sans une mallette avec un carnet et un crayon. Pour ce qui est du livre, il s'agit d'une habitude plus récente, contractée depuis qu'il a été mis à l'écart : sa défunte femme pensait, en effet, que la lecture était la seule chose qui pourrait l'aider à arrêter de se plaindre après qu'il eut été dégradé et mis à la retraite, lui qui aurait pu devenir ministre de la Défense quelques jours plus tard, et qui serait ainsi entré dans le cercle des demi-dieux et se serait retrouvé à la table de l'Homme-Minuscule.

Pour lui clouer le bec et l'occuper à autre chose que son triste sort, elle a eu l'idée de lui offrir un livre par mois, mais ne lui en a offert qu'un seul au final. Et lui est tombé amoureux de ce livre, au point d'en reprendre la lecture à chaque fois qu'il le terminait – ce qu'il a fait sans relâche et sans se lasser, dix années durant. Contrairement à ce que préférerait l'Absurde et à ce que la Chance proposerait, le colonel ne ressemble à aucun des personnages du rêve de Djamel Hamidi. Il ne ressemble d'ailleurs à aucun autre militaire. C'est peut-être pour cette raison que sa défunte femme lui a offert quelque chose à lire, car il faut bien avouer que jamais (ni en rêve ni en réalité) un militaire qui respecte son uniforme n'a tenu un livre entre ses mains, et encore moins relu le même ouvrage sans relâche pendant dix ans, comme l'a fait le colonel Saïd Dib. Il n'est pas exagéré d'affirmer que jamais les militaires ne se seraient aperçus que quelque chose avait disparu dans leur cerveau et qu'ils avaient perdu la capacité de lire s'ils n'avaient pas été confrontés aux conséquences catastrophiques de la propagation du syndrome d'illettrisme acquis. Et comment en irait-il autrement ? Un militaire ne lit pas. Les lettres héritées qui composent leur nom, celles qui servent à écrire leur grade et celles que leurs doigts inscrivent mécaniquement sur les chèques qu'ils remplissent en fin de mois – voilà à quoi se limitent leurs besoins en matière d'écriture et de lecture. Au-delà, rien ne mérite de leur fatiguer les yeux et l'esprit.

Le colonel Dib ne ressemble donc pas aux autres militaires. Il ne ressemble pas non plus aux personnages du rêve de Djamel Hamidi. Même s'il a été, au temps de sa grandeur, un officier influent, voire dangereux, il n'a rien à voir avec l'Homme-aux-Médailles, sauf peut-être qu'il a pu arborer un nombre sensiblement égal de décorations, à l'époque où il était général, avant que le président ne décide de le rétrograder au rang de colonel, puis de sergent pour le mettre à la retraite.

Il n'a pas non plus le ventre énorme de l'Homme-aux-Nombreuses-Médailles, ni son amour des prostituées. Pas non plus son passé militaire trafiqué. C'est un bel homme, au corps athlétique et peu marqué par l'âge. Toute sa vie, il est resté fidèle à sa défunte femme qui l'a aimé d'un amour constant, qu'il ait été général, colonel ou simple sergent. Un cas à part, dont on est en droit de se demander comment il peut se produire dans le réel. Parfois, l'Absurde se retourne contre lui-même et crée des situations dignes du paradis, comme en faisant exister un homme qui se hisse à un poste redoutable sans avoir eu à porter atteinte à son honneur ou à l'honneur de quiconque, qui arbore une foule de médailles et de décorations sans avoir écrasé personne.

En moins d'une demi-heure, le colonel se retrouve dans une bâtisse énorme protégée par des blindés et des milliers de soldats armés. Un périmètre de sécurité interdit aux manifestants, saboteurs, criminels ou à toute personne cherchant asile ou protection de s'approcher de moins de cinq kilomètres. Le colonel est monté dans une voiture blindée et a été placé sous la surveillance de deux soldats en armes, qui lui ont passé un gilet pare-balle dès sa sortie de chez lui. La voiture a démarré, escortée par deux chars et plusieurs voitures toutes semblables à celle dans laquelle il est monté, afin de brouiller les pistes.

À sa descente de voiture, il est rapidement conduit dans une grande salle. Là il se retrouve en présence d'officiers avec lesquels il n'a jamais été en relation par le passé. Il n'en reconnaît qu'un seul, qu'il a aidé à se tirer d'une sale affaire qui a failli compromettre sa carrière militaire : il avait mis enceinte une fille mineure qui s'était débarrassée de l'enfant (un garçon nommé Salim Ghachi) dans la première rue où elle s'était retrouvée en sortant de la maternité.

4

Indépendamment de son nez épaté, terminé par deux énormes narines débordant d'une broussaille de poils, Salim Ghachi ressemble à un chameau. Dromadaire... Chameau... Difficile à dire. Ghachi est en effet né bossu, et quand on le voit pour la première fois, on jurerait même qu'il a deux bosses. Erreur pardonnable, mais erreur tout de même, puisque le dos de Salim plie en réalité sous une seule bosse mais à deux têtes, la première étant située au niveau de ses omoplates et la seconde très exactement dix centimètres plus bas.

Même si cette difformité aurait pu suffire, les gens l'ont très tôt comparé à un chameau en raison d'un acharnement plus général de la nature qui l'a mis au monde en l'affublant, de surcroît, de lèvres fendues en deux, dont l'un des deux côtés pend beaucoup plus que l'autre. Salim a donc été surnommé Salem J'mel (Salem Le Chameau) dans le Quartier. Et *Salem*, plutôt que *Salim*, car il était incapable de prononcer son prénom de manière correcte. En raison de son étrange malformation des lèvres, en effet, tous les mots qu'il essayait d'articuler étaient réduits en bouillie puis projetés de manière tordue, ce qui les rendait difficilement compréhensibles.

Et il faut avouer qu'il porte bien son nom. Salem est un sacré chameau.

Contrairement à l'Historien officiel qui est toujours le même dans le rêve et dans la réalité, égal à lui-même en sa qualité d'être spectral à la mission toujours identique, ce Salem-ci est complètement différent de son homonyme dans le rêve de Djamel Hamidi. Ce n'est ni un officier, ni un simple d'esprit, ni un homme comme les autres. Il est le contraire de tout cela. Quand on fait abstraction de son aspect repoussant, J'mel est quelqu'un d'aimable et de gentil qui suscite la pitié, une pitié qui parvient à faire oublier très vite la répulsion première qu'il inspire. Bien plus, il a une telle facilité à se montrer proche des autres qu'il arrive à se faire irrésistiblement aimer d'eux, un amour qui efface à son tour le sentiment de pitié qui l'a précédé, gommant l'image du monstre sympathique pour la remplacer par celle d'un être angélique, descendu du ciel, digne d'une confiance aveugle. Mais, une fois cette confiance installée, on se rend rapidement compte, et trop tard, que c'est une grave erreur d'accorder à un monstre autre chose que de la crainte.

La Nature, se rendant compte du préjudice qu'elle lui faisait subir, l'a en effet dédommagé en le dotant d'une intelligence perfide et d'une capacité hors du commun à dénicher les imbéciles et les demeurés au grand cœur, pour les faire tomber dans ses combines sans même qu'ils s'en rendent compte. Quand, exceptionnellement, sa victime découvre qu'elle s'est fait escroquer, Salem sait retrouver sa gueule de monstre et l'assumer. Personne n'oserait alors le dénoncer ou lui réclamer son argent.

Et pourtant… il arrive parfois que quelqu'un trouve en lui cette once de courage qui lui donne la force de dénoncer Salem aux autorités, ce qui conduit Le Chameau devant un juge, qui n'a généralement aucune notion de ce que sont des circonstances atténuantes ou une prédisposition génétique au crime, et auquel les manuels de droit n'ont pas appris l'indulgence. C'est précisément ce qui lui arrive aujourd'hui, au moment où il est appelé par son nom et où il s'immobilise debout face à la juge.

— Et voici bien sûr Salim Ghachi, *alias* Salem J'mel, fait la magistrate en lui lançant un regard méprisant. C'est la troisième fois que vous êtes arrêté en un an. Ne me dites pas que vous n'y êtes encore pour rien !

Elle rit et ses deux assesseurs l'imitent. Aucune des autres personnes présentes, par contre, n'ose ouvrir la bouche.

— Racontez-moi ce qui s'est passé, sans mentir. Nous savons tous les deux que vous l'avez fait mais… qui sait ? Peut-être que je suis dans un bon jour, et que je vous mettrais du sursis.

Ses assesseurs sourient, ils semblent ne pas croire qu'elle puisse être dans un bon jour ou se montrer indulgente.

— Vous comptez parler aujourd'hui ou attendre en prison pendant un mois, le temps de trouver quoi dire ? Je peux reporter cette audience si vous avez besoin de réfléchir.

— Je vais parler mais je suis…

— … mais vous êtes innocent, l'interrompt-elle. C'est moi qui ne comprends pas le contexte de l'affaire… Je sais tout cela, mais on était d'accord pour ne pas mentir.

Il enfonce sa tête dans les épaules et elle poursuit :

— Disons que vous avez avoué. Vous avez avoué, n'est-ce pas ? Je crois bien que c'est ce que vous avez fait.

Elle regarde en direction du procureur de la République, avant d'ajouter :

— Vous voyez, ce n'était pas si compliqué. Je peux prononcer mon jugement maintenant.

Salem crie soudain :

— Je n'ai rien avoué du tout. Tout ce que j'ai dit, c'est que j'étais innocent.

— Vous sous-entendez que je mens, alors. Toutes les personnes ici présentes mentent également. Et vous êtes le seul à dire la vérité.

Elle lance un éclat de rire tonitruant puis ajoute en désignant une pile de dossiers devant elle :

— Regardez ça. Cent soixante-dix affaires qui doivent être traitées avant 17 heures, et la vôtre n'est que la première de la journée. Je vous assure que je ne resterai pas ici une minute au-delà de 17 heures. Par conséquent, j'ai la certitude que vous avez tout avoué, et que je n'ai plus qu'à rendre mon jugement. Qu'en dites-vous ?

— Non. Je n'ai rien avoué.

— D'accord. Je vous revois dans un mois. Et je peux vous assurer que je ne serai pas dans un bon jour.

Elle rit à nouveau et fait signe au policier de conduire l'accusé au sous-sol, là où sont retenus les prévenus, pour qu'il soit ensuite ramené en prison en attendant sa prochaine comparution, un mois plus tard.

Le déroulement de cette audience pourra paraître absurde et même invraisemblable à certains, mais ce n'est rien comparé à ce que les gens ont l'habitude de vivre dans les tribunaux de ce pays. Quand Djamel Hamidi s'est retrouvé au pouvoir, il y a vingt ans, il a décidé de réformer et de moderniser l'institution judiciaire, transformant, en un an, une justice inégalitaire, qui broyait les plus faibles, en un système répondant à la devise "La justice pour tous", autrement dit en une institution qui broie toute personne, tous milieux sociaux confondus, que le hasard et la malchance font entrer dans un tribunal. Salem J'mel connaît bien ce genre de situations. C'est un habitué. L'air incrédule qu'il a devant la juge puis en sortant de la salle d'audience relève d'un rôle qu'il joue à chaque fois qu'il se fait arrêter ou qu'il comparaît à un tribunal. Au cas où… Sa mascarade pourrait marcher, un jour ! De toute façon, il ne perd rien à essayer.

À sa grande surprise (non feinte, par contre), il n'a pas à attendre plus d'une demi-heure dans la cellule du tribunal.

"Même pour cette juge, on bat tous les records là. Cent soixante-dix affaires en une demi-heure. Waouh", se dit-il. Les prévenus qui reviennent de la salle d'audience rouspètent. On les entasse dans la cellule où il se trouve et dans celle d'à côté. Elles sont cinq en tout. Elles ont une capacité maximale de cent personnes mais les policiers qui s'en occupent arrivent, en s'y prenant de mille manières, à y faire tenir le double.

Quand ils sont au complet, ils sont conduits en rang vers les fourgons qui doivent les transporter en prison.

Salem s'arrange pour se mettre en tête afin de trouver une place assise dans le fourgon carcéral. Il veut pouvoir regarder la route, c'est la dernière fois qu'il aura l'occasion de voir la lumière du jour avant de se retrouver coincé dans une pièce sans fenêtres pendant tout un long mois.

— Crime ou délit ? lui demande l'homme debout derrière lui.

Il se retourne, tout sourire, sans répondre puis murmure quelque chose que le type n'entend pas. Il lui répète :

— Crime ou délit ?

La voix se faisant plus pressante cette fois, Salem se tourne et lâche :

— J'ai été retrouvé au lit avec ta chienne de mère, pendant que ta sœur nous regardait.

L'homme, le visage rouge de colère, va dire quelque chose mais Salem le prend de vitesse :

— C'était peut-être même toi qui étais là, et pas ta sœur. Sincèrement je ne suis pas sûr. Je vous confonds. C'est pas mal en même temps, comme ça au moins je ne me sentirai pas trop seul en prison.

Il passe alors sa langue sur ses lèvres monstrueuses et plante son regard dans les yeux de l'autre jusqu'à ce qu'il baisse la tête en faisant semblant de ne pas avoir entendu. Salem l'interroge aussitôt :

— Qu'est-ce qui s'est passé dans la salle ?

— Quelle salle ? demande le bonhomme qui a retrouvé sa couleur normale.

— La salle d'audience. Il a dû se passer quelque chose pour que vous reveniez tous au bout d'une demi-heure.

— Sincèrement, je n'en sais rien. Tout se passait normalement. Ils ont appelé un prévenu, je crois pour une affaire de viol. Et quand la juge a voulu lire le rapport de police, elle a bloqué, son visage s'est décomposé. Alors, l'un de ses assesseurs lui a pris le dossier des mains et a voulu le lire mais il s'est arrêté au premier mot. Il est arrivé la même chose ensuite au deuxième assesseur. La juge et les assesseurs se sont mis à se parler à voix basse et elle a fini par ajourner toutes les affaires.

— Bizarre !

— Plus bizarre encore, ce que m'a raconté un autre prévenu. La juge aurait dit à l'un de ses assesseurs qu'elle n'arrivait pas à lire, et l'autre lui a répondu que lui aussi était incapable de lire le moindre mot.

— Comment ça incapable de lire ?

— Bien sûr, ils savent lire, mais je crois qu'à ce moment-là ils n'arrivaient plus à lire. Comme s'ils avaient tout à coup oublié.

Salem est sur le point de lui dire que c'est un abruti et qu'il faut être débile pour croire à son histoire, mais il remarque que les gardiens et les policiers de l'escorte se parlent à voix basse comme s'il se passait quelque chose de grave. Ils se tiennent à l'écart des prisonniers qui ne sont plus gardés que par deux gardiens, l'un à la tête de la file et l'autre derrière.

Salem est étonné de voir que les portes des trois fourgons qui doivent les emmener en prison restent fermées, alors que tout le monde est là.

"On est tous là. Pourquoi ils traînent ?"

Il connaît bien le protocole pour en avoir fait l'expérience. Normalement, les prévenus se mettent en rang, un policier les compte un par un et, quand il a terminé, compare leur nombre à celui qui est noté sur son papier. Les portes des fourgons sont ensuite ouvertes et, à chaque fois qu'un détenu sort du rang pour monter, le policier placé devant s'assure de son nom. L'opération se poursuit jusqu'à ce que tout le monde soit dans le bus. Le policier signe un papier confirmant qu'il a réceptionné le bon nombre de détenus et qu'il a vérifié leur identité, puis les portes se ferment et les fourgons démarrent, direction la prison.

Il a des doutes, l'histoire de cet abruti n'est peut-être pas fausse. Et si la perte de la lecture s'est répandue aussi parmi ses geôliers, cela signifie qu'ils ne sont plus capables de contrôler le nombre des détenus et de lire leur nom comme ils sont censés le faire. Il se trouve ridicule, il faut vraiment être niais pour croire de telles bêtises, mais là il entend un des gardiens dire une phrase magique : "Je n'arrive pas à lire." Il a très exactement dit : "Je ne pourrai pas confirmer que j'ai pris en charge tous les détenus. Je pourrais les compter bien sûr mais aucun d'entre nous n'est capable de vérifier que c'est le bon nombre. En plus je suis incapable de m'assurer de leur identité. Impossible de signer le document qui dit que je les prends en charge."

Est-il surpris par ce que ses oreilles viennent de saisir au vol ? Oui, bien sûr. Est-il tétanisé à l'idée qu'aucun policier ni aucun gardien ne peut plus lire ? Bien sûr que non. Son esprit supérieur n'est pas du genre à perdre du temps en pensant aux conséquences lointaines de ce qui arrive, et encore moins à s'en faire pour d'autres que lui. Une seule question le préoccupe, qui a germé dans son cerveau et s'y développe à toute vitesse : comment profiter de leurs déboires ? L'existence de Salem J'mel repose intégralement sur les malheurs des autres. Être un escroc, c'est se distinguer de la masse des autres criminels par son intelligence, sa capacité à analyser les victimes et à retourner toute situation à son avantage. Et c'est précisément ce qu'il décide de faire quand il se rend compte que personne ne pourra affirmer de manière certaine s'il doit être incarcéré. Il est vrai que son nom figure sur leurs papiers et que l'administration a un dossier correspondant à son affaire, mais personne n'est en mesure de lire son nom ni de trouver son dossier parmi tous les autres.

Il demande à l'homme derrière lui d'échanger leur place, ce qu'il accepte. Il fait ensuite la même demande à celui qui se retrouve derrière lui, et prend sa place. Il répète l'opération et finit par reculer tout au bout du rang. Entre les escaliers qui mènent au hall du tribunal et lui, il n'y a plus qu'un policier, seul, debout à l'arrière de la file. Salem réfléchit, il cherche une manière de l'éviter ou de s'en débarrasser.

5

Si Le Chameau est si pressé de s'échapper, c'est qu'il a donné rendez-vous à une femme nommée (ainsi en a voulu le hasard et en a décidé l'Absurde) Aïcha Larelaxe. Une femme qui ressemble, par bien des aspects, à son homonyme que Djamel Hamidi a pu voir en rêve avant d'être emporté dans les bras de la mort. Par contre, cette Aïcha-ci ne partage ni les ambitions de son double, ni son aptitude à rendre les hommes heureux. Salem l'a revue par hasard quelques heures avant d'être arrêté pour avoir escroqué un aveugle sénile en lui vendant, pour son anniversaire, un chat écorché à la place d'un lapin sauvage.

En vérité, Salem a eu pitié de ce pauvre vieux et ne lui a pris que la moitié de la somme prévue, remettant pour d'évidentes raisons humanitaires le payement du reste de la somme à la semaine suivante. Mais voilà, il faut bien convenir que nous ne sommes pas toujours récompensés pour nos bonnes actions : l'aveugle était en train de déguster son lapin grillé quand quelque chose lui est soudain resté coincé en travers de la gorge. Il en serait mort si le hasard n'avait pas fait passer devant sa porte un de ses voisins qui portait (par hasard aussi, ou par décret de l'Absurde) le nom d'Ahmed Slougui. Ce dernier est parvenu à fracturer la serrure pour lui porter secours, sans quoi il serait mort étouffé par une canine coincée dans sa gorge et oubliée par Salem au moment où il avait arraché les dents et les griffes de l'animal, après l'avoir dépecé et vidé. Son client avait été clair : "Il me le faut entier, pas un seul morceau ne doit manquer, c'est la prescription." Il l'avait, en outre, invité à se joindre à lui pour le dîner, mais Salem avait décliné avec élégance et lui avait souhaité bon appétit.

C'est donc par malchance que l'aveugle s'en est tiré et que Le Chameau s'est retrouvé avec une affaire d'escroquerie sur le dos. Au moment où il a été arrêté, il a regretté principalement deux choses : il ne récupérerait sans doute pas le reste du prix du chat, et il ne pourrait pas retrouver Aïcha Larelaxe, après une séparation de cinq terribles années, qu'elle avait passées à l'étranger.

À dire vrai, Salem a mesuré à quel point ces années avaient été rudes quand il l'a revue par hasard ce jour-là. Son visage était desséché, son corps s'était tellement empâté que sa poitrine et ses fesses n'offraient plus aucun relief. Son derrière n'était plus qu'un vague et gentil souvenir de ce corps qui, naguère, foudroyait les hommes.

Le jour où ils se sont revus, elle lui a dit :

— Je sais, j'ai changé. Je ne suis plus comme quand tu m'as connue. Mais je t'aime toujours, malgré ce que tu m'as fait. Tout ce que je veux à présent, c'est savoir si tu m'aimes ou non.

Il a failli lui dire qu'il ne l'aimait pas et qu'il n'avait pas une seule fois pensé à elle durant toutes ces années. Mais, se souvenant à quel point il avait été seul (à cause de son aspect camelin), sans aucune maîtresse, depuis cinq ans, il a préféré ne pas parler trop vite et a gardé le silence. Son regard a alors croisé ses yeux noisette, il s'est senti faiblir et s'est entendu lui dire qu'il l'aimait, qu'il n'avait pas approché une seule femme après elle. C'était la première fois de sa vie qu'il faisait preuve de spontanéité et, par chance, ce ne serait pas la dernière.

Le Chameau a, en effet, agi de nouveau sans réfléchir quand il a été arrêté pour l'affaire du lapin, un peu plus tard : il a immédiatement appelé son vieil ami Ahmed Slougui qui, pour une raison connue par le Ciel seul ou enfouie dans l'âme de l'auteur, ressemblait physiquement et avait un parcours professionnel analogue à l'Ahmed Slougui (Le Limier) du rêve de Djamel Hamidi. Parfois, certaines personnes sont trop encombrantes pour la réalité qui les expulse alors dans le rêve qui, lui-même, s'avérant incapable de les contenir, les confie à l'écrivain qui les malaxe et les travaille de manière à leur faire jouer plusieurs rôles dans une même histoire.

Bien entendu, Le Chameau ne savait pas, en appelant Ahmed Slougui, que c'était lui qui avait sauvé l'aveugle, lui octroyant un jour de vie supplémentaire, qu'il avait commencé en se présentant devant le procureur de la République qui avait, lui-même, fait atterrir Salem J'mel derrière les barreaux.

"J'ai besoin de toi, je suis dans de sales draps", lui a-t-il lancé sans préambule, faisant ainsi parler, pour la deuxième fois de sa vie, la vérité. Quelques minutes plus tard, Ahmed Slougui le retrouvait à Cavaignac – il s'était dit que Salem y avait probablement été conduit s'il avait été arrêté du côté de la rue de Tanger. Parmi les commissariats proches, c'était en effet le seul qui avait des cellules assez grandes pour garder des prévenus en attendant leur procès.

— Tu es mal barré, a dit Ahmed à Salem qui était derrière les barreaux d'une cellule pleine à craquer d'êtres humains.

— Je m'en doutais, et je ne croyais pas avoir besoin d'un animal comme toi pour me l'apprendre.

Ahmed a ri avant d'ajouter :

— Pas étonnant que la bêtise adore te monter dessus, t'es vraiment un âne. Qu'est-ce qui t'a pris de vendre un chat en le faisant passer pour un lapin ?

— Je lui ai rien vendu, à ce type. Il ment, le fils de…

— Arrête !

— Je le jure sur la tête de mon père : je ne lui ai rien vendu, même que je ne l'ai pas vu depuis des mois, ce type.

— Nous savons l'un comme l'autre que tu n'as pas de père. Ta mère t'a eu après avoir baisé avec tous ceux qui croisaient sa trajectoire chaotique. Qui sait ? L'aveugle pourrait être ton géniteur d'ailleurs. Ça pourrait être n'importe qui dans le Quartier. Tu m'appelles tellement souvent, à chaque fois que tu as des ennuis, que je me demande si c'est pas parce que c'est moi ton père.

Salem a ri à son tour avant de répliquer :

— Bien, bien, papa. On fait quoi pour me tirer de là ?

— Rien. Je suis en congé et je suis dans l'incapacité de t'aider cette fois.

— Que Dieu bénisse ton père, mon cher grand-père. Je te jure que c'est la dernière fois.

— Ne jure pas à tort et à travers. Tu sais quoi… c'est moi qui te jure que ce sera la dernière fois.

Il a frappé la paume de ses mains l'une contre l'autre, avant d'ajouter :

— Je me demande quelle vacherie j'ai faite à ma mère pour que ses malédictions m'aient fait tomber sur un type comme toi. Un préfet de police qui s'acoquine avec un chien d'escroc. La bonne blague !

Il a poursuivi, à voix basse :

— Je vais leur demander de prendre soin de toi ici, au moins tu ne dormiras pas avec les cochons (il a désigné les autres prisonniers derrière). Comme d'habitude, je te garantis de passer la nuit dans un bureau et, quand tu auras été jugé, j'appellerai le directeur de la prison.

— Je ne serai pas jugé demain. Je verrai le procureur et il fixera une date d'audience. C'est comme ça que ça se passe.

— Non non. Demain, on est jeudi. C'est le jour de la juge, Dalila. Comme tu le sais, elle adore s'occuper des affaires de vol et d'escroquerie. Pas de chance ! T'es cuit.

Il a lancé un rire retentissant qui a résonné jusqu'à l'extérieur du commissariat.

— Non ! Tu veux dire Dalila Monichon ?

— Elle-même. Ça va être l'audience la plus rapide de ta carrière, et qui se terminera à coup sûr par la peine maximale. Que tu avoues ou non, on sait qu'elle n'en a rien à faire.

Il a ri à s'en étrangler, avant d'ajouter :

— Le prends pas mal, mais j'aimerais être là quand elle prononcera le jugement en disant : “En souvenir de mon nichon, tu vas en prendre pour cinq ans.” Tu savais qu'elle s'est fait amputer d'un sein à cause d'un vol à la sauvette ? Le voleur lui a planté son couteau dans la poitrine quand elle a essayé de lui résister et, depuis ce jour-là, elle ne s'intéresse plus qu'aux affaires qui ont plus ou moins trait au vol… et elle ne prononce jamais de peine inférieure à cinq ans. Tu es dans une merde noire cette fois.

Comme promis, Salem a passé la nuit dans le bureau d'un officier et, quand il est arrivé au tribunal, un policier est venu lui dire que c'était un homme d'Ahmed Slougui et qu'il se tenait à sa disposition, lui apportant même le déjeuner et lui détachant les poignets (contrairement aux autres prévenus). Il ne l'a pas quitté un instant, jusqu'à ce qu'il entre dans la salle d'audience. Il l'a même retrouvé en ressortant et c'est lui, ce policier justement, qui se tient debout, derrière la rangée de prisonniers qui attendent qu'on les fasse monter dans les fourgons pour être transportés en prison. Quand il le voit, Salem entre en transe.

Il attend que les regards se détournent puis il se détache du rang. Le policier le regarde sans le voir. Quelques instants et le voilà libre à nouveau.

Ce n'est pas une évasion, c'est une blague. Un lieu plein à craquer de policiers, et un détenu qui s'échappe sans plan préconçu et sans que personne s'aperçoive de sa fuite. Même quand on décide de faire monter tous les détenus dans les fourgons pénitentiaires sans contrôler leur identité, nul ne s'aperçoit qu'un d'entre eux manque à l'appel. De toute façon, si quelqu'un s'en rendait compte, il serait incapable d'identifier le fugitif puisque personne n'est en mesure de lire la liste des prévenus. Plus personne ne sait lire.

Au moment où Salem se met à fouler les trottoirs d'une liberté retrouvée, le directeur du protocole arrive enfin à la résidence de Monsieur le président. Il vient de passer plusieurs heures à chercher un chauffeur de taxi qui connaît le trajet et n'a pas besoin de lire les panneaux pour se rendre à la résidence du président ou au Palais du gouvernement. La chance lui sourit enfin, il trouve deux taxis, monte dans le premier et envoie l'autre au chef du gouvernement pour l'amener à la résidence du président. De toute façon, il n'y a aucune manière de le joindre (ni de joindre quiconque d'ailleurs), plus personne n'est en mesure de composer un numéro de téléphone ou d'écrire un message pour lui apprendre la mort de Son Excellence.

Il n'en croit pas ses yeux, les portes de la résidence sont laissées sans surveillance, grandes ouvertes. Le char qu'on voit généralement devant l'entrée a disparu, de même que les statues en bronze et en or qui décoraient les jardins de Son Excellence. La fontaine principale, celle en marbre de Sicile, a été dépouillée de son marbre, ne reste qu'une mare d'eau qui s'étend jusqu'au seuil du palais.

Cette consternation n'est rien en comparaison de ce qu'il éprouve une fois dedans. On dirait une porcherie. De mauvaise foi, il regrette de ne pas être mort et de devoir assister à ce spectacle affligeant. Justement, il passe à deux doigts de la mort quand il glisse mais, d'un geste réflexe, le chauffeur de taxi qui l'accompagne l'empêche de se casser le cou.

Il hurle hors de lui :

— Sacré nom de nom ! C'est quoi ça ? De l'urine ? Les gredins ne se sont pas contentés de piller le palais. Ils ont uriné par terre avant de s'en aller.

Il se met à vociférer un chapelet d'insultes que la Vulgarité invente pour l'occasion, pendant que le chauffeur sourit, comme réjoui par ces déboires.

Avec la dévotion d'un croyant qui pousse la porte d'une enceinte sacrée, le directeur du protocole finit par entrer dans la chambre de Monsieur le président, le cœur battant et affligé, les yeux larmoyants, le pas hésitant. Il lève la tête, se prépare à poser les yeux sur un tableau qui vient dix ans trop tôt, puisque son maître n'a même pas passé trois décennies à la tête du pays, contrairement à ses prédécesseurs. Et le voilà, aujourd'hui, fauché par la mort (qu'elle soit cent fois maudite), avant d'avoir pu conduire le pays à bon port.

"La mort est ainsi. Elle fait de nous ce qu'elle veut et quand bon lui semble", se dit-il en entrant dans la chambre. Mais rien ne saurait le préparer à ce qu'il voit alors, même au bout de deux cents ans d'entraînement.

C'est une scène d'horreur, le chauffeur de taxi en vomit. Mieux vaut naître et mourir aveugle, se dit le directeur du protocole, plutôt que de devoir un jour voir une atrocité pareille : Djamel Hamidi, totalement nu.

La Nature renierait sans aucun doute pareil spectacle. Le corps de Djamel Hamidi, offert entièrement au regard, est le plus grand chef-d'œuvre de la laideur. Si l'écrivain n'avait pas pitié de ses lecteurs, il décrirait cette scène de manière à leur faire regretter de ne pas être atteints par le syndrome d'illettrisme acquis qui touche les personnages de cette histoire, et ne plus pouvoir en lire une ligne de plus.

En tout cas, le directeur du protocole parvient à retrouver son impassibilité et s'approche, les yeux fermés, du lit de Djamel et de sa femme, Olga. Comprenant que les voleurs ont emporté jusqu'aux habits les plus intimes du couple présidentiel, il les couvre avec des feuilles de papier qu'il trouve éparpillées par terre. En les ramassant, il s'aperçoit qu'il s'agit de l'hommage funèbre qu'il a préparé pour l'enterrement de l'Homme-Minuscule.

Quand il a fini, il se tourne pour s'adresser au chauffeur, qu'il ne trouve pas. Il est sur le point de l'appeler quand surgit le chef du gouvernement, qui manifeste tous les signes d'affliction convenant à pareilles circonstances.

6

Sans nous appesantir sur les balivernes déversées par le chef du gouvernement, en expression de sa tristesse extrême et de son profond regret au sujet de la mort de Monsieur le président, et sans nous aventurer non plus à décrire ses mimiques et les larmes que la peine de devoir faire ses adieux à Son Excellence lui fait répandre, il faut avouer qu'il s'acquitte du rôle de l'homme effondré avec beaucoup de talent et parvient même à berner le directeur du protocole, pourtant passé maître dans l'art de débusquer les flagorneurs. Il arrive, parfois, que l'élève dépasse le maître. Le directeur du protocole est en effet son parrain depuis qu'il l'a tiré de l'ombre où il traînait son existence.

Le chef du gouvernement contemple Djamel Hamidi et lâche :

— Je n'aurais jamais imaginé que le baiser de la mort embrasserait un jour ce visage.

"Même si j'aurais préféré qu'elle l'ait déchiqueté il y a des années", se dit-il en aparté, avant d'ajouter à voix haute :

— Il pouvait être notre guide pendant des dizaines d'années encore.

Le directeur du protocole opine.

— Vraiment, je n'arrive pas à croire qu'il est mort, insiste le chef du gouvernement.

Mais à nouveau, il se dit en secret : "J'aurais tellement aimé avoir l'occasion de botter son énorme derrière", tout en ajoutant à destination de son interlocuteur :

— J'avais encore beaucoup de choses à apprendre de lui.

Ainsi continue-t-il, pendant un bon moment, à se dire dans sa tête le contraire de ce qu'il exprime à haute voix. Le directeur du protocole finit par l'interrompre.

— Nous devons trouver un moyen pour organiser des funérailles dignes de Son Excellence et de son épouse. Tu as sans doute remarqué que nous avons perdu la faculté de lire et d'écrire, il nous est donc impossible de joindre qui que ce soit pour annoncer la mort du président et lancer des invitations pour ses funérailles. Il est impensable d'enterrer Son Excellence comme ça, juste en présence de nous deux et des fossoyeurs.

Il s'arrête pour pousser un long soupir et ajoute :

— Tu arrives à le concevoir ça, toi ? Saloperie de mort… Saloperie de vie.

Il se met à marmonner des propos auxquels le chef du gouvernement ne comprend pas un traître mot, puis finit par s'adresser à lui de nouveau, l'air plus léger :

— Bon ! Admettons qu'on l'enterre en l'absence de ses homologues présidents et rois… Admettons que ce soit des funérailles sans cérémonies officielles et sans foules qui marchent derrière le cercueil… Disons qu'on s'y prend comme ça et qu'on balance son cadavre dans un trou… Dis-moi, comment faire pour la pierre tombale ? Comment va-t-on marquer sa tombe si on est incapables d'écrire son nom ? À moins qu'on n'accepte aussi de l'enterrer dans une tombe qui restera anonyme… une tombe qu'on ne pourra pas retrouver.

— Et quelle est la solution alors ? interroge le chef du gouvernement en considérant son parrain.

— Je n'en sais absolument rien. Qu'est-ce que tu proposes toi ? Tu es le chef du gouvernement, non ?

Il garde le silence un petit moment, comme réfléchissant, avant de répondre :

— Je crois qu'on doit attendre.

— Très bien, on va attendre. Et que fait-on du corps du président pendant qu'on attend ?

— Ce qu'on fait des autres corps. On le met dans une chambre froide, c'est fait pour ça.

— Premièrement, sombre crétin, son cadavre n'est pas un cadavre comme les autres. Deuxièmement, espèce de petit malin, la chambre froide où tu penses conserver le corps du président n'a-t-elle pas besoin de quelqu'un capable de lire la température de refroidissement pour la modifier en cas de besoin ? Où va-t-on trouver une personne pareille ?

— Crénom de nom. J'y avais pas pensé.

Le directeur du protocole lance un long rire et réplique :

— De toute façon, tu ne penses pas. Et c'est justement parce que tu ne penses pas que tu as été désigné à ce poste. Le plus important, pour l'instant, c'est de trouver un moyen de prouver que le président est bel et bien mort.

— Prouver quoi ? Mais regarde-le… il est mort.

— Chéri, ce que je veux dire, c'est que nous avons besoin qu'un médecin nous rédige un constat de décès. On n'est pas en train de parler d'un vulgaire rat retrouvé crevé dans une cave. Il s'agit du président, du chef de l'État, sombre idiot.

Le chef du gouvernement hoche sa petite tête. Décidément, l'élève est encore loin d'avoir dépassé le maître.

— Il est évident que nous devons commencer par sortir le corps du président et de son épouse de ce cloaque. Demande, s'il te plaît, aux deux chauffeurs de venir nous aider à les porter.

Le chef du gouvernement hésite un instant et finit par lâcher :

— Je crois qu'ils sont partis. En arrivant, j'ai vu ton chauffeur démarrer en trombe, et le mien l'a suivi aussitôt que je suis descendu de voiture.

— Pff. Il faut croire que les ennuis ne sont pas près de s'arrêter. Dis-moi ce qu'on peut faire maintenant.

— Je propose de sortir dans la rue et de réquisitionner la première voiture qui se présentera. Ça ne sera pas compliqué. Je suis, avant et après tout, le chef du gouvernement.

Sur ce, il part en courant sans laisser à son parrain le temps de répondre. Celui-ci est loin de s'en douter, mais c'est la dernière fois qu'il voit s'éloigner son pupille. La version officielle, celle retenue par les livres d'histoire et reprise par les historiens officiels, affirmera que le chef du gouvernement franchit le portail de la résidence présidentielle et arrêta la première voiture qui passait. Il la réquisitionna, abandonnant son chauffeur à un destin inconnu, il roula ensuite jusqu'à une frontière terrestre, qu'il traversa, et entra dans un pays limitrophe d'où il s'envola pour un bienheureux pays ultramarin où il vécut et mourut dans un palais d'été, qu'il avait acheté avec les économies que son salaire de chef du gouvernement lui avait permis de faire.

Cette version amusante, qui mérite d'être retenue par l'Histoire, n'en demeure pas moins un tissu de mensonges. Ce qui se déroule réellement n'a rien à voir avec ce récit. Il est vrai que le chef du gouvernement franchit le portail de la résidence présidentielle, mais il attend au moins une heure avant d'apercevoir au loin un camion bleu rouler dans sa direction. Il se plante alors au milieu de la route en faisant de grands gestes pour attirer l'attention du conducteur.

Avoir trouvé un véhicule où tout le monde pourra tenir le transporte d'aise. Il se dit même qu'il honorera personnellement ce chauffeur, quand les choses rentreront dans l'ordre et que les yeux auront retrouvé la faculté de lire et les doigts celle d'écrire. Il lui rendra hommage lors de son discours d'investiture, car il est déterminé à tout faire pour devenir le prochain président depuis qu'il s'est assuré, de ses propres yeux, de la mort de Djamel Hamidi. Après tout, c'est un gestionnaire hors pair, le meilleur dans le pays, ce qui ne laissera sans doute pas indifférents les maîtres et seigneurs, de l'autre côté de la mer. Pour ce qui est du peuple, il fera tout pour le convaincre qu'il est le président qu'il lui faut. Et puis, pourquoi un peuple qui a accepté des présidents comme ses prédécesseurs le refuserait ?

Quoi qu'il en soit, le chef du gouvernement se plante au beau milieu de la route en faisant de grands gestes. Le chauffeur ralentit dès qu'il le voit. Au moment où il distingue les traits de son visage, il sourit. Il a du mal à le croire mais c'est bien la tête du chef du gouvernement en personne. Le camion s'en approche très lentement. Il est même sur le point de s'arrêter. Un instant, leurs regards se croisent et le chauffeur appuie soudain sur l'accélérateur.

Il pousse un rire tonitruant quand il voit le corps du chef du gouvernement passer sous le camion et ressortir à l'arrière du véhicule en morceaux, dans une bouillie telle qu'il serait difficile de distinguer un bras d'une jambe.

C'est une mort terrible, il n'y en a jamais eu de plus terrible. Le chauffeur du camion en parlera pendant de longues années dans les bars et les restaurants qu'il fréquente : le jour où il a débarrassé le pays de cette ordure de chef du gouvernement qui les méprisait tous comme aucun autre ne l'a fait avant lui. Mais cette histoire ne sortira jamais du cercle de ces quelques bars et restaurants, elle ne sera crue par personne car l'Histoire, comme à son habitude, aura inventé un autre récit.

Loin de ces considérations sur la vérité et le mensonge en histoire, le directeur du protocole continue à espérer le retour du chef du gouvernement. Il continue à chercher des manières d'organiser des funérailles présidentielles dignes de ce nom, de sauver la face pour pouvoir se dire, quand il sera à la retraite, qu'il est fier d'avoir servi le président jusqu'au bout, jusqu'au bout du bout… mais il finit par s'apercevoir que la nuit est en train de tomber et que son disciple n'est toujours pas rentré. Il se donne un petit délai, après quoi il pourra vraiment perdre espoir. Le colonel Saïd Dib en est au même point. Il vient même de basculer dans le désespoir le plus noir. Voilà plusieurs heures qu'il écoute les plans de sortie de crise et de salut public proposés par les officiers rassemblés autour de lui. Il est sur le point de les abandonner quand on lui demande de se joindre à une réunion d'officiers à la retraite dans la salle adjacente.

Les autres lui adressent le salut militaire quand il entre. On l'invite à présider la séance en prenant place dans le siège qui l'attend en bout de table.

Un des hommes présents, le seul habillé en civil, s'adresse à lui :

— Pour commencer, permettez-moi de vous souhaiter la bienvenue en notre nom à tous, mon colonel. Merci d'avoir accepté de vous joindre à cette réunion que je propose de commencer, avant d'entrer dans le vif du sujet, par le vote de quelques points : premièrement l'annulation *de facto* du décret présidentiel relatif à l'abaissement de l'ensemble des grades militaires, deuxièmement la désignation du colonel Saïd Dib comme chef d'état-major et ministre de la Défense.

Tous opinent de la tête, à l'exception du colonel qui garde le silence, ne remuant pas un cil.

— Qui vote pour l'annulation du décret présidentiel relatif à l'abaissement de l'ensemble des grades militaires ?

Tous lèvent la main.

— Le décret est annulé à l'unanimité, annonce l'homme habillé en civil. Passons maintenant au vote pour désigner le colonel Saïd Dib chef d'état-major et ministre de la Défense. Qui vote pour ?

Encore, tous lèvent la main, et l'homme en civil entérine :

— En tant que secrétaire de séance, j'annonce l'ouverture des travaux. Le premier point à aborder concerne les mesures de dissuasion à mettre en place pour restaurer la sécurité et assurer la protection des institutions officielles et…

Il est interrompu par des applaudissements bruyants. L'homme en civil parcourt du regard l'assistance pour savoir qui réagit de la sorte et s'aperçoit que ce n'est autre que le colonel, qui prend la parole. Tous les yeux se tournent vers lui.

— Laissez-moi vous dire que vous avez l'air de gamins qui s'amusent avec un nouveau joujou.

Il se tait. Il promène son regard à travers la salle et esquisse un sourire de mépris à chaque fois qu'il s'attarde sur un des visages présents.

Quand il les sent suffisamment embarrassés, il ajoute :

— Qu'est-ce qui vous prend ? Vous êtes tarés ! Quelques années à la retraite, et vous ne savez déjà plus utiliser la pâte molle qui vous sert de cerveau. Si ce n'était pas le cas, vous vous rendriez compte de la niaiserie de ce que vous êtes en train de faire. Messieurs, tout ceci n'est pas un jeu ! Nous sommes en train de parler d'une nation, pas d'un bout de sol sur Mars, qui n'intéresse personne. Comment vous pouvez annuler un décret présidentiel à main levée, comme ça ? Vous ne voyez pas que vous êtes pieds et mains liés ? Il faut être séniles pour croire que vous êtes en mesure de décider quoi que ce soit. Vous êtes qui ? Même pas des officiers, je vous le rappelle. Pour vous souvenir de qui vous êtes, je vous invite à regarder votre notification de pension de retraite, vous constaterez que le plus gradé d'entre vous est, comme moi-même, vulgaire sergent.

Il se tait à nouveau, conscient que ses mots leur ont enfoncé un couteau dans la gorge et qu'ils sont incapables de dire quoi que ce soit.

Il se lève en posant la main sur sa mallette en cuir. Il a décidé de se tourner vers la porte pour sortir et rentrer à la maison. Quand il amorce son mouvement, il sent une main lui attraper l'avant-bras.

"C'est ta chance. Ne la laisse pas passer, mon chéri."

Il sourit en apercevant le visage de sa défunte femme. Elle est avec lui, juste là. Dans sa tête en tout cas.

Il lève les yeux avant d'ajouter :

— Et puis quoi encore ? Ah ! Des mesures de dissuasion ! Et contre qui s'il vous plaît ? Le peuple ? Le peuple, il crève dehors, messieurs, contrairement à vous. Il n'a pas de chars pour éloigner la mort, il n'a pas de soldats pour le protéger. Et vous voulez dissuader les gens de sauver leur peau ou de faire tout ce qui peut être fait (comme toujours) pour survivre ? Nous savons tous que ce peuple connaît si peu le goût de la vie qu'il est même incapable de rêver d'en avoir une. Tout ce à quoi aspirent les gens dehors, c'est survivre.

Il fait à nouveau silence puis crache par terre en les regardant avec mépris.

— Soyez maudits, vous et vos manières de penser. Je vais vous dire quelque chose… Si l'Homme-Minuscule était encore vivant, il vous filerait à tous un gros coup de pied au cul. Peut-être que c'est ce qu'il faut pour vous faire remonter le sang au cerveau et que ça se remette à fonctionner là-dedans.

Un silence lourd s'installe, ils se regardent les uns les autres. Se sont-ils trompés en le rappelant et en le choisissant comme chef ? C'était la personne la plus proche de l'Homme-Minuscule. Dans l'armée, tous les chefs et les officiers le tenaient pour son héritier.

C'est à ça qu'ils sont tous en train de penser, quand l'un d'eux ose interroger :

— Quoi faire alors, monsieur ?

Le colonel sourit. On dirait qu'il l'attendait, cette question.

Il regarde le visage de sa femme morte. Elle lui semble plus lumineuse.

“Tu vois ! Ça reste des imbéciles qui font les malins. C’est ta chance, mon amour. Mate-les, qu’ils apprennent qui est le maître. Dis-leur ce qu’il faut pour qu’ils comprennent qu’ils ne sont que des suiveurs, des idiots”, lui dit-elle dans sa tête avant de disparaître.

— On s’active les méninges ! Si on y arrive, on se rendra compte qu’on ne peut pas récupérer nos grades si le décret du président mort n’est pas annulé. En faisant fonctionner nos cerveaux encore un peu plus, on s’apercevra que ce décret ne peut être annulé que par un nouveau décret, émanant d’un président vivant.

Il se rassied dans son siège au haut bout de la table et passe en revue leurs visages, le regard implacable.

— Vous allez me demander quel président ? De qui parle-t-on ? Je vous répondrai que son identité ne nous intéresse pas. N’importe qui fera l’affaire. Pourquoi ? Parce que nous n’avons pas besoin, comme vous le savez, d’un président qui détient le pouvoir mais d’un homme qui porte un titre. Nous avons besoin de mettre une marionnette dans le fauteuil de président, et que ce pantin dise tout haut ce qu’on lui souffle tout bas, qui fasse ce qu’on lui dicte. Nous, messieurs, nous ne pouvons pas être présidents car nous sommes des soldats dans un État où le pouvoir est civil en apparence et doit le rester. Pour parler en image, disons que nous sommes le texte et que nous avons besoin d’une jolie couverture pour plaire aux lecteurs. Quel genre de couverture ? Peu importe. Ce qui compte en fin de compte, c’est le texte qu’on leur donnera à lire. Laissez les imbéciles se passionner pour la couverture. Il est même souhaitable de les laisser se passionner pour ça, tant que nous continuons à dicter les mots du livre.

Ils se dévisagent, surpris par la métaphore. Un militaire qui parle de livres ! C'est bizarre, non ? Il ne va quand même pas leur dire qu'ils peuvent faire de la musique avec leurs armes maintenant, ou leur raconter qu'une œuvre d'art ou un ballet de danse, c'est plus beau qu'un corps qui se vide de son sang quand on lui a tiré dessus.

Il ajoute :

— Vous savez que j'étais proche de l'Homme-Minuscule quand il préparait Djamel Hamidi à devenir président. Cette expérience m'a permis de voir toutes ses ruses et comment on manipule une marionnette. C'est pour cette raison que je propose qu'avant toute chose nous nous lancions à la recherche du futur président.

— Comment ? C'est qui ?

Tout le monde marmonne, à part l'homme en civil qui reste impassible.

— Nous n'inventerons rien. Nous suivrons la méthode de l'Homme-Minuscule. Il disait toujours que le peuple ne cherchait pas un président qui règle ses problèmes mais simplement un homme qui lui donne l'illusion de détenir la solution. L'illusion, messieurs ! L'illusion, c'est tout ce dont nous avons besoin. L'Homme-Minuscule a pu faire croire aux gens qu'un gardien d'immeuble détenait la solution du problème de la disparition des portes dans ce pays. Tout ce dont nous avons besoin aujourd'hui, c'est un homme qui leur donne l'illusion qu'il arrivera à leur rendre la faculté de lire et d'écrire. Autrement dit, il nous faut quelqu'un qui sache encore lire et écrire.

— C'est impossible. Personne ne sait plus lire, l'a interrompu un des officiers présents.

— Impossible ! Voilà une réponse d'incapable qui ne veut pas faire fonctionner son cerveau. Moi, mon cerveau me dit que cette personne existe sans aucun doute. Qui ça peut bien être ? Comme vous, je n'en sais rien mais cette personne existe, quelque part, c'est ce que me dit mon cerveau, et il me dit aussi que ce qui nous arrive ne relève pas de la magie, ni d'une malédiction satanique, ni d'un châtiment céleste. Ce n'est rien d'autre qu'une maladie. Une épidémie d'un nouveau genre.

Soudain il s'agite, puis continue :

— Les choses n'arrivent pas comme ça, tout à coup, sans raison. Pour rien, juste parce qu'elles arrivent. Il y a toujours une cause. J'ai passé la journée à y réfléchir puisque, comme tout le monde, je n'arrive plus à lire. Et je suis parvenu à une conclusion qui me semble la seule plausible : c'est une saloperie de maladie, ni plus ni moins, et les médecins pourraient nous en guérir si eux-mêmes retrouvaient l'usage de la lecture et de l'écriture. Pour l'instant ils n'en sont pas capables. On pourrait aussi s'en tirer en contactant d'autres pays pour leur demander de faire travailler leurs scientifiques sur une solution à notre problème, mais là encore c'est impossible dans l'immédiat. Nous sommes isolés et nous ne pouvons pas attendre qu'une solution nous tombe du ciel.

"Considérez la question ainsi : deux hommes qui ne parlent pas la même langue doivent échanger. Peuvent-ils se comprendre alors que chacun des deux ignore la langue de l'autre ? Non, bien sûr. Ils ont besoin d'un traducteur, c'est évident. Voici ce qui se passe dans nos cerveaux : le traducteur est en grève.

Il s'arrête un instant pour les observer. Ils sont manifestement perdus. Il poursuit :

— Quand une image ou un texte se reflètent sur nos rétines, ils sont transmis au cerveau qui doit les traduire et nous permettre de les reconnaître, en tant qu'image, en tant que texte, puis de savoir de quel type d'image il s'agit, de quelles couleurs, et d'identifier l'écriture, en saisir la langue, c'est alors qu'il nous devient possible de décrire l'image ou de lire le texte. Le dysfonctionnement qui est survenu dans nos cerveaux, messieurs, est dû à une panne de traducteur.

— Nous comprenons tout cela mais comment pouvez-vous faire l'hypothèse que quelqu'un ait échappé à cette panne ? demande l'homme en civil, qui a l'air le plus malin du lot, celui qui a le cran de parler en tout cas.

— Je ne saurais pas vous l'expliquer mais il faut bien admettre que la Nature (par son imperfection ou sa mansuétude) dote souvent certains individus de gènes ou de défenses immunitaires singulières, qui leur permettent d'échapper aux épidémies et aux différentes maladies auxquelles ils sont pourtant exposés. Pourquoi cette maladie ferait exception ? Il doit y avoir, quelque part, quelqu'un qui a été épargné par cet illettrisme contagieux, quelqu'un qui peut encore lire et écrire.

"C'est logique !", "C'est sensé !" marmonnent les officiers présents.

— Même si nous trouvons cet individu, nous serons incapables de nous assurer qu'il lit vraiment, rétorque l'un d'eux. N'importe qui peut nous rouler, prétendre qu'il sait lire et écrire. S'il s'y prend bien, nous serons obligés de le croire.

— Nous soumettrons ce candidat à un examen. Il n'y a rien de plus facile. Nous lui demanderons de nous lire quelque chose et, s'il réussit, ce sera l'Élu.

— Alors, nous devons connaître parfaitement bien le texte qu'on lui soumettra. Sauf mon respect, mon colonel, il est de mon devoir de vous rappeler cette amère réalité : aucun d'entre nous ne sait lire ou écrire.

Le colonel sourit de nouveau. Il se penche pour ouvrir sa mallette et en sort un livre qu'il lève en l'air.

— Nul besoin de savoir lire. Je connais parfaitement chacun des mots de ce livre. Il est vrai que je ne le connais pas par cœur, même si je n'ai cessé de le relire depuis dix ans, mais je suis au moins certain du titre. Et c'est ce titre que nous demanderons à notre candidat de lire.

Il les voit dévorés par l'envie de le connaître, ce titre, et il leur lance :

— Naturellement, et afin de garantir l'intégrité de l'opération, je ne vous en communiquerai pas le titre. En revanche, je vous laisse essayer de le déchiffrer par vous-mêmes.

Il éclate de rire en posant le livre sur la table, dont le titre se reflète dans leurs yeux. Aucun d'entre eux ne parvient à articuler le moindre mot, mis à part le colonel dont la petite voix intérieure susurre en secret : *"Pas de lettres pour le colonel."*

7

Au même moment, Salem J'mel (Le Chameau) arrive enfin au domicile d'Aïcha Larelaxe, épuisé par les heures d'une marche à laquelle l'a forcé l'impossibilité de trouver un bus ou un taxi. Il s'est en effet rendu compte, dès sa sortie du tribunal, que le monde qu'il avait quitté la veille, en entrant au commissariat de Cavaignac, n'avait rien à voir avec celui qu'il trouvait en sortant du tribunal. L'illettrisme s'est répandu rapidement et perturbe l'existence de toute la population.

Ce sont le métro et le tramway qui se sont arrêtés en premier, les conducteurs étant dans l'incapacité de lire les indicateurs des tableaux de bord. Les chauffeurs de taxi, incapables de lire leur compteur, ont garé leur voiture. Et, comme les bus ne pouvaient pas accorder l'asile à tous les passagers des autres moyens de transport, tout le monde trottinait et courait pour rentrer à la maison avant la tombée de la nuit.

Ce sont ensuite les banques qui se sont arrêtées. Les gens se sont précipités pour demander leur argent et les employés, incapables de lire quoi que ce soit et donc de s'assurer que ces personnes avaient bel et bien de l'argent en dépôt, se sont gardés de procéder au moindre retrait. Les établissements scolaires et les universités ont été obligés de fermer, de même que l'ensemble des entreprises qui ont renvoyé leurs employés à la maison jusqu'à ce que la situation s'arrange, ceux-ci rejoignaient donc les passagers de bus à l'arrêt et la foule des piétons devenus si nombreux que les trottoirs ne pouvaient plus les contenir.

Les gens auraient pu nourrir l'espoir d'une amélioration de la situation si les avions ne s'étaient pas mis à tomber du ciel. Les tours de contrôle ne pouvaient plus les orienter, ni leur indiquer où atterrir. Au bout de plusieurs heures, ne pouvant plus rester plus longtemps dans les airs, ils ont commencé à s'écraser, faisant des dégâts et des victimes dans des proportions jamais vues.

La panique a été totale quand les chaînes de télévision et de radio ont interrompu leurs programmes, faisant disparaître les experts qui analysent généralement des phénomènes auxquels ils ne comprennent rien. Les légions des nigauds sans visage qui restent plantés devant leur écran d'ordinateur se sont volatilisées – plus de réseaux. Les journaux non plus n'avaient plus aucun sens, dans ce monde qui ne sait pas lire.

C'est au milieu de ce chaos que Le Chameau a marché, avec le seul désir de rejoindre celle qu'il aimait. Et voilà que son rêve enfin se réalise, il est devant la porte de son amour, Aïcha.

"J'y suis, ça y est", se dit-il en entendant son cœur battre la chamade. Il lui semble qu'il fait plus de bruit que les avions qui se fracassent contre les immeubles. Il espère que ces palpitations ne vont pas empêcher Aïcha d'entendre qu'il toque à la porte. Il n'est pas loin de croire à cette bêtise quand il frappe pour la deuxième fois et qu'elle n'ouvre toujours pas. Mais, contredisant cette pensée stupide, Aïcha lui ouvre juste avant que sa main ne touche la porte pour la troisième fois.

Au moment où la porte s'ouvre, Salem se dit qu'il va lui sauter dessus, en la voyant, et la dévorer jusqu'au lever du jour. Peut-être se dit-elle la même chose et qu'elle songe que c'est ce qui arrive généralement à deux amants qui se retrouvent après une longue séparation. Mais voilà, en l'apercevant les cheveux hirsutes et le visage couvert d'une sorte de masque de crème blanche dont elle s'est enduite dans l'espoir de changer de gueule, il est pris d'une immense nostalgie pour ses compagnons de prison. Il regrette de s'être échappé ou, au moins, de ne pas être mort sous un éboulement avant d'arriver.

Pareillement, elle sent son cœur se serrer et son estomac se nouer en le voyant debout devant la porte, il est couvert de poussière et, avec ses cheveux hérissés, il a moins l'air d'un chameau que d'un monstre qui ferait peur à la Laideur elle-même. Dans sa fuite effrénée pour échapper à la mort, il a déchiré ses vêtements, et sa double bosse se trouve offerte aux regards d'Aïcha qui en vient à regretter que son exil ne l'ait pas gardée plus longtemps loin de cette horreur.

Malgré tout, Salem se souvient qu'il n'a pas touché une femme depuis cinq ans. Aïcha se rappelle la misère qui a été la sienne durant sa longue absence. La répulsion reflue, cédant la place au désir. Enfin, il se produit entre eux ce qui se produit généralement entre deux amants après des années de séparation.

La chose pourrait durer jusqu'au lever du jour mais Aïcha ouvre la bouche pour dire :

— Je t'aime, tu sais. Mais je ne te pardonnerai pas ce que tu m'as fait.

— Je sais ma chérie. C'était une erreur de t'envoyer à l'étranger.

— Toi et tes foutus mensonges ! T'inventes des histoires et tu finis même par y croire.

— Croire quoi ?

— C'est toi qui es allé raconter aux gars dans le Quartier que j'étais partie à l'étranger. Où ça à l'étranger ? Chienne de ta mère.

— Tu peux me dire tout ce que tu veux, ma chérie. Je serai un chien, ma mère sera une chienne. Tu peux y aller.

Il se met à cajoler ses cheveux, à lui caresser le visage, à lui embrasser les yeux mais elle le repousse :

— Pourquoi tu ne t'excuses pas ? Mon pardon compte si peu pour toi.

— Très bien. Je m'excuse. T'es contente maintenant ?

— Tu t'excuses de quoi ?

— Pff. Arrête. Je m'excuse parce que c'est de ma faute si tu es restée cinq ans en prison.

— Sale chien !

— Mon amour.

Arrivée à ce point, leur discussion s'interrompt et Aïcha se lance, sa vengeance commence, sa vengeance pour chacune des heures qu'ils ont passées loin l'un de l'autre. Aïcha se lance tout comme le directeur du protocole qui, à cet instant précis, commence à s'inquiéter vraiment. Il sait qu'il ne doit plus compter sur le retour du chef du gouvernement et décide de quitter le palais transformé en porcherie.

Il vient d'essayer en vain d'allumer la lumière. L'électricité n'est pas encore coupée mais il constate que les ampoules ont été volées, ce qui est également le cas des compteurs de gaz et d'électricité et des robinets d'eau. Par contre, les bandits ont oublié un des fauteuils roulants du président. C'est un fauteuil qui n'est pas motorisé.

Le choix n'est pas simple, mais il décide d'abandonner le corps d'Olga. Pas possible de faire autrement. Il lui semble évident qu'il ne peut pas les pousser tous les deux sur le fauteuil roulant. C'est sans doute la décision la plus difficile qu'il a prise de toute sa vie mais, sur le coup, sauver la dépouille du président et la protéger lui semble être une urgence. En tout cas, c'est une mission de la plus haute importance, au moins aussi importante que celle de lui sauver la vie s'il était encore vivant. Il décide donc de mettre la dépouille présidentielle sur le présidentiel fauteuil roulant. Dès qu'il l'a bien calée, il s'élance sans regarder en arrière.

L'idée est de le pousser jusqu'à ce qu'il croise une voiture qui les emmènera au ministère de la Défense. Là-bas, il dénichera (c'est ce qu'il espère) des hommes prêts à défendre le président, qu'il soit mort ou vif. Alors, il trouvera la force et le temps de réfléchir à la manière de préparer des funérailles dignes de Monsieur le président. Et qui sait ? Peut-être gagnera-t-il l'estime des militaires quand ils verront à quel point il est dévoué à Son Excellence, et ils lui proposeront le poste de président. N'est-il pas la personne la plus légitime après toutes ces années passées au service de la nation en servant feu Monsieur le président.

Cette pensée, lui traversant l'esprit, le gonfle d'enthousiasme, la fatigue le quitte, les batteries de son cœur se rechargent, il sent une force phénoménale dans ses bras et se met à pousser le fauteuil à toute vitesse. Il court comme un enfant qui essaye un nouveau jouet. À peine fait-il quelques mètres que le fauteuil bascule, faisant rouler le cadavre présidentiel à quelques mètres. Lui, de son côté, se foule la cheville et se casse une côte, mais ce n'est rien comparé à l'état dans lequel se retrouve son orgueil. Il apprend à ses dépens que les rêves traînent souvent le rêveur dans la poussière.

Vous traîner dans la poussière – voilà la seule chose que font les rêves dans ce pays qui ne se réveille jamais. Aïcha Larelaxe en a fait l'expérience, il y a des années, à l'époque où elle a osé rêver, sans se douter que cette activité était réservée aux êtres vivants, et non aux morts. Aux êtres humains, pas aux bêtes. Car il faut bien convenir que dans ce pays on ne vit pas. Ici, les gens sont morts et ne s'en rendent pas compte, leur mort commence dès lors qu'ils acceptent un dirigeant qu'ils n'ont pas choisi, un pouvoir qui les traite comme des bêtes. On leur donne à manger et à boire, on les élève, on les entretient, et en contrepartie ils se laissent conduire à l'abattoir de leur plein gré, heureux de parvenir au bout, de toucher à la fin alors qu'ils n'ont rien commencé encore. S'ils réfléchissaient un peu, ils se rendraient compte qu'il n'y a vraiment pas de quoi se réjouir, ils n'ont jamais quitté la fin. Dès leur naissance, ils sont finis, vulgaires corps broutant et engraissant, dépourvus d'âme et de toute aspiration céleste, privés de cette raison qui seule mérite le pouvoir de choisir, loin de l'emprise de la religion, des tromperies de la politique, de la sacralité de la révolution quelle qu'elle soit, et loin du mensonge vrai de l'Histoire.

Aïcha, elle, avant de rejoindre les rangs de l'armée nombreuse de la Laideur, semblait malgré sa grande misère avoir été pétrie par les deux mains droites de la Beauté, une merveille qui éveillait le désir des anges avant celui des hommes. C'était un point de lumière né dans les ténèbres. Une goutte d'eau limpide dans une mer d'immondices. Rapidement pourtant, elle a perdu son éclat, son âme a été corrompue. Et comme toutes les autres créatures dépourvues d'âme et d'éclat, c'est devenu une bête qui mange et boit, pour déféquer, dormir, et se réveiller à nouveau, en proie aux obsessions quotidiennes des bêtes dont le seul rêve est de se lever un jour avec une tête légère et sans tourment. Dans ses poches, elle n'avait qu'une carte d'identité, établissant avec certitude qu'elle était une citoyenne, avec tous les droits qui reviennent aux animaux.

Elle avait tout juste commencé cette mue profonde dans l'abjection quand Le Chameau l'a rencontrée.

À l'époque c'était une des filles de Mouh Loumba, un proxénète qui employait sa belle gueule et ses belles paroles pour faire tomber de jolies rêveuses dans ses filets. Il leur promettait l'amour et le mariage, et elles rejoignaient l'équipe de sa maison de passe avant de comprendre ce qui leur arrivait.

Mouh tirait toute sa magie de ses paroles doucereuses et de sa facilité à promettre du rêve. Quand il vous parlait, vous aviez l'impression d'avoir affaire à un saint d'une pureté immaculée, votre cœur découvrait la paix intérieure, votre esprit s'illuminait, exactement comme son visage qui était tellement blanc qu'on aurait dit une ampoule qui virait parfois au rouge – d'où son surnom *Loumba*, Lalampe.

C'est là que Salem J'mel a rencontré Aïcha. C'est de là qu'il l'a tirée, après lui avoir fait croire qu'il l'aimait et qu'elle pouvait voir en lui autre chose qu'un monstre immonde. Quand elle regardait à l'intérieur de lui, elle voyait un prince charmant… Il lui prendrait la main et la sortirait de son enfer, il l'emmènerait dans un paradis où coulent les fleuves de l'amour, du bonheur et du consentement.

Elle a vraiment cru qu'elle s'en tirerait, autant qu'elle a cru qu'elle pouvait ne pas se fier aux apparences. Son amant monstrueux n'était que pureté intérieure. Elle était sûre que son histoire se terminerait comme *La Belle et la Bête*, sans se douter que ce conte (tout comme l'Histoire) est une mystification. Certains écrivains falsifient l'Histoire pour satisfaire le pouvoir, et d'autres trichent avec le réel pour flatter le rêve ; et c'est précisément ce qu'a fait Mme de Villeneuve qui a écrit *La Belle et la Bête* en faisant une version idéalisée du roman d'un homme autrement plus réaliste qu'elle, Apulée, qui n'a pas raconté la métamorphose d'une bête en homme mais l'histoire d'un homme changé en âne.

Et c'est précisément ce qui est arrivé à Aïcha Larelaxe, elle est devenue la mule de Salem J'mel, une mule se prenant pour une jument qui galoperait en liberté aussi loin que le rêve la porterait. Elle a trouvé qu'il avait une bonne idée quand il lui a suggéré de lâcher Mouh Loumba et de travailler pour lui comme rabatteuse pour son business rue d'Isly – une activité honorable, au fond, puisqu'elle consistait à acheter et à revendre de l'or et des bijoux utilisés. Un mois après qu'il l'eut repérée à la maison de rencontres, elle quittait Mouh Loumba qui, tenant à sa gueule, n'a pas un seul instant essayé de s'opposer à Salem.

Aïcha a passé plusieurs mois dans un rêve tout rose avec son prince-bête. Alors, quand il lui a proposé de travailler avec lui sur son commerce de devises et d'intégrer la "bourse du Square", elle a accepté sans trop réfléchir. Contrairement à ce que pourrait laisser croire son nom, cette "bourse" n'est rien d'autre qu'un marché informel, un souk en pleine rue où s'échangent les devises étrangères. Plusieurs revendeurs déambulent, des liasses de billets à la main, en criant "Euro, dollar, yen japonais, dollar canadien, dirham, livre sterling", et les clients viennent les voir pour acheter de la monnaie étrangère ou en vendre.

Tout ce petit manège a lieu sans que la police ne s'y intéresse. Les autorités pourraient chasser ces combinards ou les arrêter, dans la mesure où ils s'adonnent à des transactions illégales, en dehors du secteur bancaire officiel, mais c'est tout le contraire qui se passe : la police les couve comme un manchot veille sur son œuf, faisant tout ce qui est en son pouvoir pour tenir à distance voleurs et braqueurs. Tout le monde sait que les devises qui s'échangent dans cette bourse ne représentent qu'une petite partie des dons que Dieu a bien voulu prodiguer aux maîtres de ce pays en récompense de leurs sacrifices et des services qu'ils rendent à la nation reconnaissante. Et comme c'est Dieu, et Lui seul, qui les comble de Ses bienfaits, ce doit être Lui aussi qui leur a inspiré l'idée lumineuse d'interdire tout achat ou vente de devises étrangères dans les banques officielles, de sorte qu'il est possible à n'importe qui d'échanger des milliards au marché noir, sans aucun risque, mais que toute personne qui trouve le moyen d'acheter deux cents euros dans une banque se retrouve rapidement en prison, de même que l'employé qui les lui a vendus, pour infraction à la réglementation des changes et des mouvements de capitaux avec l'étranger.

Le bonheur s'est prolongé quelques mois encore pour Aïcha, qui se partageait entre ses deux activités professionnelles : rabatteuse d'or à la casse le matin, et revendeuse de devises l'après-midi. Son rêve aurait pu durer plus longtemps si une femme, à qui elle avait vendu un collier, deux bagues et mille euros, ne s'était pas aperçue qu'elle se retrouvait avec du plaqué or et du papier imprimé sans valeur.

Aïcha a été arrêtée quelques jours plus tard, sous deux chefs d'inculpation, correspondant à chacune de ses activités professionnelles, après quoi elle a passé cinq années dans un pays très éloigné, la prison.

En apprenant la nouvelle, Salem J'mel a, lui, disparu du Quartier et de la vie de sa maîtresse, non sans regretter leur manque de chance et en lui souhaitant bon voyage.

Passé ce bref moment d'émotion, il l'a totalement oubliée, comme si elle n'avait jamais partagé son existence. Il s'est tourné vers une nouvelle vie, s'est mis en quête d'une autre chérie, une nouvelle mule susceptible de se prendre pour une jument capable de galoper aussi loin que la tromperie la porterait.

8

Ils viennent de s'aimer férocement pour la dixième fois de la nuit. Aïcha a enfin l'impression d'avoir assouvi sa vengeance pour toutes ses années d'exil, mais elle n'est pas disposée à l'admettre. Pleine de mauvaise foi, elle lance au Chameau qu'elle a connu en prison un gardien bien plus viril et fougueux. Elle espère que leur prochaine nuit sera plus à la hauteur. Salem relève le défi du bout des lèvres, il sait qu'il ne pourra jamais faire mieux.

Il allume une cigarette.

— Cette saloperie me rend un peu impuissant, lui dit-il en désignant la cigarette.

— Ne t'en fais pas mon chéri. Ça arrive à tous les hommes, lui glisse-t-elle en souriant, comme pour le consoler.

— Je ne suis pas comme tous les hommes. Je suis Salem, idiote.

— Salem, mon amour de chameau.

— Je t'ai prévenue, vilaine, que tu n'avais pas intérêt à m'appeler par ce surnom ridicule. Je brise l'échine de quiconque ose l'utiliser, tu le sais.

— Même l'échine de ta chérie ?

— Chienne, putain !

— Et aussi ta chérie, mon cochon !

Ses papouilles (elle lui embrasse les yeux) le font rire et soudain elle lui dit d'une voix endormie :

— Maintenant on dort. Le soleil est sur le point de se lever.

— Comment ça le soleil est sur le point de se lever ? Regarde l'heure ! Il est à peine 1 heure.

Elle sursaute. Stupéfaite, elle lui crie d'une voix tremblante :

— Tu peux dire quelle heure il est ? Tu es encore capable de lire l'heure ?

Il est tout près de lui répondre "Bien sûr" quand il se rend compte à son tour qu'en effet il arrive à lire.

— Mon Dieu, crie-t-il à son tour en tremblant de joie. J'y arrive. J'arrive à lire. Laisse voir…

Il se met à chercher quelque chose à lire et, à chaque fois qu'il met la main sur une feuille ou un petit mot, il les lit à voix haute et lit encore, il ne s'arrête plus. Soudain, il s'écrie :

— Ma chérie, c'est l'événement le plus important de ma vie. Je lis. Je lis dans un pays d'illettrés. Je sais lire et écrire. Tu t'imagines ce que ça veut dire ?

Elle hoche la tête de droite à gauche, perplexe.

— Ça veut dire que je peux entrer dans n'importe quelle banque et affirmer que je suis client, que j'ai des millions sur mon compte. Je peux surgir dans n'importe quel palais et prétendre qu'il m'appartient. Toutes les voitures de luxe du pays sont à moi. Qui pourra me contredire ? Je suis le seul qui sait lire, je peux lire ce que je veux. Mon Dieu. Tu imagines tous les possibles, plus fous les uns que les autres. Ma tête va exploser.

Il saute du lit et s'habille à la hâte en disant :

— Je dois y aller. Je vais pas dormir cette nuit, le monde m'appartient. Ce monde pourri m'appartient.

Il se précipite vers la porte et disparaît avant qu'Aïcha ne trouve des mots pour le retenir. Si elle savait qu'elle le voyait pour la dernière fois, peut-être trouverait-elle la phrase anodine qui le ferait rester.

Ce qui lui arrive immédiatement après (dès qu'il met un pied dehors) tient en une phrase : *Il trébuche sur quelque chose, tombe par terre, perd connaissance et ne retrouve ses esprits que plusieurs heures plus tard.*

Quant à savoir sur quoi il trébuche, de quelle manière il tombe, dans quelle position est son corps durant sa chute et quelle trajectoire décrit son corps, savoir si ses vêtements se salissent ou se déchirent, et toutes ces sottises qu'on a l'habitude de lire dans d'interminables romans – descriptions d'objets ou d'événements archiconnus, détails sans queue ni tête sur une étreinte qui s'étale sur vingt pages –, rien de tout cela n'intéresse l'auteur de cette histoire. La seule chose qui l'intéresse, c'est que Salem trébuche et qu'il ne revient à lui que plusieurs heures plus tard, à la grâce d'une gifle monumentale, et qu'il ouvre les yeux sur une mine patibulaire qui le fixe, l'air furieux. Sur le coup, Salem croit avoir affaire à l'ange de la mort.

Salem recouvre donc ses esprits, paniqué de s'entendre crier dessus par un homme :

— Lève-toi, espèce d'abruti. Mets-toi en rang comme les autres.

Il se redresse terrifié. Il voit des soldats armés jusqu'aux dents et des chars, comme dans les films.

— Et bouge pas de là. Dos au mur. Vous aussi, bande d'animaux. Dos au mur et mains sur la tête, hurle à nouveau le soldat.

Salem regarde autour de lui pour essayer de comprendre. “Qu’est-ce qui se passe ? Ils vont nous exécuter ?” se demande-t-il en voyant des rangées d’hommes et de femmes qui s’étendent à perte de vue.

Pour la première fois de sa vie, la peur lui donne la foi. Il doit y avoir un Dieu quelque part dans le Ciel puisqu’il ferme les yeux et prie pour qu’Il lui sauve la vie ou lui accorde une mort sans souffrance. Quand il rouvre les yeux, une étrange sérénité lui enveloppe le cœur et insuffle à son corps tremblant une ferveur comme il n’en a jamais connu, sauf peut-être au plus fort de sa septième étreinte avec Aïcha.

C’est alors qu’il entend ce qui lui semble être une voix d’origine céleste lui dire :

— Mets-toi en position et tiens-toi prêt, maintenant.

Il sourit et répond dans un murmure :

— Je suis prêt. Je suis prêt.

La voix insiste d’un ton plus ferme :

— J’ai dit mets-toi en position et tiens-toi prêt !

— Je suis prêt. Je suis prêt, Seigneur, fait-il à voix basse.

Et voilà que la voix de l’ange devient un cri, bientôt suivi par une gifle qui le fait tomber. Quand il lève le regard, le même soldat le toise :

— Au garde-à-vous et lis ça, animal.

Il est très étonné de voir que le militaire tient un livre dont il lui désigne le titre. Tous les soldats qui sont là font d’ailleurs la même chose : tendre un exemplaire identique de ce même livre à un des civils alignés et lui donner l’ordre d’en lire le titre. Ceux qui échouent à cet examen et n’arrivent pas à répondre sont roués de coups, comme si c’était un crime de ne pas lire.

Il faut avouer qu'il n'était pas prévu au départ que les choses se déroulent tout à fait ainsi. Dès la fin de la réunion des officiers rétrogradés, le colonel a ordonné à l'armée de s'emparer de toutes les bibliothèques, librairies et réserves de livres de la ville. Il a lui-même supervisé l'opération, il fallait trouver d'autres exemplaires de son roman. Se contenter du seul livre qu'il détenait était impensable et, même s'ils réussissaient à en trouver plusieurs milliers d'autres, les soldats pouvaient mettre plusieurs jours à trouver quelqu'un qui sache lire.

Il était certain qu'il existait beaucoup d'exemplaires. Les gens ne lisaient plus, et ça ne datait pas du matin même où ils s'étaient presque tous retrouvés privés de la capacité de lire. Cela faisait longtemps que plus personne ne lisait, on riait même sous cape quand on voyait (c'était rare) quelqu'un prendre un livre à un arrêt de bus ou dans une station de métro : "Regardez-moi cet abruti, il lit." Le colonel n'avait donc pas été étonné de constater que les librairies avaient échappé aux pillages et saccages qui avaient touché l'ensemble des commerces de la ville.

Comme il l'avait pensé, il a pu trouver des milliers d'exemplaires du livre. Il les a fait distribuer à ses soldats à qui il a donné l'ordre de chercher un homme qui sache lire mais, pour garder le titre de l'ouvrage secret, il a jugé préférable de superviser lui-même les recherches, demandant qu'on lui amène tout individu qui prétendait arriver à lire le titre de l'ouvrage. Lui seul serait en mesure de dire si le candidat était sincère ou si c'était un usurpateur.

Les recherches se sont prolongées des heures. On ne lui amenait personne. Les soldats commençaient d'ailleurs à perdre leurs nerfs et passaient outre les ordres qu'il avait donnés pour que les citoyens soient interrogés sans être humiliés ni privés de liberté. Il fallait lui amener celui qui avait l'air de savoir lire, et ceux qui n'y arrivaient pas devaient être courtoisement remerciés et libérés sur-le-champ.

Au bout de plusieurs heures de parlotte ennuyeuse et déprimante, le colonel est en passe de perdre patience quand un soldat entre et lui annonce la bonne nouvelle. On a enfin trouvé quelqu'un qui affirme pouvoir lire.

Ainsi Salem Le Chameau se retrouve-t-il devant le colonel.

— Alors tu lis ?

— Oui, monsieur, répond Salem en tremblant, la tête baissée, les yeux rivés sur ses chaussures.

— Redresse la tête et dis-moi pour commencer comment tu t'appelles.

— Salim… Salim Ghachi, monsieur.

— Ghachi… Quel gâchis en effet. Tu es bien inspiré en m'appelant "monsieur". J'en déduis que tu sais où est ta place et à qui tu t'adresses. Que tu saches lire ou non, c'est déjà ça.

Salem opine en souriant comme s'il avait reçu un compliment.

— Maintenant, dis-moi, Salim. Qu'est-ce que tu lis sur cette couverture ?

Le colonel lui montre le livre et se rapproche. Ils sont si près qu'ils se touchent presque.

— *Pas de lettres pour le colonel.* Voilà ce que je lis, monsieur.

Le colonel est médusé. Il a du mal à croire qu'il a trouvé son homme dès la première nuit, après quelques heures de recherche seulement.

— Est-ce que tu sais à quel point tu as de la chance, mon salaud ? s'écrie-t-il, fier de lui.

Salem fait un geste de la tête sans piper un mot.

— Mais dis quelque chose, mon couillon. Est-ce que tu sais que tu as de la chance ?

— Oui, monsieur. Je le sais, monsieur.

— Redis-le, espèce de chien.

— Oui. Je sais que je suis…

— Pas ça, abruti. Redis *monsieur*. Répète ce mot devant moi mille fois encore, sale chien. Je veux être sûr que tu ne l'oublieras pas plus tard, quand j'aurai fait de toi ce que tu ne te seras jamais imaginé devenir.

Salem se met à répéter sans s'arrêter *sidi* (monsieur). Le colonel semble en tirer un tel plaisir qu'on dirait un sourd qui entend pour la première fois.

Tout se déroulera ensuite conformément à ce qu'a imaginé le colonel.

Salem Le Chameau peut cesser de répéter *sidi* quand son maître, fort de sa longue expérience en matière de dressage d'êtres humains, juge que le mot a suffisamment pénétré son cœur et son âme. Il ne pourra plus le prononcer dorénavant sans voir surgir l'image du colonel devant ses yeux mais, surtout, il ne pourra plus jamais (même dans cent ans) le voir sans penser qu'il est son *sidi*, son maître et rien d'autre.

Maintenant que cette question est réglée, il lui tend son téléphone portable et lui demande d'y chercher un contact du nom de Joseph Ivremort et de l'appeler immédiatement, ce que Salem s'empresse de faire. Le colonel reprend l'appareil quand il lui annonce que ça sonne.

— Bonjour monsieur, fait-il quand son interlocuteur décroche.

Il sourit béatement en écoutant la voix de l'homme qui lui parle de l'autre côté de la ligne, avant de répliquer :

— Je déplore, monsieur, de ne pas avoir pu vous appeler plus tôt, mais vous savez sans doute ce qui est arrivé quand le président a décidé de tous nous rétrograder.

Il se tait un petit moment, attentif à ce que dit la personne au téléphone.

— Bien sûr que vous le savez. Laissez-moi en revanche vous annoncer le décès de…

Il se tait à nouveau, interrompu par la voix dans l'écouteur. Une expression de surprise se forme sur ce visage qui laisse rarement transparaître pareil signe.

— Non non, je ne doutais absolument pas que vous étiez au courant de la mort du président, même si toutes les communications sont coupées.

Il semble confus maintenant que son interlocuteur lui explique que ses services sont au courant de tout ce qui s'est passé dans le pays, et qu'ils sont prêts à fournir de l'aide pour sortir de cette situation. Il convient que c'est une vraie catastrophe mais qu'en tant que conseiller aux Affaires des anciennes colonies, il est en mesure de proposer au président d'intervenir immédiatement pour sauver un pays qui a toujours été fidèle à la mère patrie.

Le colonel a un sourire quand il entend le mot "colonie", son visage s'illumine quand l'homme lui parle de "mère patrie", il est en extase quand la voix lui annonce que la situation est critique et qu'en de telles circonstances le pays a besoin d'un gouverneur militaire loyal et expérimenté (comme lui). Si, bien entendu, le peuple ne s'y oppose pas.

Le rire de l'homme au téléphone parvient jusqu'à Salem J'mel, qui, assis, regarde, terrifié, le visage du colonel.

— Le peuple ? Non, bien sûr que non, il ne s'y opposera pas. C'est un choix qui sert ses intérêts supérieurs. Et puis, le peuple a passé des dizaines d'années à rêver à des choses qui ne se réalisaient pas, nous n'aurons aucun mal à le faire vibrer pour un rêve supérieur qui ne se réalisera pas davantage. Je ne vous apprendrai rien, monsieur, en vous disant que seules les apparences comptent. Aussi, je pense que votre gouvernement pourrait désigner un gouverneur civil, qui portera le titre de président. De mon côté, en tant que gouverneur militaire, je veillerai personnellement à garantir son obéissance et sa loyauté. Et puis, qui mieux que vous sait comment se façonnent les présidents ici.

Passé un court silence durant lequel il écoute attentivement l'homme au téléphone, il ajoute :

— Mais bien entendu. Nous conserverons notre nom, notre drapeau et notre hymne national. J'ai bien conscience de la nécessité de veiller aux apparences, même si certains passages de notre hymne, insultants envers votre grande nation, me dérangent depuis longtemps. Je vous promets de trouver un moyen pour m'en débarrasser et pour en changer la musique qui est, il faut en convenir, particulièrement rébarbative. Vous ne me croirez pas mais sachez, monsieur, que je frissonne à chaque fois que j'ai l'occasion d'entendre *La Marseillaise*. Dieu, quel chant fabuleux.

Il finit par raccrocher. Son visage laisse transparaître une joie qu'il n'a pas connue depuis des années. Il se tourne vers la droite et aperçoit sa défunte femme. Elle le regarde en souriant.

"Tu vois mon chéri… ça sert, les livres. Un livre, un seul, et te voilà le maître, lui dit-elle dans sa tête. Au pays des analphabètes, il n'est pas nécessaire de savoir lire pour devenir le plus puissant. Il suffit d'avoir compris que les autres ne savent rien et les laisser se figurer le contraire. Dans un pays comme celui-ci, l'idéal c'est de disposer d'un peuple imbécile qui se croit malin, tu pourras lui monter sur le dos en lui faisant croire que c'est toi qui le portes."

Le colonel éclate de rire puis apostrophe Le Chameau :

— C'est important que tu aies assisté à cette scène. Tu sauras que le monde est composé de deux catégories de gens : les maîtres et les esclaves. Tu m'appartiens mais je suis moi-même la créature d'un autre. Quand je t'aurai préparé pour ta mission à venir, tu auras toi aussi des esclaves, ils t'appartiendront, t'aimeront, te craindront. Si tu joues bien ton rôle, ils iront jusqu'à te vénérer.

Soudain, il se lève en ajoutant :

— On doit y aller maintenant. Il y a du travail si on doit faire de toi un président aimé et sacralisé par le peuple.

Il l'attrape par une oreille :

— J'allais oublier. Avant de commencer, fais-moi à nouveau entendre ce mot. Allez, redis-le.

Salem Le Chameau se met à répéter le mot magique. Mais cette fois, le mot lui semble moins étrange en franchissant ses lèvres, c'est autre chose qu'il ressent, un mélange de foi, de gratitude et de sincérité. Peut-être un peu de sérénité même.

Il ne faut pas plus d'un jour pour que débarquent les navires chargés d'une légion d'hommes qui se répandent aux quatre coins du pays et qui parviennent très vite à reprendre le contrôle de la situation. Les administrations ouvrent à nouveau, de même que les banques, les entreprises de toutes sortes, les avions reviennent dans le ciel, les services publics retrouvent un prestige perdu depuis longtemps, télévisions et radios reprennent leurs programmes, permettant au colonel Saïd Dib de s'adresser à la nation pour proclamer l'avènement d'un pays nouveau, à l'avenir rayonnant. Il propose une période de transition de cinq ans, présidée par le seul homme qui a gardé la capacité de lire.

Il a au préalable préparé Salem J'mel, Le Chameau, afin qu'il puisse se montrer à ses côtés dans une apparence digne d'incarner Monsieur le président.

9

Bien que les choses se déroulent exactement comme prévu par le colonel Saïd Dib, il faut avouer qu'elles échappent aux volontés de l'auteur de cette histoire qui se retrouve dans l'incapacité de suivre le destin de certains personnages, disparus dans l'espoir de trouver une vie meilleure, peut-être dans un livre ultérieur. Pour autant, l'auteur ne peut se résoudre à renoncer au plaisir d'entretenir ses lecteurs de ce qui advint réellement du directeur du protocole, une fois qu'il a quitté la résidence présidentielle en poussant le fauteuil roulant du président dans l'espoir de trouver un véhicule susceptible de le ramener en ville avec le cadavre de Djamel Hamidi.

De manière insoupçonnable, cet homme, pourtant si frêle et âgé, gonflé par l'exaltation et le désir désespéré de servir la dépouille mortelle, se trouve animé d'une force telle qu'il a l'impression de manœuvrer une poussette, et que le bébé qui est à l'intérieur a un mois à peine. Le désir de s'éloigner le plus possible des alentours du palais présidentiel le fait même courir derrière le fauteuil, indifférent à l'accélération des battements de son cœur et au noir total dans lequel est plongée la rue en raison d'une coupure de courant. Il semble libéré de tous les tourments dérisoires qui préoccupent les gens d'ordinaire. En cet instant, rien n'est plus important que sa noble tâche : mettre la dépouille du président en lieu sûr et pouvoir lui faire un enterrement décent, des funérailles dignes de ce qu'a accompli cet immense monsieur pour le pays. Et puis, ce serait vraiment trop triste de terminer sa carrière de directeur du protocole sur un échec, lui dont la seule et unique mission est de servir Son Excellence mort ou vif !

Il file donc, tout en se voyant déjà aux funérailles de Monsieur le président : il a finalement réussi à les organiser et tous les présidents et monarques de la planète sont là, tous leurs regards se tournent d'ailleurs vers lui, ils n'en reviennent pas de la minutie et de l'inventivité dont il a fait preuve pour organiser une cérémonie qui dépasse tout ce qu'ils ont connu jusqu'à présent.

Dans sa rêverie, un de ces hauts personnages vient lui serrer la main en marque de reconnaissance et d'admiration. Il lui tend la main à son tour, quand il est ramené à la réalité par une matière gluante sur laquelle il glisse, il lâche du même coup le fauteuil du président, qui se renverse et projette le corps énorme de Son Excellence en vol plané.

En essayant de se remettre sur ses jambes, il ressent une douleur aiguë, jamais il n'a eu si mal. Il a la cheville foulée et une côte cassée. La douleur a beau être atroce, ce n'est rien à côté de ce qu'il ressent quand il voit le corps nu du président étalé par terre.

"Dieu, pourquoi ?" crie-t-il en levant les yeux au ciel. Il s'efforce de rassembler les bribes éparses de ce qui lui reste de courage et crie "Diantre !" avant de regarder ses chaussures. Il en retire la matière sur laquelle il a glissé, sans comprendre qu'il s'agit des restes de la cervelle du chef du gouvernement écrabouillé il y a peu par un camion – à moins qu'il n'y ait également des bouts d'intestin, rien n'est sûr.

Il rampe jusqu'au fauteuil roulant. Constatant qu'il est irrémédiablement hors service, il maudit tout ce qui peut l'être puis se traîne jusqu'au corps du président cette fois. Il est épouvanté de voir à quel point il a été sali, souillé, par sa chute.

Malgré tout, il sent monter en lui une seconde vague d'enthousiasme, une force insoupçonnée qui lui permet de se mettre debout au mépris de sa douleur à la cheville et aux côtes. Il charge la dépouille sur son dos et, comme les bras du mort pendent derrière lui, ses mains cognent sur ses maigres fesses à mesure qu'il avance. Elles ont l'air de se plaire à lui donner la fessée. Au bout de trois pas, ce contact lui rappelle de doux souvenirs, remontant à la plus douce des époques, celle où Monsieur le président le conviait à passer la nuit à ses côtés quand Olga était absente ou en déplacement officiel en sa qualité de première dame.

Durant ces heures passées ensemble, il soufflait au président ce qu'il devait faire, ce qu'il valait mieux éviter. C'est dans un de ces moments-là que Djamel Hamidi lui a confié que les médias ne s'intéressaient plus autant à lui et qu'il avait peur que les gens l'oublient. Il n'était pas concevable d'être président et de n'apparaître à la télévision que deux ou trois fois par jour.

Il a essayé de le rassurer, ce jour-là, en lui disant ce qu'il voulait entendre. Les gens s'étaient simplement habitués. De toute façon, ils ne trouveraient jamais quelqu'un de comparable à lui pour gouverner le pays, il leur ressemblait en tout. La presse l'avait souligné en retraçant son histoire, quand il était devenu président, il y a vingt ans : c'était l'homme de la situation pour de nombreuses raisons mais, avant tout, parce qu'il était paraplégique. Son infirmité le rapprochait du peuple, d'autant que celui-ci ne faisait plus confiance aux êtres exceptionnels et aux surhommes qui s'étaient montrés incapables de le gouverner pendant des décennies. Tout ce dont avait besoin le peuple, c'était d'un homme comme Djamel Hamidi, qui lui ressemblait par son infirmité – même si son parcours universitaire imaginaire s'était étalé sur dix des vingt-quatre pages du journal qui avait fait son portrait à l'époque.

Malgré les propos rassurants du directeur du protocole, les craintes de Djamel Hamidi ont persisté. Entre autres, il avait remarqué qu'un officier de l'armée, un lieutenant général dénommé Saïd Dib, apparaissait de temps en temps au journal télévisé. Il avait même entendu dire que l'Homme-Minuscule le recevait sans rendez-vous. Peut-être même le préparait-il à devenir le futur président.

Par compassion, et après avoir consacré à la question le temps de réflexion qu'exigent les affaires d'État les plus importantes (à savoir deux minutes et sept secondes), le directeur du protocole a proposé au président de charger un photographe professionnel de prendre une photo solennelle de lui, une photo inspirant amour et crainte, et de donner l'ordre d'accrocher cette photo partout dans le pays. Il pourrait ensuite faire réaliser des statues de lui par des sculpteurs de métier. Cette sublimation artistique de sa personne perpétuerait sa mémoire pour des siècles et des siècles.

Après des recherches de plusieurs mois, il a fini par trouver un sculpteur, bon copiste, dont la passion était de reproduire les œuvres de Michel-Ange. L'artiste est parvenu à les convaincre que l'Amour était l'incarnation suprême de la force, aussi voulait-il représenter Djamel Hamidi sous l'aspect d'un homme d'une trentaine d'années, totalement nu et coiffé d'une couronne de fleurs. Malgré les efforts du sculpteur, seul le visage de la statue ressemblait à Djamel Hamidi. Pour le reste du corps, il avait plagié le *David* de Michel-Ange. Le président était représenté debout, appuyé sur une seule jambe alors que l'autre, fléchie, donnait l'impression que la statue était sur le point de s'animer, comme si elle guettait un ennemi virtuel et n'attendait que l'instant propice pour se ruer sur lui.

Avant la fin de l'année, chacune des villes du pays pouvait se flatter de sa propre statue du président, exécutée par le copiste, qui avait mis Djamel Hamidi à son avantage.

C'est à la même époque que le directeur du protocole a suggéré au président de faire figurer son portrait sur la monnaie, ce qui a été fait. Cette nouveauté a beaucoup déplu au peuple, mécontent d'une telle omniprésence de l'image du président. S'en rendant compte, le directeur du protocole a recommandé de frapper d'autres pièces de monnaie et d'imprimer de nouveaux billets, pour montrer au peuple que le président était à son écoute et l'aimait. Les gens arrêteraient de se plaindre quand ils comprendraient que Monsieur le président était sensible à la réalité de ses citoyens, à leurs aspirations et qu'il était capable de les voir tels qu'ils étaient vraiment. De nouveaux billets de banque ont donc rapidement été tirés avec des images d'animaux de la ferme et de bêtes sauvages. Son Excellence a même tenu à ce que la plus grosse coupure, le billet de deux mille dinars, figurât un âne gardé par un chien noir. Ces mesures ont eu l'effet escompté et les gens ont cessé de se plaindre aussitôt qu'ils ont vu les nouveaux billets.

L'idée de rétrograder les officiers de l'armée, quant à elle, a d'abord été inspirée par l'alcool au directeur du protocole, qui l'a lui-même soumise à Djamel Hamidi – même si le premier a nié toute implication dans cette affaire après avoir dessoûlé. La dissolution du Parlement, de l'Assemblée, de la Cour constitutionnelle ainsi que la suspension de la Constitution étaient, par contre, des ordres venus de l'Homme-Minuscule. Le président les a appliqués malgré lui, en se disant que son maître avait ses raisons auxquelles son intelligence limitée n'avait pas accès.

Quoi qu'il en soit, maintenant que le fauteuil roulant du président gît, renversé, le directeur du protocole se retrouve, littéralement, avec le cadavre de Djamel Hamidi sur le dos – et ce au mépris de la douleur due à sa cheville tordue et sa côte cassée. Il fait deux cents mètres, peut-être un peu plus, quand une douleur encore plus vive lui serre la poitrine. Il est obligé de s'arrêter, s'immobilise un instant puis s'écroule. Le cadavre du président tombe à ses côtés.

Quelques petites minutes s'écoulent avant qu'il ne rende l'âme à son tour. Il parvient à jeter un dernier regard au visage de Djamel Hamidi, à l'instant où la mort l'emporte. Il sourit. Il est envahi par une joie qui lui fait considérer avec fierté la vie qu'il a passée en compagnie de son maître et qu'il termine, comme il en a toujours rêvé, auprès de la dépouille immaculée de son président.

À présent il pleut, ce qui est exceptionnel pour une sèche journée d'août. Les feuilles avec lesquelles le directeur du protocole a essayé de couvrir le cadavre du président se sont éparpillées dans sa chute mais un vent se lève et les dépose à nouveau sur le corps, comme si le Ciel avait pitié de lui et qu'il avait décidé de lui donner pour linceul le tissu de mots insincères qu'il avait l'intention de déclamer aux funérailles de son maître, l'Homme-Minuscule.

La pluie s'arrête. Un chien errant qui passe par là s'approche du corps de Djamel Hamidi et le renifle. Il se recule soudain en poussant un étrange couinement qui ressemble à un sanglot, puis revient vers lui, lui urine dessus et repart sans accorder la moindre attention au cadavre du directeur du protocole, comme s'il n'existait pas.

La même scène se répète étrangement, durant cinq jours, sept heures et trente minutes. Toutes les bêtes qu'abritent les environs viennent renifler ce corps avant de le pleurer, de lui pisser dessus et de repartir. Toutes ignorent le corps de son camarade qui reste, des jours durant, aux côtés de Monsieur le président sans subir le moindre dommage jusqu'au jour où des rats passent par là. Ils s'acquittent du même rituel que les autres animaux avant eux mais, une fois le cérémonial de l'olfaction, du gémissement et de l'excrétion terminé, dévorent le cadavre du directeur pour n'en laisser que les os.

Cette série d'événements se déroule sans que personne, dans le pays, se soucie de la disparition du président et de son directeur du protocole. Même quand les choses rentrent dans l'ordre, les gens se remettant à se plaindre et à se plaindre de se plaindre, personne ne se donne le mal de retrouver Djamel Hamidi. C'est comme s'il n'avait jamais été ce président qui faisait parler de lui avec ses photos, ses statues et ses effigies sur les pièces de monnaie.

L'Historien officiel lui-même, qui a fini d'écrire son ouvrage colossal sur les exploits de Monsieur le président, s'est moins soucié de son sort que de trouver un moyen de changer le titre du livre pour en faire une biographie de Salem J'mel, devenu le nouveau président conformément aux vœux du colonel Saïd Dib.

Le sculpteur plagiaire a, lui aussi, recouru aux artifices de l'art pour transformer les statues de Djamel Hamidi, leur ajoutant une bosse double pour les façonner à l'image du nouveau président.

Cette ère s'achève sans que l'Histoire ne retienne rien de la vie de Djamel Hamidi. Elle ne retiendra pas davantage les noms de ses contemporains, parmi lesquels Salem J'mel qui est resté au pouvoir davantage que ses prédécesseurs, et qui a pourtant sombré dans l'oubli après sa mort, comme s'il n'avait jamais été.

Le temps poursuit sa course absurde, chaque nouvelle époque faisant surgir des personnages semblables à l'Homme-aux-Nombreuses-Médailles, à l'Homme-Minuscule ou au colonel Saïd Dib, qui font émerger des présidents et des dirigeants fantoches pour régner sur des peuples qu'ils inventent et façonnent à leur guise. Et, même si ces peuples diffèrent d'un siècle à l'autre, ils ont le même penchant pour la bêtise, le même amour masochiste pour ceux qui les violent.

Des nations disparaissent, d'autres percent. Le monde que l'on connaît a pris fin, un autre âge lui a succédé, qui lui ressemble en tout point et en particulier en ceci que le dirigeant y ment à son peuple dans le but de conserver le pouvoir pendant que ce même peuple ment à celui qui le gouverne pour survivre.

Dans un monde comme celui-là, la franchise est un crime. C'est authentiquement un crime, l'équivalent d'un meurtre, puisqu'en disant la vérité on tue l'appétit de pouvoir et le droit humain de préférer une vie de troupeau qui ne permet peut-être pas de choisir son berger mais garantit, en contrepartie, un minimum d'eau et de foin pour se prémunir de la faim et de la soif.

Ainsi les humains s'assurent-ils de parvenir au bout, à la fin, en souffrant le moins possible. Se représentant cette fin comme un point où s'arrête leur parcours, ils ignorent qu'il s'agit en réalité d'une simple étape, une gare où l'on attend, où ils sont censés souffler avant de reprendre un voyage qui ne se termine pas par la mort, comme ils le croient, mais quand on cesse de rêver et d'avoir foi en notre capacité de parvenir à quelque chose, de parvenir quelque part.

Et comme ce monde ressemble en tout à celui qui l'a précédé, il a hérité de cette déroutante capacité à générer des événements insensés, parfois stupides, en vertu de quoi une chèvre peut s'égarer dans les parages de ce qui, à une autre époque, était le palais de la présidence. C'est à présent une ruine visitée par les bergers et les vagabonds car les quelques piliers restés debout peuvent protéger du soleil ou de la pluie.

Le plus probable est que la chèvre se soit arrêtée (non loin de la ruine du palais de la présidence) pour gratter la terre à la recherche de nourriture, quand elle est retrouvée par son berger, qui suit ses traces depuis une heure. Il va la mettre sur son dos pour la ramener vers le troupeau quand il remarque qu'elle a dans la bouche quelque chose d'étrange, sans doute ramassé par terre.

C'est une feuille de papier. Le berger n'a jamais rien vu de tel. Le temps a en effet cheminé de manière absurde et aucun des progrès imaginés par les humains, des siècles plus tôt, ne s'est réalisé : pas de voitures volantes ni d'expéditions spatiales en quête de planètes de substitution. L'humanité n'a pas non plus disparu du fait d'une catastrophe planétaire ou d'une guerre cosmique. L'être humain n'a pas évolué comme le prédisaient certains, il a gardé le même aspect ridicule, les mêmes capacités misérables. Il ne lui a pas poussé d'ailes et il n'a développé aucun superpouvoir.

Ce qui s'est passé, par contre, c'est qu'au bout de plusieurs siècles d'ennui et de torpeur, les humains ont cessé de rêver et sont sortis de la vie. Le temps les a ramenés en arrière, ils ont régressé à l'âge de l'illettrisme, où ils ignorent l'écriture et la lecture. Parvenus à ce point d'extrême ignorance, le destin les a affranchis et leur a permis d'avancer à nouveau sur le fil du temps, dans l'espoir qu'ils ne reprennent pas cette fois encore la direction du néant.

Voilà pourquoi, quand il ramasse cette feuille par terre, le berger est intrigué par sa forme, sa consistance et les caractères qui sont inscrits dessus. Curieux, il se met à gratter la terre à l'endroit où il a trouvé sa chèvre. Il gratte puis creuse un bon moment et finit par découvrir un squelette humain recouvert de feuilles de papier.

Tout tremblant, mais avec quelque chose d'une grande sérénité, il rassemble les feuilles, une à une. Quand il les a toutes, il les met de côté et recouvre le squelette de terre. Après un long moment de réflexion et de méditation, il se persuade qu'il vient de tomber sur une créature sacrée, descendue du Ciel, et que ces feuilles de papier recèlent un message.

C'est la première fois qu'il voit, de ses propres yeux, un être céleste et c'est, bien entendu, la première fois que ses yeux se posent sur des mots tracés par le Ciel sur un étrange cuir, des peaux de bêtes qui n'existent sans doute que dans l'Au-delà. Il médite un long moment avant de se décider à feuilleter ces papiers. Il observe que presque tous les mots de ce message sont effacés, il n'en reste qu'une seule ligne. Au prix d'un effort important, il parvient à la reproduire en la traçant sur le sable.

"Quels desseins le Ciel conçoit-il pour un livre pareil, dont la langue est incompréhensible ?" se demande-t-il.

Il finit toutefois par avoir une révélation : les mots de ces pages ne sont pas effacés comme il se l'est d'abord imaginé, ils ont été volontairement occultés en étant tracés au moyen d'une encre céleste qui n'apparaît pas à ceux qui ne croient pas au Ciel. Ces mots ne réapparaîtront sur la feuille que lorsqu'ils seront crus par les humains, quand l'humanité aura suffisamment la foi pour savoir intimement que ce texte est en réalité un message qui lui est destiné.

Seule la ligne restée visible, celle qu'il a reproduite sur le sol, a dû être tracée à l'aide d'une encre terrestre. "Mais pour quelle raison ?" ne peut-il s'empêcher de se demander. Là encore, après une longue méditation, il lui apparaît que cette ligne visible doit exprimer le nom de la créature que le Ciel a envoyé aux humains, cet être dont les ossements sont enterrés, devant lui. Il reviendra sans doute à la vie, un jour, le jour où les mots invisibles réapparaîtront sur le papier. Quand les mots du Ciel se manifesteront pour montrer la voie aux égarés.

Alors, il se lève. Il court chercher une pierre, il s'assied près du lieu de sa découverte et se met à graver dans la pierre les signes qui lui sont apparus sur la feuille et qu'il vient de tracer au sol.

Quand il a terminé, il pose la pierre sur la tombe pour marquer l'emplacement du mausolée de l'être sacré qui a apporté le livre céleste et les mots du Ciel.

Il recule, la liasse de feuilles sous le bras, en regardant la tombe. Au moment où la phrase qu'il a tracée sur la pierre tombale se reflète sur ses pupilles, une grande sérénité se répand en lui, la foi lui remplit le cœur. Son visage s'éclaire. Cette phrase, il ne la comprend pas mais il y croit de toute son âme :

Monsieur Djamel Hamidi
Président de la République

OUVRAGE RÉALISÉ
PAR L'ATELIER GRAPHIQUE ACTES SUD
ACHEVÉ D'IMPRIMER
SUR ROTO-PAGE
EN FÉVRIER 2024
PAR L'IMPRIMERIE FLOCH
À MAYENNE
POUR LE COMPTE DES ÉDITIONS
ACTES SUD
LE MÉJAN
PLACE NINA-BERBEROVA
13200 ARLES

DÉPÔT LÉGAL
1re ÉDITION : AVRIL 2024
N° impr. : 104398
(Imprimé en France)